사 계 절

,

전 라 도

사 계 절

,

전 라 도

최상희 지음

북노마드

contents

흐린 기억 속을 타박타박

전주

여행을 하다 보면 맛있는 커피 한 잔으로
일상처럼 아침을 시작하고 싶어질 때가 있다.
햇살이 쏟아지는 창가 자리에 앉아
여행자의 조급함 대신 느긋하게 지도를 펼쳐
오늘은 어디로 여행해볼까.
햇살이 반짝, 닿는 곳으로 결정!
그것은 일상과 다른, 여행이 주는 신선함이다.
떠오르는 커피 향처럼
느릿느릿……
시간은 흐른다.
이제 떠나볼까, 하는 순간이 벌써 아쉽다.

여행의 매력이 일상을 벗어나 느끼는 '낯섦'이라면 전주에 가는 것은 여행이라고 할 수 없을지도 모르겠다. 전주 톨게이트를 들어서면서 내가 느끼는 것은 '아, 돌아왔구나' 하는 안도감이다. 높지 않은 건물과 그 사이를 조용히 흐르고 있는 하천, 낯익은 풍경이 눈에 들어온다.

고백하자면 나는 떠나는 것도 좋아하지만 길건, 짧건 여행을 마치고 집으로 돌아오는 순간을 더 좋아한다. 그것은 비행기 안일 수도 있고, 붐비는 버스 속, 혹은 내가 운전하는 차 안일 수도 있다. 즐거운 여행이었거나 고단했던 여행일 수도 있다. 그럴 때 슬그머니 마음 한편에 떠오르는 것은 미련이다. 혹, 내가 좋은 걸 못 보고 놓치지 않았을까 하는 욕심과, 아~ 더 놀고 싶은데 하는 아쉬움이 번갈아 찾아온다. 하지만 이 모든 것들이 집으로 돌아왔다는 안도감에 다독거려진다. 어쩌면 나는 돌아오고 싶어서 떠나는지도 모른다.

시작부터 푸근한 안도감이 먼저 찾아드는 기묘한 여행이 시작된다. 아주 오랫동안 잊고 있었던 내 고향, 전주에 관한 이야기다. 차창 너머 엄마가 웃으며 손을 흔들고 있다. 아, 집에 온 것이다.

좁은 골목길이 품고 있는 이야기를 따라

한옥마을을 민속촌이나 촬영 세트장 같은

관광지라 여기고 찾겠지만

내게 '한옥마을' 이란 단어는 낯설다.

한옥마을이라는 이름이 붙기 전 교동은

어렸을 때 내가 살았던 동네였고

큰댁과 세 분 고모님 댁이 있어 제사와 명절이면

택시 타기에는 애매하고, 그렇다고 어린애 걸음으로

걷기에는 꽤 힘이 부치던 동네라는 곳으로 각인되어 있다.

경기전과 전동성당, 오목대.

이들 한옥마을 대표 관광지 3종 세트는

전주 한옥마을

어릴 때 참 질리도록 소풍 가고
글짓기, 사생대회 같은 것으로
뻔질나게 드나들던 참새 방앗간이었다.

아직도 고모님이 살고 계신 집과
예전에 포도 따 먹던 덩굴만 남은 빈집인
지금은 돌아가신 또 다른 고모님 댁이 있는
골목길을 타박타박 걷다가
아, 여기가 내가 살던 집이었지
몇십 년 만에 기억에 떠올렸다.

한옥마을은 잘 닦여진 큰길과 기념품 가게보다는
구석구석, 끊어질 듯 이어지는
골목길을 거닐어 보아야 한다.
숨을 고르며 느긋하게 제멋을 느끼고 싶은
마음이 혹시 있다면 말이다.

그게 진정한 한옥마을,
아니 교동의 풍경이다.

삼 원 한 약 방

"서울 출신은 어쩐지 반쪽 같은 느낌이 들어요."

언젠가 모르는 사람들이 많은 술자리에서 옆자리에 앉았던 사람이 말했다. '잘 모르는 사람과 친해지는 대화의 기술' 이라든가 그런 강연이라도 진작 들어볼걸 하고 나는 뒤늦게 가슴만 치던 중, 그 순간 대화의 스위치가 반짝 하고 켜지는 기분이었다. 잘 모르는 사람들의 대화는 안주로 나온 과메기를 먹으며 자연스럽게 제철 음식에 관한 것으로 흘러가고 있었다. '먹거리' 야 말로 내가 만국 공통의 최대 관심사라고 굳게 믿고 있는 주제가 아닌가. 거기다 대화는 어느덧 뭐니 뭐니 해도 음식은 "역시 전라도가 최고"라고 아주 바람직하게 흘러가고 있었다. 그래서 활기차게 커밍아웃했다.

"제 고향이 전주예요."

"와우, 전주!"까지의 열광적인 반응은 전혀 나오지 않았지만 조금 호의적인 분위기가 흐르는 것은 느낄 수 있었다. 물론 호의는 어디까지나 전주에 관한 것이었다.

"전주, 지난달에 다녀왔는데 참 좋더라고요."

"어디 다녀오셨는데요?"

"한옥마을이요."

"그리고 또요?"

"또……, 뭐가 있나?" 그런 표정이었다. 한참 뜸을 들이더니.

"아, 베테랑 칼국수 먹었는데 참 맛나더라고요. 맛있는 거 많이 먹고 자라셨겠어요."

그렇다. 나는 맛있는 거 많이 먹고 자란 전주 출신이다. 전주에 관해서

전주 한옥마을

라면 대부분 '한옥마을'과 '비빔밥'을 꼽고 그다음으로는 '한옥마을'과 '베테랑 칼국수'를 꼽는다. 아, 그 세 개 외에는 내놓을 게 없어서 참 죄송하다. 그러니까, 누가 이런 데를 놀러 오냐, 볼 게 뭐 있다고. 그런 게 내가 전주에 관해 품고 있던 마음이었다. 평소 내가 겸손함이 넘치긴 하지만 그와 함께 솔직함도 다량 구비하고 있다. 전주의 오랜 캐치플레이는 '교육과 예향의 도시'다. 얼마나 변변찮으면 눈에 뵈지도 않는 '교육과 예절'을 내세우는 건가. 심지어 예절은 향기만 난다니, 그건 뭘까. 그렇게 내세우던 교육의 도시에서 자란 나는 왜 이 모양인 건가, 그런 심란한 마음이 울컥 밀려왔다.

대학교에 입학하면서 서울에서 생활하게 된 나는 이내 지방 출신임을 발각당했다. "어디가 사투리냐?" 할 정도로 나무랄 데 없는 서울말을 구사하고 있다고 생각했는데, 서울 친구들은 매의 눈으로 캐치했다. 방학이

나 명절 때마다 "시골 안 내려가니?", "시골에서 맛있는 것 좀 안 싸왔
냐?"고 친구들이 물을 때마다 나는 거세게 항의는 못하고 소심하게 "전주
는 시골 아니라니까, 도청 소재지"라고 중얼거렸다. 개울에서 고기도 잡
고, 산에서 밤도 따는 시골에서 올라온 전학생을 대하는 것 같은 친구들
이 내게는 딱 '서울깍쟁이' 처럼 보였다.

그런데 고백하자면 전주는 시골이 맞고, 그로부터 수십 년이 흐른 지금
도 거의 변한 게 없는 시골 같은 구석이 있다. 어쩐지 따스해지고 편한 마
음이 드는 곳, 그곳이 시골이라고 생각한다면 전주는 거기에 딱 맞는 곳
이다. 그건 내 집이 있는 곳이어서만은 아니다. 많이 변했다고 하지만, 내
가 어린 시절 놀러다니던 곳이 여전히 고스란히 남아 있는 곳. 느리게, 느
리게 변하고 있는 곳이 바로 전주다. 그 변함없음이 싫어 훌쩍 떠났는데
오랜 시간이 흐른 후 다시 보니 역시 변하지 않았다. 그런데 그 변하지 않
는 점이 이번에는 어쩐지 좋아진다. 솔직히 말하자면, 나는 전주가 참 마
음에 든다.

"어렸을 때는 몰랐는데, 서울에서 나서 줄곧 자라 고향이란 데가 따로
없다는 게 어쩐지 굉장한 손해를 본 느낌이에요."

서울깍쟁이 같던 사람이 갑자기 살갑게 느껴졌다. 우리 집 못난 강아지
를 귀엽다고 칭찬받은 느낌이었다. 나는 재주라도 넘을 기세로, 한 상 미
어지게 차려내는 5천 원짜리 한정식부터 온갖 전주의 산해진미에 대해
침을 튀기며 맹렬하게 이야기하기 시작했다. 문득 전주에 내려가고 싶어
졌다.

좋은 것은 사라진다

전동성당

동생들이 일요일 아침 일찍 눈 비비며 일어나
열심히 시청하던 드라마 〈단팥빵〉에는
내가 좋아하는 배우 최강희가 나온데다가
내 고향 전주가 무대여서 호감이 갔더랬다.
그 드라마에 단골로 등장하던 거리 초입에는
너무나 예쁜 전동성당이 서 있다.
벚꽃이 가득 피어 있는 성당 안을 걷다가
줄지어 가는 유치원생들이 예뻐 카메라 셔터를 누르는데
까르르, 경쾌한 웃음소리가 뒤를 돌아보게 한다.
여학생들의 하얀 세라복에 닿은 햇살이 눈부셨다.

약속 하나 없어 어쩐지 소외된 인간 같은 기분이 들던 여러 해 전 크리스마스이브, 선배 하나가 명동성당에 미사 드리러 간다고 해서 냉큼 따라나섰다. 천주교 신자도 아닌 주제에 크리스마스 미사라는 걸 직접 구경하고 싶었기 때문이었다. 명동성당에 들어선 나는 "아, 전동성당이랑 비슷하네" 했다. 그렇다. 대개는 전주 전동성당을 보고 서울의 명동성당을 떠올리지만 나는 반대의 연상 작용을 했다. 성당이라고 하면 나는 자연스럽게 전동성당이 떠오른다.

전동성당은 서울 명동성당 내부 공사를 마무리했던 프와넬 신부의 설계로 공사를 시작한 지 23년 만인 1931년에 완공되었다. 회색 화강암과 붉은색 벽돌을 이용

해, 비잔틴 양식과 로마네스크 양식을 혼합한 건물은 국내에서 가장 아름다운 건축물 중 하나로 꼽힌다. 비잔틴과 로마네스크 따위 몰라도 성당을 본 순간, "아아~" 하는 느낌의 감탄사가 나온다. 마리아상 앞에서는 절로 꿇어앉아 있는 죄, 없는 죄 다 고해바치고 싶다. 용서까지 해주시면 땡큐지만 양심이 있는지라 그런 부담은 드리고 싶지 않다.

전동성당 벽을 마주하고 붉은 벽돌로 세워진 학교가 있다. 하얀 세라복 교복이 예쁘다고 소문난 성심여고다. 교복뿐 아니라 오래된 나무가 넓은 그늘을 드리우고 있는 학교가 참 멋스러웠다. 우리 막둥이 동생이 그 예쁜 세라복을 입고 성심여고에 다녔다. 오랜만에 성심여고까지 구경 가보니 옛 교사는 한 채만 남고 거의 다 새로 지어져 있었다. 학생들은 새 건물이 좋을지 몰라도 아쉽다. 어쩐지 좋은 것은 사라지고 만다.

전주 한옥마을

공기 속에서 젖은 숲 냄새가 났다

경기전

서울 아이들은 소풍을 어디로 가는지 궁금했더랬다.

요즘 전주 아이들이 소풍을 어디로 가는지도 잘 모르겠지만 나 어릴 적 대표적인 소풍지가 바로 경기전이었다. 글짓기나 사생대회도 자주 열려서 경기전은 그야말로 참새 방앗간 드나들 듯, 만만한 곳이다 못해 지겹기까지 한 곳이었다.

경기전은 전주 시민들이 가장 사랑하는 장소 중 하나다. 한옥마을이 시작되는 태조로 초입, 경기전은 전동성당을 마주하고 있다. 경기전 문 안에 들어서면 느릿하고 고요한 풍경이 나타난다. 기와 사이로 오래된 나무가 울창한 그늘을 드리우고 푸른 대숲 사이를 푸른 바람이 흐르고 있다. 담장 너머의 소음과 분주함은 일순 저 멀리 물러난다. 경기전은 조선왕조를 연 태조 이성계의 초상화, 즉 어진을 모시기 위해 태종 10년(1410년)에 지어진 건물로, 세종 때 '경기전'이라 이름 붙여졌다.

어릴 적 기억보다는 한참 작아 보이지만 나는 오히려 여유를 느낀다. 어릴 적에 여유라는 단어를 알기는 힘든 일이기에 나이 들어서야 그 맛을 알게 되는 것이다. 신나게 뛰어다니는 아이들, 유모차를 미는 부부, 손을 잡고 걷는 연인, 나무 아래 장기판을 펴고 앉은 노인들. 시간은 저마다의 풍경 속에서 밀밀히 흘러간다. 경기전은 누구나 부담 없이 찾는 공원 같은 곳이다. 시간이 빚어낸 풍광 속에서 사람들은 새로운 기억을 만들고 떠난다.

전주 한옥마을

내려다보니 단숨에 상쾌해졌다

오목대

숨이 약간 가빠질 무렵 계단 난간을 잡고 뒤돌아보니
아, 한옥마을이 한눈에 내려다보였다.
단숨에 숨통이 확 트이는 기분이었다.
700여 채의 기와 능선을 내려다보기에
오목대는 최고의 명당자리다.

명절이나 제삿날이면 교동과 인접한 풍남동 큰댁에 갔다.

어른들이 전을 지지고, 밤을 까는 동안 콩고물이라도 떨어질까 기다리다 지친 아이들은 오목대로 달려갔다. 지금은 큰 도로로 변했지만 예전에는 오목대와 이목대 사이에 기찻길이 있었다. 기찻길을 신나게 달려 오목대에 올라 팔방이나 얼음땡을 하다 배가 고파지면 어둑한 기찻길을 따라 큰집으로 돌아갔다. 기찻길에서 죽은 귀신이 있다는 이야기를 들었기 때문에 돌아오는 길은 자연스레 잰걸음이었다. 성가시게 군다고 큰어머니에게 한바탕 꾸중을 들었지만 엄마는 부치고 있던 전이며 떡부스러기를 요령껏 챙겨주었다. 명절이나 제삿날이면 오목대가 떠오른다.

오목대는 고려 말 우왕 때 태조 이성계가 남원 황산에서 왜군을 무찌르고 돌아가던 중 여러 종친들을 모아 승전을 자축한 곳이다. 오목대가 명당자리라 일제 강점기에 그 맥을 끊기 위해 오목대와 이목대 사이에 기찻길을 놓았다는 이야기도 있다. 진위는 알 수 없지만 한옥마을을 한눈에 내려다보는 데 오목대만 한 명당이 없는 것은 틀림없다. 여름에 오르고 나면 등에 땀이 약간 밸 정도인데, 정자에 잠시 앉아 있으면 서늘한 그늘 아래로 불어드는 바람이 땀을 식혀준다. 느긋한 기와 능선 위로 탁 트인 푸른 하늘이야말로 단숨에 안구가 정화되는 듯한 풍광이다.

멀리, 지금은 흔적을 찾을 수 없는 큰댁이 있던 쪽을 더듬는다. 그닥 멀지 않은 거리를 어렸을 때는 모험이 시작되는 대장정을 떠나는 듯, 오목대를 향해 신나게 걸었다. 어쩌면 아이들은 매일매일 여행을 떠나고 있는지도 모른다. 어른들은 결코 닿을 수 없는 곳으로 말이다.

커피 향기, 일상처럼 시작되는 여행

한옥길을 타박타박 카페

여행을 하다 보면 맛있는 커피 한 잔으로
일상처럼 아침을 시작하고 싶어질 때가 있다.
햇살이 쏟아지는 창가 자리에 앉아
여행자의 조급함 대신 느긋하게 지도를 펼쳐
오늘은 어디로 여행해볼까.
햇살이 반짝, 닿는 곳으로 결정!
그것은 일상과 다른, 여행이 주는 신선함이다.

떠오르는 커피 향처럼
느릿느릿……

시간은 흐른다.

이제 떠나볼까, 하는 순간이 벌써 아쉽다.

잘 다니던 직장을 때려치우고(어쩐지 직장은 그만둔다거나, 사직한다거나 하는
것보다는 때려치운다는 표현이 제격인 것 같다) 4번 동생이 전주로 내려갔다(우리

한옥길을타박타박
CAFE

스마일쿠키처럼
오늘도스마일,
스마일~

34

집은 딸을 다량 구비하고 있어 혼선을 피하기 위해 숫자로 표시하는데, 참고로 나는 1번이다). 잠시 놀러 간 줄 알았던 4번 동생은 두둥~, 그새 막둥이 동생과 결탁하여 한옥마을에 카페를 덜컥 오픈했다(오, '덜컥'이란 표현은 이럴 때 딱이다). 4번 동생은 바리스타 학원에 다니고 막둥이는 제과자격증 시험에 스윽 합격하고, 한 철 내내 둘이서 뚝딱뚝딱하더니 기와집 사이에 하얀 각설탕 같은 카페를 급기야 완성했다(크기도 딱 각설탕만 하다).

"좋아하는 동네에서 우리가 먹고 싶은 것을 판다!"라는 심플하고 뻔뻔스러운 캐치플레이를 내걸고(확인해보니 내걸기까지 한 것은 아니란다), 막둥이는 아침마다 스마일 쿠키와 케이크를 굽고, 4번 동생은 "그, 그래놀라~" 노래를 부르며 너트를 볶는다. 뭐, 우리는 한집에서 태어났으나 떨어져 산 기간이 많아 막 친한 사이는 아니다(특히 막둥이 동생이 태어났을 때 나는 야간학습이니, 질풍노도의 사춘기를 겪느라 바빠서 서로 알 기회가 별로 없었다). 그래도 좀 아는 동생들이 하는 카페가 있다고 생각하니 한옥마을이 더 좋아진다. 우리 집 최초로 사장님이 되셨으니 가문의 영광이다!

세빌리아의 이발사가 있다면 전주에는?

교동의 이발사

동생네 카페 이웃인 한성 이발관이
항상 궁금했더랬다.

아, 옛날 모습 그대로의 이발소.
마젠타 색깔로 살짝 변한 거울 앞에는
빛바랜 붉은 비로도 의자가 놓여 있고
기다리는 손님들을 위한 소파 위에는
이발소 사장님이 "뭐, 이런 걸 다~" 포즈로 벙글거리신다.
"풋, 사장님, 이거 언제 찍으신 거예요?"
벽에 걸린 이발사 자격증을 가리키며 동생이 물었다.
몇십 년 전, 사장님도 청년이었다.
흰 양복에 중절모 쓴 멋쟁이 할아버지 한 분이
성큼 들어오시더니 익숙한 동작으로
재킷을 벗어 벽에 걸고 비로도 의자에 앉으셨다.
할아버지의 머리는 방금 손질한 듯 말끔한 데도
허리를 곧추세우고 손질을 기다리고 계시는 모습이
중요한 의식을 앞두고 있는 것처럼 경건하다.

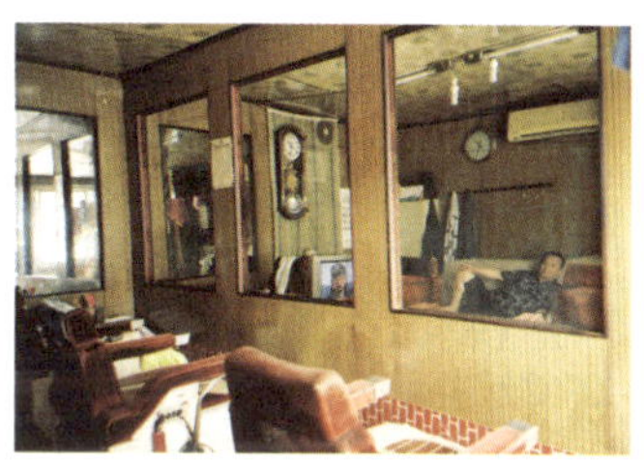

이내 싹둑싹둑, 경쾌한 소리가 울려 퍼졌다.

할아버님은 이 이발관에서 얼마나 많이

머리를 자르셨을까, 문득 궁금해졌다.

한옥마을에는 여기저기서

포스 강한 이발소와 미장원을 볼 수 있다.

한옥마을이라 불리기 전

교동에 살아오셨던 어르신들이

수십 년간 변함없이 단장하시러 들르시는 곳이다.

오래 남아주었으면 하는 풍경이다.

외로움은 견딜 뿐이다

최명희 문학관

동생이 하는 카페에 내가 쓴 책을 몇 권 놔두었더니 종종 매의 눈을 가진 손님들이 "앗, 이거 혹시 사장님 아니세요?"라고 책 속에 개미만하게 등장한 동생 사진을 가리키며 묻는다고 한다. 수줍게 그렇다고 하면 "아니, 왜?"라고 어두운 비리라도 캐듯 묻는다. 언니가 쓴 책이라고 하면 입꼬리를 살짝 올리며 "혹시 뭐, 최명희 씨랑 무슨 관계라도 있어요?"라고 묻는다. 내 이름이 최명희와 비슷하기 때문인 것 같다. 동생은 이번에도 수줍게 "네, 저희 사촌언니뻘 되는 친척이에요"라고 대답한다. "어어? 진짜요? 굉장하네요!" 손님의 태도가 바뀐다. 다 사촌언니 덕이다.

2006년 봄, 작가의 생가와 멀지 않은 곳에 지어진 문학관은 한옥마을의 번화한 거리에서 살짝 비켜나 있다. 작은 마당이 있는 간소한 한옥 한 채가 전시관의 전부다. 전시관의 이름은 독락재獨樂齋, '외로움을 즐긴다'는 뜻이다. 5부작 10권의 『혼불』을 집필하고 51세에 암으로 세상을 떠날 때, 최명희는 결혼하지 않고 평생을 따라다니던 가난과 그리 멀어지지 않은 상태였다. 단아한 단발머리와 고집스러워 보이는 눈매. 문학소녀의 꿈을 평생 간직하고 몸이 다 탈 때까지 창작에 몰두했던 삶이 고스란히 담겨 있는 얼굴이다. 『혼불』은 일제시대 남원의 '매안 이씨' 문중에서 무너져가는 종가宗家를 지키는 종부宗婦 3대와, 이씨 문중의 땅을 부치며 살아가는 상민마을 '거멍굴' 사람들의 삶을 그린 대하소설이다. 최명희가 원고지에 한 자, 한 자 써내려간 소설은 그 분량이 1만 2천 매에 달한다. 글씨체가 단아하고 꼼꼼하기 그지없다. 언젠가 글자 좀 쓰게 된 조카 빈이가 "어떡하면 나도 저렇게 잘 쓸 수 있나?"고 못내 분한 듯, 부러워하기도 했던 글씨다.

"쓰지 않고 사는 사람은 얼마나 좋을까. 때때로 나는 엎드려 울었다. 그리고 갚을 길도 없는 큰 빚을 지고 도망 다니는 사람처럼 항상 불안하고 외로웠다."

어리광도 허세도 아니다. 자신이 그리고 있는 세계에 마침내 가까워지기 위해 작가는 누구 하나 도와줄 수도 없는 길을 홀로 뚜벅뚜벅 걸어야 했던 것이다. 암 발병을 주변에 알리지 않고 집필에만 매달렸으나 끝내 소설은 완성하지 못한 채 그녀는 "아름다운 세상, 잘 살고 갑니다"란 유언을 남기고 '혼불'이 되어 떠나갔다. 누가 외로움을 즐기는가. 외로움은 단지 견딜 뿐이다.

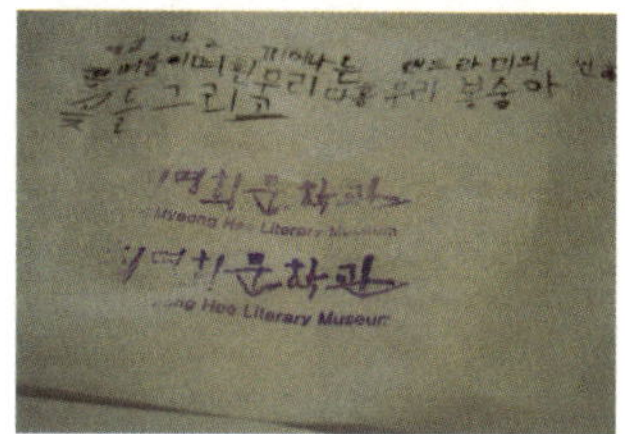

전주 한옥마을

우리 언제, 산책이나 할래요?

한벽루

아, 이름도 예쁜 '숨길'.
이름 그대로 숨이 탁 트이는 기분이다!

한벽루. 어릴 때 우리는 '함별당'이라고 불렀다. '한벽당'이라고도 부르는 것을 어린 귀에 잘못 알아듣고 그리 불렀던 것 같다. 전주 8경 중 하나로 꼽히는 곳이다. 사실 사는 사람들은 8경 같은 건 잘 모르고 산다. 어린애들에게는 만만한 놀이터이고 어르신들이 장기 두다 탁주 한 잔 들이키던 곳인데 굳이 빼어난 절경 운운할 리 없다. 태종 때 조선의 개국공신이며 집현전 학자였던 최담이 그의 별장으로 지은 곳이라 하니 옛날에도 절경이었음에는 틀림없다.

한벽루는 전주천 상류에 있다. 내가 아주 어릴 적에 한동안 살던 집이 바로 전주 천변가였다. 자갈이 깔린 강변에 늘 나가서 돌멩이를 골라 물수제비를 띄우거나 탑을 쌓으며 놀았다. 어린 눈에는 어마어마하게 넓은 강이었는데, 지금 보니 그때만한 스케일은 아니다.

오랜 정비사업 끝에 전주천은 몰라보게 깨끗해졌다. 1급수에 가까운 수질이 되었고, 쉬리, 모래무지, 버들치, 각시붕어 등이 살게 되었다. 전주천 주변은 산책로와 자전거 도로로 조성되었다. 바로 이 길이 이름도 참 예쁜 '숨길'이다. '한옥마을 둘레길'이라고 불리기도 하는 숨길은 한옥마을에서 시작해 오목대와 양사재를 지나

전주
한옥
마을

향교와 한벽루를 지나 치명자산까지 이른다. 도심에서 이렇게 아름다운 길을 걸을 수 있는 기회는 참으로 드물다. 그야말로 숨을 고르고 숨통이 트이는 길이다. 수양버들이 늘어선 전주천을 바라보며 걷다 한벽루에 이르렀다. 숨을 쉬자 익숙한 냄새가 풍겨왔다.

한벽루 주위는 옛날부터 오모가리탕으로 유명했다. 어렸을 때 아빠가 "한벽당 가자" 하면 그날은 오모가리 먹으러 가는 날이었다. 즉, 내게는 '한벽루=오모가리'라는 공식이 입력되어 있다. 오모가리탕은 뚝배기에 끓여내는 민물고기 매운탕인데 '오모가리'가 뚝배기의 전라도 사투리다. 줄지어 선 오모가리집 앞으로는 전주천을 따라 평상이 수십 개 늘어서 있었다. 그 길 가까이 가면 오묘한 냄새가 났다. 오모가리탕집마다 열어놓은 문 안쪽에서 훅, 풍기는 냄새는 머리가 어질어질할 정도였다. 코를 싸매면서도 한편으로는 또 들이마시고 싶은, 묘한 중독성 있는 냄새였다. 특히 비 오는 날이면 냄새는 더욱 진해졌다.

매운탕 특유의 냄새인 줄만 알았는데, 다른 데서는 그런 냄새를 단 한 번도 맡아본 적이 없었다. 아마도 그건 오모가리탕 냄새와 섞인 막걸리 냄새일 거라고 추측했다(아주 훗날 내가 술맛 좀 알고 난 후에 해본 추측이다). 아직도 그것이 매운탕과 섞인 술 냄새라고 단정 지을 수는 없다. 하지만 그 길에 들어서면 술에 취한 것처럼 몽롱하고 얼큰해지곤 했다. 비와 비릿한 생선 매운탕과 알코올 냄새에 현기증이 일었는지도 모른다. 하지만 그뿐만은 아니었다. 그것은 오랫동안 발효되고, 곰삭은 냄새였다. 전주천의 냄새, 사람 냄새, 몇십 년 된 식당에 밴 냄새 등 온갖 것이 뒤섞인 것이었다. 그것은 어쩌면 시간의 냄새인지도 모른다.

꽃도령들은 없었지만

전주 향교

아름드리 은행나무 그늘 아래를
할랑하게 거닐기 참 좋은 곳, 향교.
그보다 더 좋은 것은 향교까지 가는 길이다.
한옥마을의 소란스러움에서 살짝 비켜나
참 고즈넉하여 언제까지나 걷고 싶어진다.

오목대 뒷길에 줄지어 서 있는 드라마 촬영차량을 가리키며 "장사고 뭐고 다 때려치우고 구경 가고 싶어!"라며 동생이 발을 동동 구른다. "쯧쯧, 너도 나이란 걸 먹었을 텐데" 했다가 한 번 보고 드라마 〈성균관 스캔들〉에 푹 빠져버렸다. 생각난 김에 향교를 찾아보았다. 어쩐지 여학생들이 부쩍 많이 눈에 띄던 향교에 꽃도령들은 물론 없었지만 "아, 이곳이 걸오사형이 올라간 나무!" 하며 진심으로 기뻐져버렸다.

향교는 유학 교육과 인재 양성을 위해 지방에 설립한 교육기관이다. 전주 향교는 우리나라 향교 가운데 가장 온전히 보존된 곳이다. 고려시대에 창건되었다고 전해지는데, 현재 건물은 조선 선조 때 지어진 것이라고 한다. 아늑한 뜰 안에 대성전, 명륜당 등의 건물은 단아하면서 운치가 있다. 안뜰에 있는 삼사백 년 된 은행나무가 노란 잎을 흩날리는 가을이면 황홀한 풍광이 펼쳐진다.

향교도 좋지만 태조로에서 향교까지의 길을 걸어보라 권하고 싶다. 태조로는 관

광객들이 붐비는 반면 향교로 향하는 길은 옛 교동의 모습을 고스란히 간직하고 있다. 단숨에 시간여행을 한 듯, 사뭇 다른 풍경이 펼쳐진다. 멋들어진 기와나 으리번쩍한 숍은 없지만 한옥을 유지하고 살아온 교동 주민들의 삶을 고스란히 느낄 수 있다. 혹 이 길의 유명인사, 아니 유명묘사인 애교만점 얼룩 고양이가 따라온다면 동행으로 삼아도 좋겠다.

전주 한옥마을

여행 노트

한옥마을은 2010년 11월에 국내에서 7번째로 슬로 시티로 지정됐다. 인구 50만 이상의 도시 가운데 슬로 시티로 지정된 것은 세계에서 처음. 도심 속에서 전통 생활 양식을 보존하고 있는 독특한 도시라는 게 선정 이유였다고 한다. 한옥마을은 여행이 아닌 일상을 누리듯 느긋하게 걸어보는 것이 제격이다.

700여 채의 기와 능선이 이어진 전주 한옥마을의 유래는 일제강점기로 거슬러 올라간다. 전주에 들어오게 된 일본인들이 성 안으로 진출하면서 당시 일본인들의 세력 확장에 대해 반발했던 전주 사람들이 교동과 풍남동 일대에 한옥을 짓고 모여 살면서 지금의 한옥마을을 이루게 되었다. 이후 1977년 '한옥보존지구'로 지정되어 지금의 모습을 간직하게 되었다.

한옥마을의 중심은 오목대에서 경기전을 거쳐 전동성당까지 이르는 도로인 태조로와 은행로의 교차점이다. 은행로의 주인공인 은행나무는 무려 나이가 600살인 고목인데, 밑동에서 새끼 나무가 자라나 '회춘했다'고 한다. 이 은행나무를 만지면 아이를 낳을 수 있다고 해서 여인네들이 정성스럽게 쓰다듬고 간다. 태조로와 은행로가 교차하는 사거리를 중심으로 경기전, 오목대, 향교, 전동성당 등의 주요 문화재와 최명희 문학관 등의 박물관이 있으며 음식점과 카페가 늘어서 있다.

한옥마을에서는 다채로운 전통 체험도 즐길 수 있다. 판소리·춤·타악 등 전통공연을 관람할 수 있는 전주전통문화센터, 막걸리·청주의 제조 과정 관람과 시음까지 할 수 있는 전주전통술박물관, 숙박을 하면서 한옥을 직접 체험할 수 있는 전주한옥생활체험관 등이 있다. 태조로를 쭉 따라 올라가 오목대 맞은편에 있는 전주한옥마을안내소에서는 한옥마을 지도와 전주 지도를 얻을 수 있다.

찾아가는 길

자가용 전주 IC 진입 후, 반월교차로에서 시청 방향, 전동성당 진입로.

대중교통 전주역에서 12, 60, 105, 109, 119, 142, 511, 513, 542, 545, 546번 버스 탑승 후 전동성당 앞에서 하차. 고속버스 터미널에서는 5-1, 5-2, 79번 버스 탑승 후 전동성당 앞 하차.

문의

전동성당 입장료 무료, 전주시 완산구 전동 1가 200-1, 063-281-2114

경기전 입장료 무료, 전주시 완산구 풍남동 3가 102, 063-287-1330

오목대 입장료 무료, 전주시 완산구 교동, 063-281-2114

한옥길을 타박타박 카페 전주시 완산구 풍남동 3가 16-17, 070-4210-3052

최명희 문학관 10~18시, 매주 월요일 휴관, 입장료 무료, 전주시 완산구 풍남동 3가 67-5, 063-284-0570

향교 입장료 무료, 전주시 완산구 교동 26-3, 063-288-4544

한벽루 입장료 무료, 전주시 완산구 교동 산 7-3, 063-281-2559

전주시청 문화관광과 063-281-2114

전주 한옥마을 안내소 063-282-1330

음식

한옥마을을 둘러보는 즐거움 중 어찌 음식을 빼놓을 수 있을까. 즐비한 한정식집 중 우리 가족이 즐겨 찾는 곳은 최명희 문학관 후문과 마주해 있는 **양반가**(063-282-0054). 화려하지는 않지만 정갈하게 차려내는 한식은 비교적 저렴한 가격인데다가 실하기 그지없어 만족스럽다. 한정식은 4인상 기준으로 차려내는데, 청국장정식은 1인분도 주문할 수 있다.

자매들과는 **전주향**(063-284-2588)에 가곤 한다. 백반과 게장정식 같은 한식을 저렴한 가격에 깔끔하게 한 끼 먹을 수 있어 젊은 층, 특히 여성들에게 사랑받는 곳이다. 혼자 여행하는 사람에게도 권하고 싶다. **오목대 사랑채**(063-232-8533)도 혼자 들러도 부담 없는 곳이다. 매생이 갈비탕이 맛있고, 곁들여내는 반찬도 푸짐해서 전주 인심을 느낄 수 있다.

한옥마을 안에서 비빔밥을 맛보자면 단연 30년 전통의 **갑기원**(063-288-0039). 하지만

베테랑 칼국수

화순집

10여 분 걷는 수고를 감수할 수 있다면 중앙동에 있는 **성미당**(063-284-6595)과 **가족회관**(063-284-0982)을 추천한다. 전주비빔밥의 양대 산맥이라고 할 만한 이곳들은 내가 어릴 때부터 먹으러 다니던 곳이다.

성심여고 맞은편에는 그 유명한 **베테랑 칼국수**(063-285-9898)가 있다. 초등학교 때부터 먹으러 가던 곳인데 들깨가루와 달걀을 풀어 넣고 끓인 칼국수는 오묘한 중독성이 있어 지금도 전주에 가면 꼭 들르는 집이다. 단, 식사 때는 엄청나게 붐비므로 혼자 온 여행객이라면 합석을 각오하거나 혹은 식사 때를 살짝 피해 방문하면 좋겠다.

또 내 오랜 단골집으로 50년 역사의 한벽루의 오모가리집이 있다. 일 년 동안 천일염에 잰 시래기를 듬뿍 넣어 끓이는 것이 매운탕 맛의 비결. 3만 원대의 소小자 오모가리탕 하나면 두세 사람이 배 두드리며 먹을 정도. 예전에 즐비하던 가게가 거의 문을 닫고 지금은 서너 집이 남았는데 이중 **화순집**(063-284-6630)이 잘한다.

전통마을에 왔으니 전통차 한 잔 즐기는 여유를 가져 보아도 좋겠다. 후미진 골목 안쪽에 살짝 숨어 있는 **교동다원**(063-282-7133)은 한옥마을에서 가장 오래된 집. 어느 날 카메라를 들고 골목길을 누비다 담쟁이가 드리운 운치 있는 숫을대문에 감탄하다 나도 몰래 스르르 들어갔는데, 반갑게 맞아주는 주인을 보고 깜짝 놀라고 말았다. 한복을 입고

머리를 곱게 땋아 내린 주인 이르신이 지접 따서 덖은 차를 손수 우려 따라 주시는데, 두 손으로 받아 마신 차 맛은 과연 기막히지만 살짝 당황스러웠던 것도 사실. 하지만 대청마루에 앉아 차 한 잔 마시며 잘 가꿔진 정원을 내다보는 기분은 참 좋고, 좋다.

교동다원

숙소

운치 있는 한옥에서 하룻밤 묵는 것은 한옥마을에서 맛보는 또 하나의 즐거움이다. **한옥생활체험관**을 비롯해 **승광재, 동락원, 학인당, 설예원, 아세헌, 풍남헌** 등 십여 곳의 한옥 숙소가 있다.

양사재는 내가 지인들에게 일 순위로 권하는 숙소. 외갓집에 놀러 간듯, 따스하고 정취 있는 곳이다. 가족 단위 여행객들은 물론 혼자 여행하는 사람도 묵기 좋다. 양사재는 옛날 향교의 부속 건물이었는데, 서당 공부를 마친 유생들이 시험을 준비하던 곳이다. 한때 시조시인 가람 이병기 선생이 머무르기도 했으니 이 어찌 향기롭지 않을 수 있을까. 주인아저씨가 굉장히 친절하고 정갈하게 차려내는 아침밥이 참 맛있다.

진정한 고택의 기품을 느끼고 싶다면 **학인당**을 찾아보면 좋겠다. 학인당은 근대 한옥을 연구하는 사람들이라면 마치 성지聖地처럼 반드시 다녀간다는 곳이다. 전주의 만석꾼 부자였던 백白부자가 쌀 8천 가마를 들여 지은 99칸 저택인데, 독특한 점은 판소리 공연을 염두에 두고 지은 집이라는 것. 100여 명가량의 청중이 판소리 공연을 관람할 수 있도록 설계한 우리나라 최초의 오페라 극장인 셈. 그야말로 고대광실에서 그림 같은 정원을 즐기며 호젓하게 머물 수 있는 곳이다.

인원이나 방 크기에 따라 차이가 있지만 1박에 2인 기준 5만~7만 원, 4인 가족 기준으로 10만 원 정도다. 한옥 체험시설마다 다례 체험, 판소리 체험, 전통예절 체험 등 고유한 프로그램이 있으니 미리 알아보고 예약하면 좋다. 이 외에 주민들이 운영하는 민박집이 십여 곳 있으며, 최근 젊은 층이 많이 찾는 게스트하우스도 생겼으며, 코아리베라호텔이 인근에 있다.

한옥생활체험관(063-287-6300), 승광재(063-284-2323), 양사재(063-282-4959), 학인당(063-284-9929), 동락원(063-287-2040), 아세헌(063-287-1677), 설예원(063-288-4566), 풍남헌(063-286-7673), 소담원(070-7135-8006), 전주 게스트하우스(063-286-8886), 나무그늘 게스트하우스(010-9121-9166), 코아리베라호텔(063-232-7000)

시크릿 가든

| 완산칠봉

엄마는 꽃을 좋아한다.

백만 년 만에 한 번 기억해내고

꽃 한 다발을 사서 슬쩍 건네면 엄마는 너무도 기뻐한다.

꽃 살 돈 있으면 돈으로 줘!

그렇게 외치는 아줌마들과 참 다른 사람이다.

꽃집에서 파는 화려한 꽃도 좋아하지만

엄마는 길가나 산에 핀 꽃을 더 좋아한다.

좋은 꽃은 꺾지 못하고 들꽃이나, 땅에 떨어진 꽃을 주워

엄마는 빈 병에 꽂아 식탁 위나 피아노 위에 올려놓는다.

엄마에게 예쁜 꽃병을 하나 사줘야겠다는 생각이 뒤늦게 든다.

전주 완산칠봉

피어 있는 꽃을 보고 좋아하는 엄마에 비해
아빠는 꽃 피우는 데 선수다.
백여 평 되는 집 마당에는 아빠가 키운 꽃이 사철 피고 진다.
요즘 어쩐지 말다툼하는 일이 잦아진 두 분은
실은 천생연분인지도 모른다.

"철쭉이 참 예쁘게 피었어."
엄마가 몇 번이나 말했는데도 무심히 넘겨듣다가
"꽃구경하고 한벽루 가서 매운탕 먹자!"
소리를 듣자마자 벌떡 일어났다.
딸은 아무래도 꽃보다는 먹는 걸 좋아하는 편이다.
"며칠만 일찍 왔으면 더 예뻤을 텐데."
엄마는 아쉬워한다.
상 가득 반찬을 차려놓고도
"반찬이 없어서 뭐하고 먹냐"라고 말하는 엄마의 화법이다.

벚꽃 길을 따라 걷다 별안간 아릴 듯, 눈이 부셨다.
거짓말처럼 나타난 울창한 철쭉의 숲
불타는 듯, 화려한 빛깔에 깜짝 놀라고 말았다.
철쭉은 촌스러운 꽃이라고만 생각했는데.
아아, 나도 모르게 탄성이 터지고 말았다.
자리를 뜨지 못하고 연신 셔터를 누르는 나를 보고
엄마가 작게 웃음 지었다.

여행 노트

전주 완산동에 있는 완산칠봉은 전주의 대표적인 산이다. 해발 163미터의 나지막한 산이지만 동서로 길게 놓인 완만한 품새가 넉넉함을 느끼게 한다. 주봉, 곤지봉, 투구봉, 용두봉 등 7개의 봉우리가 이어져 칠봉이라 부르는데, 주봉에 올라서면 전주 시내가 한눈에 보인다. 완산칠봉의 한 봉우리인 투구봉에 숨은 철쭉 숲은 원래는 이 땅 주인이 삼십여 년 동안 철쭉과 진달래, 영산홍, 벚나무, 꽃사과나무 등을 심고 가꿔왔던 정원이다. 철쭉 숲이 2만 5천여 제곱미터나 되니 혼자 심고 가꿨다고 하기에는 스케일이 크다. 맘 좋게 누구든 공짜로 들어가 볼 수 있어 개방해 놓아 '아, 꽃 좋아하는 사람은 마음도 비단결이구나' 하고 감동의 눈물을 펑펑 흘렸다. 그런데 지난해 전주시에서 이 철쭉 숲을 사들여 공원으로 조성했다. 그래 봐야 있는 꽃에 여전히 무료니 별달라진 것은 없고, 다만 산책로를 좀 더 정비해 놓았을 뿐이다.

완산칠봉을 오르는 등산로는 여러 곳이다. 남부시장 쪽에서 매죽교를 따라 올라가다가 완산초등학교를 지나 오르는 길이 있고 평화동 사거리에서 갤러리아 웨딩홀 건물 옆으로 오르는 방법도 있다. 철쭉 숲은 완산동 시립도서관에서 이어지는 길을 따라 올라가면 가깝다. 철쭉 숲은 아직 관광객들에게는 알려지지 않은 상태. 전주 시민들도 알음알음 소문 듣고 찾을 뿐이다. 산을 올라가는 수고도 필요 없이 할랑하게 걷다가 만날 수 있는 절경이니 나 같은 게으른 여행자에게는 딱이다.

입장료

무료

찾아가는 법

자가용 호남고속도로 전주 I.C 진입 후 팔달로 방면, 남부시장 지나 완산공원 방면

대중교통 완산동이나 효자동 방면 시내버스, 전주시립도서관 앞에서 하차.

주소 전북 전주시 완산구 서서학동

문의

완산공원 063-281-5044

음식

완산칠봉에서 차로 5분여 거리에 전주에서 가장 큰 시장인 남부시장이 있다. 어릴 때 늘 엄마 따라가서 튀밥 튀는 소리나 통닭 냄새에 넋을 잃곤 하던 곳이다. 남부 시장에는 포스 강한 먹거리들이 가득한데, 콩나물국밥과 피순대가 대표주자. 시장 안에 있는 **현대옥**(063-282-7214)은 남부시장 콩나물국밥의 원조로 국물에 밥을 말아내는 토렴식. 1979년부터 국밥을 말아온 양옥련 할머니는 몇 년 전 건강상의 이유로 그만두고, 지금은 새 주인으로 바뀌었다. 비법을 전수받았다는 맛은 크게 달라지지 않았지만 옛 정취가 그립기는 하다.

남부시장의 피순대는 속을 선지로 꽉 채워 전체적으로 검붉은 게 보는 것만으로도 강렬한 포스가 느껴진다. 피순대는 부드럽게 씹히는 순간 독특하고 오묘한 맛이 퍼지는데, 일단 맛보면 빠져들고 만다. 잡내 하나 없이 칼칼한 순댓국도 물론 빼놓아서는 안 된다. 순댓집은 남부시장 끝, 포목점 골목에 순댓집들이 모여 있는데 **조점례남문피순대**(063-232-5006)는 늘 줄 서서 먹는 집이다.

남부시장 근처, 천변에는 내가 세계 최고, 우주 제일의 맛으로 꼽는 **진미집**(063-288-4020)이 있다. 메밀소바와 콩국수가 주메뉴인데, 우열을 가리기 힘들다. 우선 내 몫으로 콩국수를 주문하고 메밀소바를 시키는 가족들을 흐뭇하게 바라보며 비빔냉면도 하나 살짝 끼워 주문해 골고루 맛봐야 직성이 풀린다. 매년 이 집에서 콩국수를 먹어야 비로소 "아, 이제 여름이 왔구나"라고 생각한다.

숙소

가까운 한옥마을 내의 한옥숙소를 이용하는 것이 좋다(한옥마을 숙소 정보 참고).

골목 사이, 전주 키드를 만나다

내가 처음 본 영화제는 미국 유타 주에서 열리는 〈선댄스 독립영화제〉였다. 아주 오래전의 일이다. 유타 주에 관해서라면 주민의 대부분이 모르몬교이며, 자연경관이 수려하고 조용한 곳이라는 정도의 얄디얕은 정보뿐. 내가 심상하게 넘긴 '조용한 것'에 조금 더 주목할 필요가 있다는 것을 유타의 솔트레이크시티Salt lake city에 도착한 지 5분 만에 감지했다.

조용함 빼고 유타 주에 있는 거라고는 산과 산을 뒤덮은 눈, 눈, 눈뿐이었다. 솔트레이크에 관광객들이 눈에 띈다 싶으면 그건 겨울이 왔다는 이야기다. 스키와 보드를 둘러맨 사람들이 눈 쌓인 유타의 산으로 몰려드는 것이었다. 솔트레이크시티의 아이들은 걸음마를 떼는 것과 동시에 올림픽 코스 수준의 슬로프를 탈 정도였다. 추위는 질색이고 추위 속에서 스키 타는 것은 더 질색인 나는 무릎 넘게 쌓인 눈을 창밖으로 절망적으로

전주 국제영화제

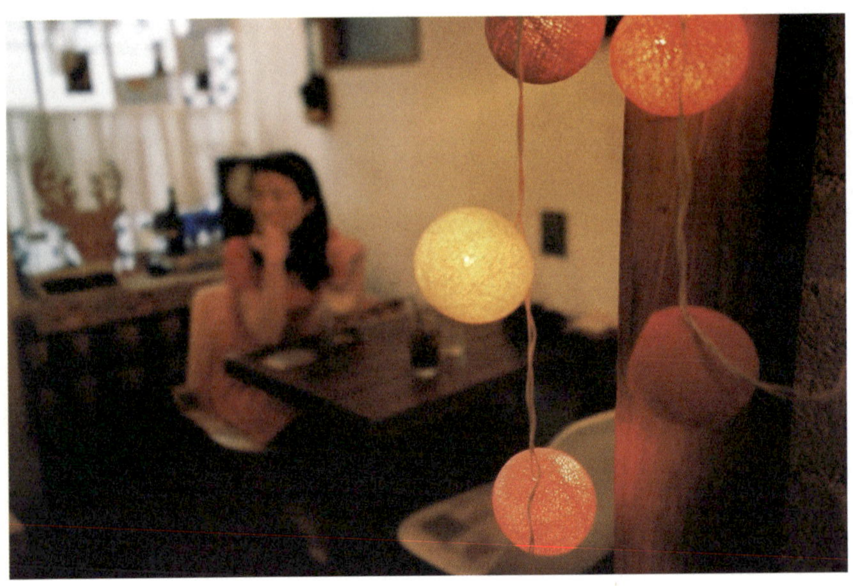

바라보다 눈 속에 고립되어 죽지나 않을까 하는 두려움 때문에 얼마 남지 않은 음식을 폭풍같이 흡입하고 있을 때였다. 문 사이로 한 줄기 섬광이 비쳐들었으니 그것은 한국인 동포의 등장이었다. 그녀가 차를 가지고 있었던 지라 구원의 손길은 광채를 더했다. 그녀는 따사로운 목소리로 "파크 시티Park city로 독립영화제를 보러 가자"고 말했다.

장시간 차를 달려 가까스로 파크 시티에 도착하자 나는 다른 시티에 잘못 온 게 아닌가 했다. 밤이면 유령의 도시가 되는 파크 시티는 온데간데 없고 낯선 풍경이 펼쳐져 있었다. 거리와 숍마다 환히 불이 밝혀지고 작은 마을 전체가 뭔지 모를 홍성거림으로 들썩이고 있었다. 그것은 다들 잠들기를 기다렸다가 깊은 산 속에서 엉금엉금 기어 내려온 눈의 요정들이 벌이는 축제처럼 꿈같은 광경이었다.

1985년, 로버트 레드포드가 영화 〈내일을 향해 쏴라〉에서 자신이 맡았던 배역인 '선댄스 키드'란 이름을 따서 만든 〈선댄스 영화제〉는 신예 감독의 저예산 영화를 주로 상영하는 것으로 유명하다. 〈섹스, 거짓말 그리고 비디오테이프〉의 스티븐 소더버그, 〈바톤 핑크〉의 코엔형제, 〈저수지의 개들〉의 쿠엔틴 타란티노 등의 감독들이 선댄스가 발굴해낸 '선댄스 키드'로 꼽힌다. 그 후로 매년 1월이면 파크 시티는 전 세계 영화인들의 이목을 집중시키는 영화의 축제장이 된다.

영화를 보는 것은
우리가 기꺼이 환상의 세계로 들어가겠다는 준비와 같다.
어린 시절 동화를 읽을 때처럼 말이다. 불이 꺼지는 순간,
마음은 들뜨고 흥분되기 시작한다.
그리고 그것이 축제라면그설렘은 더 증폭되기 마련이다.
전주의 영화 거리와 객사 거리를 잇는 도심에는
골목마다 예쁜 카페가 숨어 있다.
하얀 거품이 구름처럼 둥실 떠 있는 라떼 한 잔을 마시며
영화가 시작되기를 기다리는 시간,
그것은 산타클로스의 선물을 기다리는 마음처럼 설레기 그지없다.

전주 국제영화제

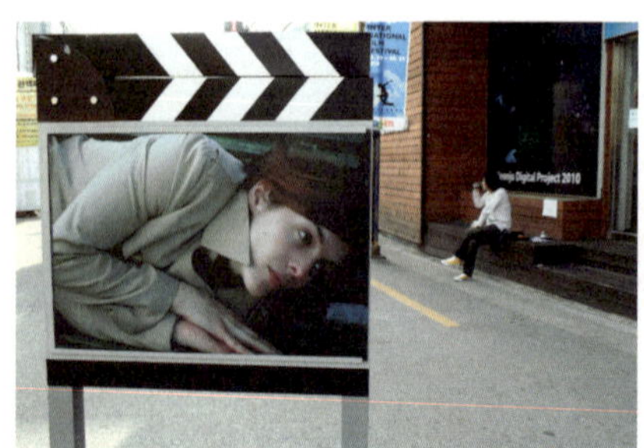

동생에게 이끌려 전주 고사동 영화 거리에 도착했다. 단체 만화영화 관람을 졸업하고 처음으로 엄마가 준 용돈을 소중하게 품 안에 넣고 친구들과 들떠서 찾아갔던 극장들이 있던 거리. 그러나 그곳은 몇십 년 전, 〈구니스〉와 〈인디아나 존스〉를 보러 한달음에 달려갔던 코리아, 명보, 피카디리, 대한극장이 있던 거리가 아니었다. 메가박스를 비롯해 CGV 전주, 아카데미 홀, 전주 시네마 등 위풍당당한 영화관 앞에는 줄이 길게 늘어서 있고, 거리는 팝콘 냄새로 가득했다. 야외무대에서는 뮤지션들의 연주가 신나게 울려 퍼지고 하늘 가득 걸려 있는 빨간 우산은 설치미술 작품처럼 보였다. 벽마다 영화 포스터가 나부끼고 거리 가득 펼쳐진 좌판은 흥성거렸다. 그건 영락없는 축제의 광경이었다. 4월 말부터 5월 초, 조용한 전주 거리가 '전주국제영화제' 때문에 들썩인다.

동생이 미리 예매해둔 영화는 뒷전이고 거리 구경에 정신이 팔렸다. 늘 '한 번 가봐야지' 했지만, 국제영화제 기간에 맞추는 것이 녹록지 않았다. 당연히 영화 거리가 낯설기만 하다. 아, '장인의 솜씨'로 구워내는 꽈배기 집은 그대로 있다. "아하하" 웃으며 사자마자 덥석 베어 무니 동생

BUTCH CASSIDY AND
THE SUNDANCE KID

Welcome
To
JIFF

BREAKFAST
AT
TIFFANY'S

이 집에 가서 먹으라며 한 봉지 더 사준다. 바삭, 부서지는 꽈배기를 씹다가 시선이 딱 멈춘다. 로버트 레드포드다. 그 옆에 폴 뉴먼도 있다. 태양을 향해 거침없이 쏴줄 태세의 부치와 선댄스 키드 뒤로 영화 거리의 벽은 면면히 영화 이야기를 품고 있다. 안성기와 전도연, 스탠리 큐브릭과 브래드 피트……. 한눈에 알아볼 수 있는 얼굴도 있지만 누구? 할 정도로 조악한 그림이다. 그런데 그게 딱 어울린다. '자유, 독립, 소통'이라는 슬로건으로 주류가 아닌 대안 영화alternative film를 소개한다는 취지의 영화제라는 이유만은 아니다. 전주국제영화제는 젠체하는 위엄 대신 신나게 즐기는 축제이기 때문이다. 언젠가 '전주 키드'라고 불릴 감독들이 세계 영화계를 주름잡더라도 나는 절대 놀라지 않을 작정이다.

여행 노트

2001년에 시작된 전주국제영화제는 매년 4월 말과 5월 초 사이, 전주 고사동 영화 거리에서 개최된다. 메가박스를 비롯한 5~6개의 영화관에서 세계 각국의 영화가 상영된다. 영화제 기간에는 국내외 유명 감독과 배우와의 만남의 자리가 마련되기도 하고, 거리에는 각종 공연과 전시가 펼쳐진다. 예매는 영화 거리에 설치된 임시 매표소를 이용하면 되는데, 화제작들은 홈페이지www.jiff.or.kr로 서둘러 예매하는 게 좋다. 영화 거리 안내소에서는 영화제 소식을 발 빠르게 담은 데일리 매거진을 나눠주기도 한다.

찾아가는 길

자동차 전주 IC 진입 후, 반월 교차로에서 시청 방향, 고사동
대중교통 전주역이나 고속버스터미널에서 고사동 가는 시내버스 이용

문의

전주시청 문화관광과 063-281-2114
전주국제영화제 063-288-5433, www.jiff.or.kr

음식

고사동과 중앙동 일대는 그 유명한 전주비빔밥집들과 콩나물국밥, 가볍게 들르기 좋은 분식집까지 즐비하다. 영화 거리에서 걸어서 5분 거리, 중앙동에는 비빔밥으로 쌍벽을 이루는 **성미당**(063-284-6595)과 **가족회관**(063-284-0982)이 있다. 내가 학교 다닐 때 햄버거 가게 대신 다니던 곳이다(전주는 패스트푸드점이 정착하는데 꽤 오랜 시간이 걸렸다). 미리 밥을 한 번 비벼서 놋쇠 그릇에 담아 다시 각종 나물과 청포묵을 올려내는 게 특징. 함께 내는 열몇 가지 밑반찬이 모두 맛있어 전주 음식의 진수를 맛볼 수 있다.

전주에서 유명한 콩나물 해장국집으로는 **현대옥**, **삼백집**, **왱이집**, 이렇게 세 곳을 꼽는데, **현대옥** 본점(063-282-7214)은 남부시장 내에 있고, **삼백집**(063-284-2227)은 고사동에, **왱이집**(063-287-6980)은 인근 경원동에 있다. 전주 사람들 사이에서도 '최고의 콩나물국밥집'에 관해서는 의견이 분분한데 내 취향 따위 굳이 밝히자면 삼백집 당첨! 그 이유를 말하면 콩나물국밥의 진수인 시원한 국물 맛이 아무래도 8할, 곁들여내는 수란과 국물 리필 같은 건 아낌없이 요청하시라는 담대함과 혼자 가도 박대하지 않는 공평한 서비스가 1.9할, 깔끔한 매장이 0.1할 정도? 1947년에 문을 연 삼백집은 하루 삼백 그릇 팔면 재료가 떨어졌다고 문을 닫았다 해서 '삼백집'이라는 이름이 붙었는데 지금은 24시간 영업을 하니 걱정 마시길. 콩나물국밥에 계피와 갖가지 약재를 넣고 끓여내는 달짝지근한 모주 한 잔을 빼놓아서는 안 될 일이다. 나는 사실 이 모주가 먹고 싶어서 콩나물국밥집에 가기도 한다. 콩나물국밥과 모주는 정말 완벽한 찰떡궁합이다. 사실을 말하자면 모주 8할, 국물 맛 1할, 서비스 1할이라 고백하겠다.

성미당

삼백집

숙소

고사동과 중앙동 일대에는 모텔이 많지만 **전주한성관광호텔**(063-288-0014)을 권하고 싶다. 1949년 '한성여관'으로 시작한 호텔은 오랫동안 전주의 랜드마크였다. 60여 년 역사를 가진 호텔은 세련됨과는 거리가 멀지만 오래된 맛이 있어 좋은 곳이다. 로비와 객실 모두 한지를 바른 벽과 연륜이 묻어나는 창틀 등에서 옛날 여관의 운치를 느낄 수 있다. 욕실에 있는 스테인리스 욕조는 한성여관 때부터 쓰던 호텔의 명물. 큼직한 빨간 타일이 군데군데 박힌 욕실은 제법 빈티지한 멋이 난다. 예전 한성여관은 아침, 저녁으로 맛깔스러운 식사를 내는 것으로 유명했다고 한다. 그 전통을 이어 호텔 2층에 있는 레스토랑에서 소박한 아침식사를 내고 있다. 직원 모두가 친절한데다가 가격도 저렴한 편이라 예약을 서둘러야 한다.

눈부시게 빛났던 나의 첫 번째 공원
| 덕진공원

사람은 세 번 공원에 간다고 한다.

부모님 따라, 연인과 함께, 아이를 낳아 아이 손잡고 또 한 번.

동생들과 조카들의 손을 잡고 덕진공원에 갔다.

어렸을 때, 여름이 시작될 즈음이면

호수 가득 연꽃이 피어난 덕진공원에

아이들의 손을 잡은 사람들로 가득했었다.

심하게 흔들려서 건너는 데 꽤나 용기가 필요했던

현수교는 이제는 단단하게 고정되어 발을 굴러도 끄떡없다.

연꽃 핀 호수에는 노 젓는 보트 대신 오리보트가

생뚱맞은 표정으로 둥실 떠 있다.

전 주 덕 진 공 원

조금은 낯설면서도 아주 친근한 풍경이다.
호수에 연꽃은 변함없이 피어 있었다.

조카 빈이가 아주 어렸을 때 엄마랑 함께 콩꼬투리를 까다가
그 안에 콩 다섯 개가 조르르 들어 있는 걸 발견했다.
빈이는 뭐가 좋은지 "까르르" 웃으며
콩꼬투리를 몇 번이나 열었다 닫았다 하며
"큰이모, 엄마, 도라에몽, 가북이 이모, 맛딩이 이모"

라는 가사의 노래를 지어 부르며

다섯 이모들이 콩꼬투리에서 빠져나갈까 봐

하루 종일 콩깍지를 손에 쥐고 다녔었다.

형제, 자매란 한 꼬투리 안의 콩 같다.

어렸을 때는 붙어 있다가 어느 순간 뿔뿔이 흩어진다.

"옛날에 요 앞에서 비둘기 모이 줬는데."
"설마, 우리 먹을 것도 없었는데 그럴 리가!"
한 콩꼬투리 안에 있었는데 기억은 다르다.
"아니야, 사진 찍는다고 아빠가 비둘기 앞에 앉혔어.
내가 비둘기 무서워서 막 울고 그랬다고."
못난이 삼형제 인형 표정인 사진이라면, 기억이 난다.
이럴 때를 대비해 아빠는 증거로 사진을 찍어두었군.

호수를 가로지르는 다리를 조카들이 쿵쾅쿵쾅 달린다.
아이스크림 사달라고 조르는 조카를 보니
역시 어렸을 적 동생이랑 똑같이 닮았다.
어쩌면 나와도 닮았을지도, 한 꼬투리 안의 콩처럼.

여행 노트

덕진공원은 전주 시민들이 즐겨 찾는 곳이다. 버드나무가 그늘을 드리운 너른 연못과 사이사이 잔디밭이 펼쳐져 있는 공원에는 한가롭게 장기를 즐기는 노인들과 산책을 즐기는 연인들, 도시락 싸서 나들이 나온 가족 등 편안한 상태로 공원을 즐기는 이들로 가득하다. 부러 구경할 것까지는 없지만 여름이라면 이야기가 달라진다. 연못 가득 연꽃이 피어나는 여름이 오면, 덕진공원은 꼭 찾아야 할 곳이다. 덕진공원의 간판스타는 단연 덕진연못이다. 덕진연못의 홍련은 7월 초부터 8월까지 피고 지기를 반복하며 장관을 이룬다. 초록 연잎으로 덮인 초록 물 위, 오리보트가 떠 있는 모습은 뭐라 말할 수 없이 평화로운 풍광이다.

전주팔경 중 하나인 덕진공원은 백제의 견훤이 풍수지리설에 의거해 만들었다고 한다. 4만 5천 평 규모에, 연꽃 자생지가 1만 3천 평에 이른다. 연못을 가로지르는 아치형의 현수교는 연화교라 불리는데, 다리를 사이에 두고 한쪽은 연꽃이 소담스럽게 피어 있고, 다른 한쪽에는 오리보트가 한가롭게 물살을 가른다. 연못의 한가운데 연화정이라는 정자에 올라서면 덕진공원이 한눈에 들어온다. 연못 가득 수놓은 홍련의 모습은 황홀할 지경이다. 가만히 숨을 들이마시면 연꽃 향이 은은히 코를 간질인다.

입장료

무료

찾아가는 길

자동차 전주 IC를 빠져나와 시청 방향 진입, 가련광장 삼거리에서 좌회전

대중교통 전주 고속버스터미널이나 전주역에서 전북대행 시내버스 탑승, 덕진공원 입구에서 하차

 주소 전북 전주시 덕진구 덕진동 2가 1314-4

문의

전주덕진공원 063-239-2607

음식

공원 근처에 간단한 음식을 파는 휴게소가 있지만 제대로 식사
하자면 조금 걷거나 차를 잠시 달리는 게 좋다. 금암동 전북일
보사 맞은편에 있는 **한국관**(063-272-9229)은 성미당, 가족회관
과 함께 손꼽히는 40년 전통의 전주비빔밥 전문식당이다.

한국관

한국관에 처음 간 건 내가 아주 어릴 때였다. 부산에서 놀러 온
외가 친척들을 대접하기 위해 부모님이 고심해서 골랐던 식당

이 바로 한국관. 비빔밥은 사실 다른 반찬 없이도 먹는 한 그릇 음식인데도, 열댓 가지
반찬이 한 상 떡 벌어지게 차려지는 바람에 친척들이 놀랐던 기억이 난다. 지금은 그때
보다 반찬은 단출해졌지만 그래도 역시 비빔밥치고는 과분한 반찬들이 줄줄이 나온다.
굳이 말하자면 그게 '전주 음식 인심'이라 말하고 싶다. 따끈하게 데운 놋쇠그릇에 밥
을 담고 나물과 고기를 수북이 올려낸다. 돌솥비빔밥도 있는데 전주비빔밥의 제맛을 즐
기기에는 놋쇠그릇비빔밥의 손을 들어주고 싶다. 아, 그리고 전주비빔밥은 숟가락 대신
젓가락으로 슬슬 비벼 먹는 게 정석이다.

숙소

전주역과 고속버스터미널 부근에 모텔이 많지만 고사동의 **전주한성관광호텔**(063-288-
0014)을 추천한다. 오랜 역사를 지닌 호텔은 빈티지한 매력이 넘친다. 가족 여행이라면
한옥마을의 숙소를 이용하는 것이 좋다(한옥마을 숙소 참조).

가을 소풍이 좋다

겨울을 준비하느라 부지런히 먹이를 먹고

언뜻 겨울 냄새가 나는 공기 속에서

느긋하게 햇볕을 쬐는

가을 무렵의 동물원이 좋다.

가을이 물들 무렵, 오랜만에 가볼까, 하고

엄마와 동생들과 동물원에 갔다.

동물원은 그렇게 유난 떨지 않고

산책 나서듯 가는 곳이라 좋다.

때때로 조카들과 함께 가곤 했지만

생각해보니 부모님 손잡고 간 건

전주 동물원

어쩌지 기린이 백치미와 함께

시크한 매력이 있다고 생각하는 건

나만의 생각일까.

80

전주 동물원

너무나도 오래전 일이다.

가족들과의 나들이가 으레 그렇듯이
좋은 기억만 있는 건 아니다.
동생이 핫도그 케첩을 내 옷에 흘려 하루 종일 언짢기도 했고
동생이랑 솜사탕을 나눠 먹어야 해서 짜증이 나기도 했다.
동물원은 즐겁기만 한 곳은 아니다.
코끼리 할아버지는 이제 그만 은퇴하셔야 할 것 같은 짠한 마음이 들고
낙타는 왜 이런 추운 나라까지 와서 떨고 있을까 하는 연민이 들며
사자랑 호랑이랑 싸우면 누가 이길까 하는, 어렸을 때 최대 궁금증은
(실제로 두 동물은 서식지가 달라 맞짱 뜰 일은 없다고 한다)
몇 해 전 호랑이가 사자를 덮쳐 물어 죽였다고 하는
믿기지 않는 무시무시한 사건이 이곳 동물원에서 실제로 일어났고
(하지만 그 후로도 여전히 사자와 호랑이는 이웃사촌 간이다)
조카는 제발 원숭이라도 보러 가줬으면 좋겠는데
악어랑 뱀 우리 앞에서 떠날 줄 모르고
온갖 짜증이 확 밀려온다.

전주 동물원

그럼에도 불구하고 나는 동물원이 좋다.
진지하게 동물을 구경하는 가족들을 구경하는 게 재밌고
5분에 한 번씩 군것질을 해줘야 하는 조카들이 귀엽다.
나도 몰래 배시시 웃음이 나온다.

동물원에서 즐겁지 않기는 힘든 일이다.

전주 동물원

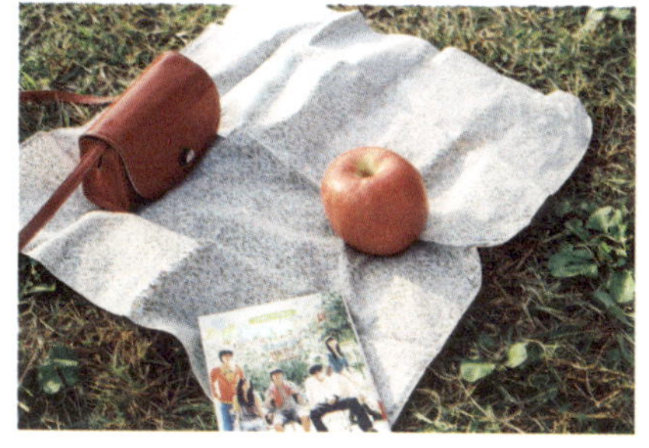

여행 노트

전주 동물원은 서울 대공원과 에버랜드 동물원에 이어 전국에서 세 번째 규모를 자랑한다. 호랑이 사자 곰 하마 기린 들소 코뿔소 낙타 등은 물론 희귀동물로 불리는 눈표범과 페르시아표범, 천연기념물 수달을 포함해서 총 112종 1,077마리의 동물을 기르고 있다. 1978년에 개원했다고 하니 무려 삼십여 년이 넘었다. 처음 생겼을 당시에는 신세계라도 온 듯, 가슴을 뛰게 만들던 것들이 이제 보니 반짝반짝 빛나는 생기를 잃은 것 같다. 하지만 이상하게도 그것이 묘하게 가슴에 스며드는 풍경으로 자리한다. 마음에 드는 수수한 색깔로 칠한 수채화 같은 느낌이다.

입장료

어른 1,300원, 청소년 600원, 어린이 400원

개장 시간

하절기(3월~10월) 9:00~19:00, 18:00까지 입장
동절기(11월~2월) 9:00~18:00, 17:00까지 입장

찾아가는 길

자가용 전주 IC에서 시내를 관통해 송천동 방향, 전주동물원 표지판
대중교통 고속버스터미널에서 도보로 10여 분 거리의 전북일보사 앞 정류장에서 165번 시내버스 탑승해서 전주동물원 정류장에 하차(15분 소요, 배차 간격 20분) 전주역에서 택시로 5분 거리
주소 전북 전주시 덕진구 덕진동 1가 73-48

문의

전주 동물원 063-281-2713, http://zoo.jeonju.go.kr

음식

전주의 진짜 맛은 백반이다. 5천 원짜리 백반 하나 시키면
한 상 가득 반찬이 나온다는 바로 그 전주 가정식백반이야
말로 전주의 손맛과 인심을 느끼게 한다. (구)전북도청 부
근에 괜찮은 백반집들이 모여 있다. **한국식당**(063-284-
6932), **한밭집**(063-284-3367), **죽림집**(063-284-4030), **지연
식당**(063-288-8272), **광장식당**(063-282-3641) 등 머리를
맞대고 서 있는 식당들은 가격이 무색할 정도로 실한 밥상
을 차려낸다.

진미집

우리 자매들은 '허 여사 백반집' 을 차리면 연 매출 4억은 거뜬하다고 말할 정도로 '엄
마 표 밥' 을 좋아한다. 그런데 언젠가 "내가 한 밥이 뭐가 맛있어. 난 남이 해준 밥이 좋
더라"라는 엄마의 말을 듣고 깜짝 놀라버렸다. 우리 자매들이 열광하는 엄마 표 밥이 정
작 당신의 입에는 달지 않았다니. 외식할 기회가 별로 없는 엄마는 평생 맛없는 것만 먹
고 살았다는 얘기다. 그때부터다. 엄마의 수고를 한 끼라도 덜어주자는 마음에 나는 엄
마 표 밥상을 포기하고 외식하자고 엄마에게 조르곤 한다. 엄마가 차려주었다면 이랬을
것이라는 밥상을 전주의 백반집에서 맛본다.

한국식당은 조기구이, 도토리묵, 전, 잡채, 제육볶음, 각종 젓갈과 나물 등의 반찬이 이십
여 가지 나온다. 돼지고기를 숭덩숭덩 썰어 넣은 김치찌개와 청국장, 맑은 새우무국, 달
걀찜까지 뚝배기만 네 개가 나온다. 오랫동안 5천 원을 고수하던 가격이 7천 원으로 올
랐고, 홍어 같은 전라도 토속 음식이 빠진 것이 섭섭하지만 그래도 이만하면 잘 먹었다
싶다. 엄마 표 밥상에는 어림없지만 말이다.

숙소

호텔은 고사동의 **전주한성관광호텔**(063-288-0014, 영화 거리 숙소 참조)과 한옥마을의
코아리베라호텔(063-232-7000)을 이용하는 것이 좋다. 코아리베라호텔을 추천하는 이
유라면 전경이 끝내준다는 것. 기와지붕이 연이은 한옥마을이 한눈에 내려다뵈는 '한
옥 뷰' 는 이 호텔에서만 누려볼 수 있다.

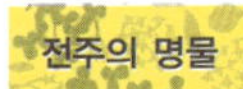

전주에서 우리는 풍류를 마신다

전주의 명물, 막걸리 타운과 가맥집

아일랜드가 위스키의 성지라면, 막걸리의 성지는 전주다.

무라카미 하루키가 "좋은 술은 여행하지 않는다"라고 했듯이 술맛의 진수를 맛보자면 그 산지를 찾아야 할 것이다. 전주에 와서 막걸리를 마시지 않으면 팥소 없는 찐빵, 휘핑크림 뺀 프라푸치노를 먹은 것과 같다.

막걸리의 성지답게 전주에는 곳곳에 막걸리 타운이 형성되어 있다. **삼천동**과 **서신동**이 제일 유명하고 **효자동**과 **평화동**, **경원동**에도 막걸릿집이 즐비하다. 전주에 유명한 막걸릿집이 많은 것은 막걸리보다는 막걸리에 딸려 나오는 푸짐한 안주 때문인지도 모른다. 주객이 전도된 셈이지만 전주 막걸리 집에서는 주객전도가 기쁘기만 하다. 안줏값은 따로 받지 않고 막걸리 주전자 수로만 셈을 하는데, 주전자 수가 늘어날수록 안주도 풍성해진다.

삼천동 막걸리 집은 규모로 치면 1등이다. 서른 군데가 넘는 막걸릿집들이 불야성을 이룬다. 전주식 안주, 즉 맛깔스럽고 푸짐한 코스 안주의 원조 격이 이 삼천동 막걸릿집들이다. 막걸리 한 주전자를 시키

면 열댓 가지 안주가 상에 깔린다. 조기매운탕, 병어회, 주꾸미, 파전, 소라와 생굴 등과 갖가지 채소가 등장한다. 세 주전자 정도 시키면 홍어삼합, 산낙지, 꽃게, 전복 등의 메뉴까지 맛볼 수 있는데 대개는 두 주전자쯤에서 두 손을 들고 만다. **용진집**(063-224-8164)이 제일 유명하지만 언제나 붐벼서 자리를 차지하기가 쉽지 않다. 유명세는 덜하지만 **두 여인 막걸리**(063-221-0271)를 추천한다. 돼지고기 삼합과 찌개 등 메인 메뉴 외에 석화와 새우, 더덕구이, 각종 채소와 과일 등을 먹을 만큼만 얌전하게 한 상 가득 차려주어서 여자들이 좋아하는 막걸리 집이다.

이에 비해 **서신동 막걸리 집**은 굵직한 몇 가지 안주로만 승부를 거는 곳이다. 첫 주전자를 시키면 삼계탕, 족발, 돼지고기 김치찜 등 너덧 가지 안주가 나온다. **막걸리 1번지**(063-254-7800)에서는 세 번째 주전자를 시키면 그 자리에서 간장게장 살을 발라내 밥을 비벼주는 주모의 현란한 솜씨를 볼 수 있다. 덕분에 일찍 찾지 않으면 자리가 없다. 근처 **옛촌**(063-272-9992)과 **서신막걸리**(063-251-1386)도

괜찮다. 예로부터 서민의 삶을 달래준 막걸리를 전주에서 맛본다면 술에 취하고, 인심 좋은 전라도 음식에 취한다. 푸근한 정은 덤이다.

전주의 또 하나 명물은 바로 **'가맥 집'**이다. '가게 맥줏집'이라는 뜻으로, 술집이 아닌 가게에서 맥주를 마시는 전주의 독특한 술 문화 중 하나다. 전주시청 노송광장을 지나 출판사와 인쇄사가 밀집해 있는 출판 거리에 가맥 집이 많고, 서신동에도 가맥 집이 하나 둘 늘어나고 있다. 전주 가맥 집의 원조 격은 경원동의 **전일 슈퍼**(063-284-0793)다. 말이 슈퍼지 널찍한 가게 안에 가득한 테이블에는 저마다 병맥주를 기울이는 사람들로 가득 차 있다.

가맥 집의 대표 안주는 황태포. 탕탕 두드려 야들하게 만든 황태를 연탄불에 바짝 구워 양념간장과 함께 낸다. 청양고추를 송송 썰어 넣은 양념간장은 달짝지근하면서도 알싸하게 중독성 있다. 이 맛 때문에 가맥 집을 찾는다는 사람들도 있다. 달걀말이나 갑오징어 등의 안주를 내는 집도 있다. 맥줏값은 술집보다는 조금 싼 정도다. 게다가 인테리어는 "전~혀"라고 할 만큼 테이블만 덜렁 놓여 허름하기 그지없다. 다양한 안주가 있는 것도 아니고 신나는 음악이 있는 것도 아니다. 심지어 술은 먹고 싶은 대로 냉장고에서 꺼내 마시고 나중에 빈 병의 개수를 헤아려 계산하는 시스템이니 서비스가 좋다고 할 수도 없다. 그런데 다들 왜 그렇게 가맥 집을 좋아하는 걸까?

동생 내외와 가맥 집에서 맥주병을 기울이며 '가맥 집의 기원'에 대해 열띤 토론을 벌인 적이 있다. 생각해보면 동네에 그런 가게 하나쯤은 있었던 것 같다. 가게 안이나 앞에 놓인 옹송스러운 탁자에서 어른들은 해 떨어질 때쯤이면 술을 기울이곤 했다. 쥐포나 오징어를 안주 삼아 먹기도 하고, 주인이 신 김치나 오이를 썰어서 내주기도 했다. 그게 가맥 집의 기원이 아닐까. 유독 전주에만 가맥 집이 발달한 것에 대해 동생은 "전주는 워낙 못사는 사람들이 많았잖아. 주머니가 단출하니까 싸게 먹을 수 있는 가게 술집이 발달한 거지"라고 한다. "유독 전주만 못 살았나?" 의혹을 제기하니 "거기다 전주는 술 인심도 좋고"라고 덧붙인다. 여기에 제부는 "어릴 때 돈 없이 술 먹던 기분도 나고 좋잖아요"라고 거든다. 어릴 때 술 좀 마셨나 보다. 동생이 마지막으로 "전주 사람들은 풍류를 알잖아"라고 일침한다. 우리는 다 같이 고개를 끄덕인다.

술을 마시는 건 아무나 할 줄 알아도, 술 문화를 만드는 건 보통 풍류로는 곤란한 법. 동생이 말리지만 제부는 냉장고에서 맥주 몇 병을 더 꺼내온다. 우리는 술을 마시는 게 아니라 '풍류'를 마시는 것이다.

햇살, 내 손안에 살포시
내려앉는 꽃

봄

봄이다.
나른한 봄 햇살 아래, 진저리치는 꽃 속을 느릿하게 걸어본다.
풀리지 않는 일과 인간관계는 잠시 밀어둔다.
바람이 분다.
연분홍 가득 꽃을 피운 가지가 바르르 몸을 떤다.
꽃잎이 일렁인다.
팔랑. 꽃잎이 떨어진다.
후드득, 못 견디고 꽃잎이 흩날린다.
쏴아. 연분홍 바람 속에서 달콤한 냄새가 난다.
온몸에 스며든 꽃향을 품고 나는 또 이 봄, 또 견디며 살아간다.

교통 체증을 피하자고 택시 기사 아저씨는 남산으로 차를 몬다.

미터기는 빠르게 올라간다. 왜 가로지르는 길 놔두고 에둘러가나 짜증이 확 솟구친다. 미터기를 감시하는 것도 포기하고 절망적인 심정으로 차창 밖으로 고개를 돌린다. 아~ 흐드러지게 벚꽃이 피었다. "참 좋죠?" "네, 좋은데요." "손님 덕분에 꽃구경 잘하네요." "그럼요, 다 제 덕분이죠." 증오의 대상이었던 기사 아저씨와 금세 친해져서 헤헤거린다. 도심 속, 옹색한 꽃구경이 잠시 구겨진 마음을 탁탁 털어 펴주었다. 나는 지천으로 흐드러진 꽃을 보고 싶어 집으로 내려간다. 연둣빛으로 물오른 들판 어디에나 살포시 꽃이 피어났다. 봄이다. 나른한 봄 햇살 아래, 진저리치는 꽃 속을 느릿하게 걸어본다. 풀리지 않는 일과 인간관계는 잠시 밀어둔다. 바람이 분다. 연분홍 가득 꽃을 피운 가지가 바르르 몸을 떤다. 꽃잎이 일렁인다. 팔랑. 꽃잎이 떨어진다. 후드득, 못 견디고 꽃잎이 흩날린다. 쏴아. 연분홍 바람 속에서 달콤한 냄새가 난다. 온몸에 스며든 꽃향을 품고 나는 또 이 봄, 또 견디며 살아간다.

상큼한 봄맛이다

섬진강을 따라 내려앉은 하얀 눈 조각.

말간 봄날의 매화 마을은

향수를 쏟은 듯 아득해서

매화 향기가 이렇게 좋은 줄

난생처음 알았다.

후드득, 하얀 꽃비가 내린다.

바람이 불어오는 곳

고요히 흐르는 강물 위로

푸른 하늘이 눈부셨다.

드디어 봄이 온 모양이다.

“아, 여기 좋다.”

아빠가 차를 멈춘다. 막 여린 초록 물이 오르고 있는 버드나무가 늘어진 푸른 강물. 눈이 시원하게 정화되는 느낌이다. 잠시 쉬었던 걸음을 재촉한다. “아, 저기! 멈춰!” 내가 냅다 소리쳤다. 길가에 산더미처럼 과일을 쌓아 놓고 파는 것을 매의 눈으로 캐치한 것이다. 권하는 것 이상으로 시식용 과일을 먹었더니 상인은 좀 놀란 눈치다. 새콤한 오렌지 알갱이가 입안에서 톡 터진다. 외국에서 건너와 오랫동안 냉장 저장되어 있었을 터인데도, 봄 햇살 받은 오렌지에서는 어쩐지 봄의 맛이 난다. 믿을 수 없이 싼 가격에 오렌지와 참외를 한 봉지 가득 담아 사고 의기양양해졌다. 저마다 좋을 대로 차를 세우며 화개장터에 도착한 것은 마치 부러 맞춘 것처럼 딱 점심때였다.

내 식탐은 필시 아빠를 닮은 것임이 분명하다. 평생 군살이라고는 조금도 붙지 않는 몸매인데도 아빠는 의외로 먹는 것에 집착이 강한 편이다. "오늘 놓친 한 끼는 다시 찾아 먹을 수 없다"가 아빠의 평소 지론이다. 삼시 세 끼를 정해진 시간에 드셔야 하는 아빠 때문에 엄마만 성가시다. 국물이 꼭 있어야 하고, 두 번 오른 반찬 앞에서 아빠의 젓가락은 우회한다. 기껏 푸짐하게 차려놓아도 딱 먹고 싶은 만큼만 먹고 주저 없이 숟가락을 놓는다(이것만은 도저히 아빠를 닮을 수 없다). 그래서 아빠와 같이 여행을 하면 뭘 먹을까, 하는 걱정은 할 필요가 없다. 조금의 망설임도 없이 앞장서는 아빠 뒤를 따라 식당에 들어가 화개장터의 별미, 참게탕을 먹고 잠시 잊었던 목적지로 다시 향한다. 배도 부르고, 날씨도 좋고, 꽃은 기막히고, '봄철 여행 3종 세트'를 다 갖췄다.

광양 매화마을로 향하는 길.

섬진강을 따라 하얀 꽃이 흐드러지게 피었다. 3월 말부터 매화가 피기 시작하여 4월 초순이면 광양의 산자락과 강가, 마을 어디나 하얗게 반짝반짝 빛난다. 그중 관광객이 가장 많이 찾는 곳은 도사리마을 산 중턱에 자리 잡은 홍쌍리 여사의 '청매실농원'이다. 주차장은 차 댈 데 없이 붐비고, 천막 치고 줄지어 선 간이음식점에서는 전 부치는 냄새와 손님을 부르는 소리로 가득하다. 시골 아낙들이 펼쳐놓은 소쿠리 안에는 봄나물들이 파릇하게 넘친다. 농원 안에 잘 닦아놓은 수십 개의 항아리에 벚나무 가지가 그늘을 드리운다. 붕붕붕, 꿀 따는 벌의 날갯짓도 분주해진다.

언덕을 따라 요리조리 난 길을 따라 할랑하게 걷는다. 어디나 꽃 천지라 햇살이 하얗게 부서지고 흩날린다. '눈부시다'란 표현을 실감하는 순

광
양
매
화
마
을

간이다. 사진을 찍느라 뒤처진 나를 엄마와 동생이 나란히 서서 기다리고 있다. 부러 걸음을 늦춰 뒤따라간다. 도란도란 이야기를 나누는 모녀의 뒷모습이 좋아서다. 내 엄마와 동생이라 더 도탑다. 아빠는 먼저 휑하니 앞서 보이지 않는다. 아빠는 좋은 풍경에도 집착하는 편이다. 더구나 꽃이라면 아빠 마음은 더 분주할 것이다. 좋은 경치에 대한 탐욕은 '시탐視食'이라 불러야 할까. 먹지 않아도 배불러야 할 풍경이지만 내 경우는 식탐과 시탐은 비례한다. 동생 등짝을 후려쳐 아이스크림을 사내게 했다. 매실 맛이 입속에 상큼하게 퍼진다.

봄맛이다.

작은 마을 산책

홍쌍리 여사의 청매실농원은 잘 가꿔 놓아 평일인데도 사람이 많았다. 잠시 걷기는 좋아도 슬쩍 조용한 꽃길을 찾아 떠나고 싶어졌다. 눈은 이미 넘치도록 호사했고, 매실 아이스크림까지 먹고 나니 미련이 없다. 차를 달리다 이내 작은 마을 앞에 멈췄다. 마을 앞에 '관동 마을'이라고 새겨진 돌이 서 있다. 아마도 집집이 밥그릇에 꽃이 몇 개나 그려져 있는 지,

광양 작은 마을 산책

서울에서 직장 다니는 박 서방네 아들이 최근 실연을 당했다는 소식까지 공유할 것 같은 작은 마을이다. 어느 여행 안내서에도 나오지 않고, 관광객 하나 들르지 않는 이런 작은 마을에 나는 마음이 간다. 작은 개울물이 흐르고 마을 뒤로 바로 야트막한 언덕이 이어지고, 사납게 짖는 대신 꼬리를 살랑 흔들며 강아지 한 마리가 뒤따라온다.

담장 너머로 꽃 핀 매화가지가 늘어진 집 앞을 지나는데 열린 문틈으로 안이 들여다보인다. 주인 내외는 마루에 앉아 늦은 점심을 먹고 있다. 냉이를 넣고 보글보글 끓인 된장찌개와 여린 봄동 쌈, 맛이 든 장아찌와 잘 삭힌 젓갈 한두 가지가 상에 올랐을 것이다. 그렇게 메뉴를 상상하며 지나는데 도란도란, 부부가 나누는 이야기 소리가 들려온다. 문득 이런 곳에서 한 번 살아봤으면 하는 생각이 든다. 하지만 잠깐 드는 생각뿐, 아마도 그럴 일은 없거나 혹 그런다 해도 아주 먼일임을 잘 알고 있다. 꿈은 어쩌면 이루었을 때보다는 멀리서 동경하는 편이 훨씬 아름다운지도 모른다. 자꾸 그런 생각이 든다. 꿈을 제대로 이뤄본 적도 없으면서도 말이다. 차 안으로 돌아와 집으로 향한다. 멀리 하늘이 금빛으로 물들고 있다.

팔랑, 옷자락에 마을의 꽃잎이 따라와 있었다.

화개장터

"오, 산서면을 떠들썩하게 만들던 부부구먼."

아주 오랜만에 만난 친척분이 부모님을 보고 이렇게 말씀하셨단다(부모님을 따라나섰던 동생의 증언이다). 전북 장수군 산서면, 아빠의 고향이다. 엄마의 고향은 부산이다. 엄마가 입버릇처럼 말하는 '장수 산골짜기'까지 시집오기 전까지 엄마는 한 번도 부산을 떠나본 적이 없었다. 그러니까 전라도 촌놈(죄송하지만 이것도 엄마의 표현, 실은 아빠는 당시 '장발과 청바지, 통기타'란 반항아의 삼종 세트를 고루 갖춘 요샛말로 '차도남'이었다)과 부산 대도시의 단정한 처녀가 만난 것은 순전히 화창한 봄날, 흐드러지게 피어난 꽃 때문이었다.

바야흐로 봄이었다. 꽃망울이 톡톡 터지듯, 청춘남녀의 염통도 벌렁거렸고 그 김에 냅다 경남 합천 해인사로 놀러 간 청춘남녀는 꽃그늘 아래에서 서로 지나쳤다(이 부분은 슬로 모션이었을 것이다). 심장이 평소보다 백만 배는 거세게 뛰는 기이한 경험에 청춘남녀는 뒤를 돌아보았고, 심상치 않은 심장 박동의 원인을 깨달았다. 청춘남녀는 첫눈에 반하고 말았다(엄마는 거세게 부인하시지만). 이것은 우리 부모님의 연애사다.

서로 주고받은 편지가 라면 박스로 세 상자가 넘어설 무렵, 장장 3년간의 장거리 연애 끝에 드디어 청춘남녀는 결혼을 하게 된다. 그 먼 경상도

에서 시집오는 신부를 구경한다고 온 동네 사람들이 바글바글 모여들었
다고 한다. 당시 시골에서는 드문 연애결혼이라 동네 사람들의 심심치 않
은 가십거리가 되었다. "지어낸 얘기지?" 할 정도로 지금은 무덤덤한 부
모님을 보면 역시 화르륵 타오른 사랑이란 더 빨리 식는 게 아닌가 싶다.
그러나 "딸 다섯"이란 이야기에 "부모님 금슬이 참 좋으셨나 보다"란 이
야기를 심심찮게 들었던 것으로 미루어 우리가 알지 못하는 심오한 형태
의 사랑이 있었던 것으로 추측해본다.

　애기가 길어졌다. 그러니까 화개장터에 관한 이야기를 하려던 것이었

다. 경상도와 전라도가 만나는 바로 그 화개장터. 오른쪽 귀에서는 경상도 사투리가, 왼쪽 귀에서는 전라도 사투리가 "무슨 소리래?" 할 정도로 쏟아지는 화개장터에서 새삼 나는 느껴본다. 사랑은 언어도, 지역도 초월한다는 것을. 그 사랑 덕에 팔팔 뛰는 생선회도, 코가 문드러질 것 같은 냄새 나는 홍어도 잘 먹는 유연한 식성의 내가 태어난 것이다.

화개장터는 1년 내내 북적거린다. 원래는 오일장으로 시작되었지만 지금은 상설시장으로 바뀌었다. 매화가 피는 봄과 지리산과 뱀사골로 피서객이 몰리는 여름이면 한층 활기를 띤다. 화개장터에서 빼놓지 말고 먹어야 할 것은 참게탕, 재첩국, 빙어튀김, 은어튀김이다. 장터 안뿐만 아니라 마을 일대의 식당 모두가 이 메뉴를 내놓는다. 참게탕과 빙어튀김이 경상도 음식인지, 전라도 음식인지 모르겠다. 경상도와 전라도가 만나는 화개장터의 맛이라고 해야 할 것이다.

여행 노트

봄꽃 구경의 명소는 단연 섬진강변이다. 광양 매화마을에서 출발한 꽃소식은 구례의 산수유로 이어지고, 하동 쌍계사 길의 벚꽃이 마지막 봄꽃의 바통을 넘겨받는다.

'광양光陽'은 이름 그대로 '빛과 볕의 도시'다. 우리나라에서 일조량이 가장 많을 뿐만 아니라 따스하게 빛나는 햇살이 있다고 해 신라 때는 '희양曦陽'으로 불렸다고 한다. 그 햇살 덕에 가장 먼저 매화 꽃 소식을 접하게 된다. 광양 매화마을, 백운산 비탈에 가꾼 12만 평 규모의 '청매실농원'은 여행객들이 가장 많이 찾는 곳이다. 40여 년 전에 홍쌍리 여사가 밤나무를 베어내고 매화나무를 심기 시작한 것을 시작으로, 현재 이곳 매화마을에는 60여 가구가 10만여 그루의 매화나무를 키우고 있다.

농장 뒤로 난 숲길 오솔길을 따라 걷다 보면 영화 〈취화선〉을 찍었던 운치 있는 푸른 대숲이 펼쳐진다. 사각거리는 바람 소리를 들으며 전망대 쪽으로 걸으면 하얀 꽃의 물결 속에서 나지막한 초가집 몇 채가 나타난다. 임권택 감독의 영화 〈천년학〉을 촬영한 초가집 세트장인데, 지금은 게스트하우스로 운영되고 있다. 전망대에 오르면 청매실농원은 물론 매화마을과 섬진강, 그리고 하동 땅이 한눈에 들어온다. 강 건너 북쪽이 화개장터고, 멀리 소설 『토지』의 고향인 평사리도 아지랑이처럼 어른거린다.

매화는 3월 중순이면 꽃을 피우기 시작해 4월까지 즐길 수 있다. 해마다 3월 중순에 매화마을에서는 '매화문화 축제'가 열린다. 청매실농원을 중심으로 펼쳐지는 축제에는 공연, 전시, 매화 염색, 섬진강 나룻배 타기, 다도 체험, 매실음식 시식 등 다양한 체험행사가 열린다.

찾아가는 길

자가용 전주 IC에서 17번 국도를 타고 남원 방향, 밤재 터널을 지나 간전교 건너에서 좌회전해서 861번 지방도를 타고 다압면 매화마을

대중교통 광양 버스터미널에서 다압면행 시내버스(100번)를 타고 매화마을에서 하차 (하루 4회 운행), 축제 기간에는 광양역 앞에서 임시버스가 수시로 운행된다. 광양교통 061-762-7295.

주소 청매실농원. 전남 광양시 다압면 도사리 414

문의

광양시청 문화홍보실 061-797-2363
청매실농원 061-772-4066

음식

섬진강변의 대표적인 별미는 참게탕과 재첩국이다. 섬진강에서 잡은 참게와 민물새우로 끓여내는 얼큰한 참게탕은 밥을 부르는 맛이라고나 할까. 부추를 송송 썰어 넣은 재첩국은 시원하기 이루 말할 수 없다. 은어와 빙어도 빼놓을 수 없는 별미. 매화마을 앞 섬진강변과 화개장터에 식당들이 즐비하다. 어느 집이나 비슷하다고 하면서도 늘 가는 곳은 **동백식당**(055-883-2439)이다. 50년 동안 한 자리에서 장사해온 이 집은 참게탕도 맛있지만 게장도 일품. 가짓수가 많지는 않지만 밑반찬이 깔끔하게 나와 좋다. 벚꽃 피는 시기, 광양에서만 먹을 수 있는 별미가 있으니 바로 벚굴. 벚꽃이 피는 시기에 먹는다 해서 '벚굴' 이라 하는데 벗굴, 강굴, 벅굴이라고도 부른다. 크기가 무려 15~30센티미터, 우윳

동백식당

빛처럼 뽀얗고 탱탱하게 씹히는 맛이 그만이다. 축제 기간에 매화마을 앞에 늘어선 포장마차에서 많이 파는데, 제대로 맛보고 싶다면 근처 광덕포구로 가면 된다. 해안에서 좀 떨어져 있지만 **벚굴식당**(055-883-4342)을 추천한다. 야외 식탁에서 섬진강을 바라보며 벚굴을 구워 먹는 맛이 기막힌데, 이 집의 진짜 별미는 벚굴튀김. 놓치면 진짜 아까운 맛이다.

광양 음식으로 제일 유명한 것은 역시 광양 숯불구이. 얇게 저민 고기를 미리 재지 않고 굽기 전에 달짝지근하게 간을 해서 숯불 위에 석쇠를 올려서 구워 먹는 게 특징. 광양 시내 '불고기거리' 에 있는 즐비한 식당 중, **삼대광양불고기집**(061-763-9250)과 **시내식당** (061-763-0360)이 제일 유명하다. 유명세는 덜하지만 내가 추천하고 싶은 곳은 **매실한우**

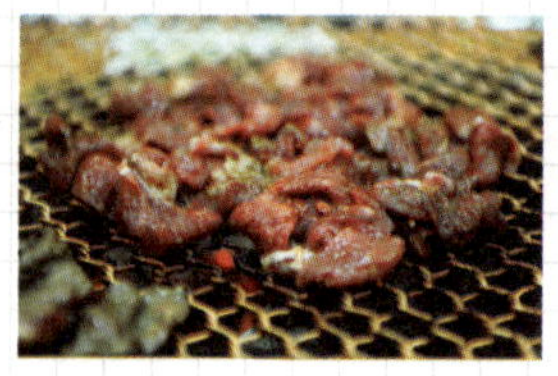
광양불고기

(061-762-9178). 한우를 쓰기 때문에 다른 집들보다 약간 비싸긴 하지만 고기 맛은 말할 나위 없고, 곁들여내는 채소가 싱싱하고 밑반찬이 깔끔하다. 특히 서비스로 내는 선지콩나물국이 너무 시원해서 이것만 먹으러 가고 싶을 정도.

숙소

산수유 마을과 가까운 추산리에 있는 **양우당**(061-762-8934)은 새로 지은 한옥이라 묵은 맛은 없지만 대신 시설이 잘 갖춰져 있고 깔끔하다. 양우당에서는 한옥의 정취와 푸근함을 흠뻑 맛볼 수 있는데, 이게 다 알뜰살뜰 살펴주는 주인 덕분이다. 밤새 장작으로 군불을 넉넉히 땐 방에서 허리 지지고 달게 자고 났더니 시원한 고로쇠 물을 방으로 들여준다. 이것만으로도 원기 회복된 느낌인데, 미리 부탁드린 아침상을 받고 보니 감동의 물결이 밀려온다. 근처 들과 밭에서 직접 딴 재료들로 차려낸 밥상에는 향긋한 쑥국에 봄동무침, 안주인의 특제 비법 양념으로 무쳐낸 나물들로 가득하니 그야말로 '봄'이다. 누룽지까지 넉넉히 끓여내고, 녹차까지 후식으로 받았던 밥상은 두고두고 생각이 난다. 부저리의 **연경당**(061-763-2678)도 조용히 묵기 좋은 한옥 민박집이다. 주인 할아버지가 선산을 돌보고 농장을 가꾸며 노후를 보내기 위해 지은 한옥인데, 늘 비워두는 게 아까워 손님을 들이기 시작했다. 따로 식사를 준비해주지는 않지만 마당에 바비큐장이 있고, 수십 명이 이용할 수 있을 정도로 큰 식당이 별도로 있어서 음식을 해먹는 데 불편함이 없다. 봄철이면 집 주위가 온통 꽃으로 뒤덮여 그야말로 봄을 만끽할 수 있다. 연경당 입구에 있던 앵두나무를 가리키며 주인 할아버지가 빨갛게 익으면 얼마든지 따가라고 했는데, 앵두 생각이 나서라도 여름에 들러 하룻밤 묵고 오고 싶다.

레몬빛으로 오는 봄

창밖 햇빛이 수런거리는 소리에 봄날에는 집안에 있는 것이 어렵다.

저기, 노란 봄빛이 달려든다.

멀리 보이는 산과 들은 아직 겨울 색깔이다. 하지만 두꺼운 외투 없이도, 따뜻한 햇살이 좋은 게 며칠 지나지 않아 연둣빛으로 물들 것 같았다. 모난 데 없이 완만하게 곡선을 이루는 산과 그 아래 넓은 들판은 어쩐지 평온해보인다. 내가 눈을 뜨면서 보고 자란 익숙한 고향의 모습이어서 그럴 것이다. 4월 초, 산수유가 만개했다는 소식을 듣고 가족들과 함께 구례로 향한다. 저 멀리 갑자기 온통 레몬빛으로 둘러싸인 마을이 나타났다.

산수유는 빼어나게 아름답다고 할 수 있는 꽃은 아니다. 오히려 꽃이 진 후 맺는 빨간 열매가 화려할 정도로 소박한 꽃이다. 산수유로 꽃다발을 만들거나 꽃꽂이를 하는 건 드물지만 해놓아도 싱겁다. 산수유 꽃은 돌담 사이, 나지막한 양철지붕 집 옆이어야 제격이다. 일시에 노란 꽃망울을 터뜨린 작은 시골 마을, 아지랑이처럼 노란빛이 몽실몽실한 풍경은 현기증 날만큼 아찔해진다.

　구례 산동면은 산수유로 유명하다. 산동면에서도 상위마을은 3만여 그루의 산수유가 봄이면 장관을 이루는 곳으로, 여행객들이 가장 많이 찾는다. 계곡을 따라 산수유가 터널처럼 우거진 흙길을 따라 마을로 들어간다. 날을 잘 잡았다. 햇살이 노란 꽃 위로 부서져 온통 황금빛 광채 속에 싸인 기분이 든다. 계곡 아래 너른 바위 위에 이젤을 세우고 그림을 그리는 이가 보인다. 오늘 노란 물감을 다 써야 될 것 같다.

　아직도 시골의 정취를 간직한 마을길마다 돌담이 이어지고 산수유 가지가 노란 그늘을 드리운다. 이런 마을을 그린다면 물감이 아니라 파스텔이어야 할 것 같다. 손가락으로 살살 문질러 꿈결같이 어룽어룽한 노란

빛을 만드는 것이다. 모네나 드가의 인상파 그림에 가까워 보일지도 모르지만 나는 '몽롱파'라고 부르고 싶다. 상위마을 아래 반곡마을에는 마을을 가로지르는 다리 아래로 수십 명이 앉아도 될 만큼 넓은 너럭바위가 있다. 드라마 〈봄의 왈츠〉를 촬영한 곳이다. 상위마을에서 좀 떨어진 현천마을은 호젓하게 꽃구경을 할 수 있는 곳이다. 잘 알려지지 않아 고즈넉한 분위기가 소박한 산수유 꽃과 잘 어울려 정취 있다. 마을 안에 있는 작은 저수지에 반영된 노란 그림자 위로 산수유 꽃송이가 살며시 눈송이처럼 떨어지면…… 아아, 정말 그림 같다.

노란색을 싫어하는지라 노란색 꽃마저 별로 좋아하지 않았다. 제주도에 2년 동안 살면서 이른 봄이면 지천으로 피는 노란 유채꽃보다는 유채나물이나 봄동김치에만 열광하는 내게 어느 날 친구가 그랬다.

"유채꽃은 레몬빛이지."

아, 노란색이 아니라 레몬빛. 그때부터 유채꽃은 반짝반짝 레몬빛으로 전혀 다른 꽃이 되었다(뭔가 김춘수의 시가 연상되는 대목이다!). 작은 마을 돌담길을 따라 흐드러지게 핀 산수유 꽃 아래를 걷는다. 아, 이것은 노란 색이 아니라 레몬빛이다. 아니, 산수유 빛이다. 촌스럽지 않고 빈티지스러운, 딱 산수유 색. 그리고 온 가족 모두 처음 걸어보는 산수유 꽃길이라 그 길은 더욱 아름답다. 반짝반짝 빛나는 산수유는 봄 햇살 빛이다.

구
례
산
수
유
마
을

선암사 홍매

봄 햇살이 아쉬워 선암사로 향한다.

선암사의 이름난 홍매를 보기 위해서다. 선암사는 전남 순천에 위치한 절이지만 구례에서 가는 데 큰 무리는 없다. 구례 산수유를 즐긴 뒤 오후 귀갓길에 들르면 봄꽃 여행의 화룡점정이 될 것이다.

선암사는 결혼을 하고 가족을 거느리는 대처승들의 태고종 본산이었다. 『태백산맥』 작가 조정래 선생이 어린 시절 선암사에서 자랐는데, 아버지가 선암사 부주지를 지낸 시조시인 조종현이었기 때문이다. 그래서

인지 선암사는 어쩐지 양반대갓집의 정원 같은 분위기를 풍긴다. 돌담 너머 홍매가 살포시 피어나는 이른 봄, 조용한 절에 봄 햇살이 느리게 머문다. 선암사 입구의 아치형 돌다리, 홍교가 눈길을 붙잡는다. '승선교'다. '무지개虹 다리'라는 뜻의 홍교가 물 위로 또 하나 무지개를 그린다. 매화를 비롯해 화사한 꽃이 만발하는 봄이 가장 아름답지만 단풍 물드는 가을이나 고즈넉한 겨울 풍광도 좋다.

절집에 홍매는 아직 피지 않은 꽃망울만 맺혀 있다. 대신 동백이 한창이고 목련은 시들어가고 있다. 절집 마당에서 해바라기를 하며 잠시 다리를 쉰다. 시인 정호승이 "눈물이 나면 기차를 타고 선암사로 가서 해우소에서 실컷 울라" 했던 곳을 눈으로 더듬는다. 선암사는 눈물마저 품어줄 만한 은닉과 안식의 장소처럼 보인다. 햇살 닿은 곳마다 봄이 여리게 피어나고 있다.

원통전 앞, 550년 된 홍매가 붓으로 찍어낸 수묵채색화처럼 기품 있게 서 있다. 선암사의 봄은 아직 서성거리고 있다.

여행 노트

구례군 산동면 일대는 가장 먼저 봄을 불러들이는 곳이다. 상위마을을 비롯해 반곡마을, 계척마을, 현천마을 등 산동면 일대의 마을에서는 산수유가 일제히 노란 꽃을 터뜨린다. '산동'이란 이름은 지금으로부터 천 년 전, 중국 산동성 처녀가 지리산 산골로 시집오면서 가져온 산수유 묘목을 심었다고 해서 붙여진 이름이라고 한다. 산동면에서도 산수유가 가장 많이 자라는 곳은 상위마을이다. 이곳의 나무들은 수령 삼백 년이 넘은 것들이다. 인근의 현천마을은 사진가들이 즐겨 찾는 곳이다. 돌담과 녹슨 함석집이 노란 꽃에 싸여 있는 풍광이 포토제닉하다. 산수유 마을에서는 해마다 3월 하순경에 '산수유 축제'가 열린다.

찾아가는 길

자동차 전주 IC 지나 남원 방면 17번 국도 타고 남원 춘향 터널 지나자마자 우회전, 밤재 터널을 지나 지리산온천 교차로에서 좌회전
대중교통 서울 남부터미널에서 구례행 직행버스 이용(하루 7차례 운행), 구례에 도착하면 구례 공용터미널에서 상위마을행 버스 탑승, 또는 기차로 구례구역에 도착한 후 상위마을행 버스 이용
주소 전남 구례군 산동면 위안리

입장료

무료

문의

구례군청 관광 홈페이지 061-782-2014, www.gurye.go.kr

음식

구례 읍내 우체국 골목에 있는 **서울회관**(061-782-2326)은
유명한 백반집이다. 갈 때마다 자리가 없어서 같은 골목에
있는 백반집 **동원식당**(061-782-2221)을 들러보지만 거의
비슷한 사정. 겨우 골목 초입의 **영실봉**(061-782-2833)에서
갈치백반으로 배고픔을 달랬는데 그나마 갈치가 통통하고
실해서 좀 위안이 되었다. 훗날 용케 서울회관에 자리를 차
지하고 받은 9천 원짜리 백반 상에는 40여 가지 반찬이 놓
을 자리가 모자라 이중으로 쌓여 나왔다. 거기에 조기구이,

서울회관

더덕구이, 꼬막조림 같은 반찬으로 힘을 줬으니, 이런 전라도 백반에 익숙해지다 보면
다른 데 음식은 당최 먹을 맛이 안 난다 말이다. 혼자 여행하는 이라면 **부부식당**(061-
782-9113)의 다슬기 수제비가 딱 좋은 식사가 될 것이다.

숙소

토지면 오미리의 **곡전재**(061-781-8080)는 꼭 한 번 묵어보라고 권하고 싶다. 조선 후기
양식을 그대로 보존하고 있는 고택과 뜰이 얼마나 예쁜지 모른다. 특히 봄철의 정원은
너무나 아름답다. 붉은 황토로 지은 '광풍루' 앞에 서 있는 산수유나무가 노란 꽃을 활
짝 피워 그 색이 얼마나 기막히게 잘 어울리던지 넋을 잃고 한참을 바라봤다. 봄의 뜰도
좋지만 여름도 그 못지않게 아름답다. 방문을 열면 잉어가 노니는 연못 위로 넓은 무화
과나무 그늘이 드리워져 있고, 사각사각 대나무 사이를 흐르는 바람 소리가 들려온다.
상사마을에는 내 로망의 한옥, **쌍산재**(061-782-5179)가 있다. 쌍산재는 6대째 내려오고
있는 고택인데, 우리 한옥이 얼마나 아름다운지 새삼 감탄하고 말았다. 쌍산재는 건물
도 예쁘지만 2만여 평이나 되는 뜰도 유명하다. 안채 뜰을 지나 서당채로 오르는 길은
푸른 대숲이 서걱거리다 붉은 동백 터널 길로 이어진다. 뿐만 아니라 매화, 벚꽃, 복숭아
꽃 등, 봄날의 전령사가 앞다투어 피어 있다.

새로운 계절은 비와 함께 온다

여수에서 만난 택시기사 아저씨들은 모두

가이드 뺨 철썩철썩 때릴 수준의 입담을 자랑하며

입 모아 한결같이 향일암에 가야 한다고 했지만,

처음부터 향일암은 갈 생각 없었던 우리는

오동도의 동백을 여한 없이 감상하고

돌산공원에 올라 바다를 바라보며 광합성을 한 후

기사님들이 암 것도 볼 것 없다고 말리던

자갈이 차르륵, 차르륵 소리를 내는 무슬목 해안에서

처음 보는 아주 기묘한 수족관에 들러 잠시 즐거웠다.

버스정류장에서 아주머니의 길 안내도 받고

바닷가 작은 동네들도 잠깐 거닐어

차 없이 할랑하게 다녀보는 것도 좋다고 생각했지만

결국 마지막은 예매한 기차 시간에 맞추기 위해

택시 타고 총알같이 달려야만 했다.

어설프기 그지없는 여행은 그래서 즐거웠다.

아마도 셋째 동생과 처음으로 둘이 하는 여행이라,

그랬던 것 같다.

여수는 초등학교 수학여행 이후 처음이었다.

내가 학교 다니던 당시, 전주에 있는 초등학교(그때는 국민학교)

수학여행지는 무조건 여수, 중학교 때는 경주였다.

"볼 것도 별로 없는데 왜 여수였을까?"

"글쎄. 제일 만만한 곳이어서 아닐까?"

"역시 뭔가 검은 커넥션이 있었을 거야. 그치?"

동생은 조용히 웃기만 한다. 여수 여행의 동행은 우리 집 3번 동생과 둘만의 단출한 여행이다. 혼자였다면 책을 읽다가 차창으로 스치는 풍경에 눈을 두거나 그도 아니면 바퀴 달린 것에만 올라타면 내가 제일 잘하는 잠자기 삼매경에 빠졌겠지만 동생과 함께하니 이런저런 이야기를 나눈다. 어느새 기차가 멈추고, 여수역이다. 생각해보니 초등학교 수학여행도 기차로 왔다.

우아한 물의 도시, 여수麗水.

오동도, 돌산도, 백야도, 금오도, 손죽도, 거문도 등 아름다운 섬들이 짙푸른 바다 위에 떠 있는 다도해가 푸르게 펼쳐져 있다. 바다 냄새 품은 바람이 동생의 빨간 코트 자락을 들치며 지나간다. 섬을 휘감아 도는 푸른

여수 오동도

바람, 여수의 첫인상이다.

"배를 3초 정도 탔던 것 같은데."

"난 배 탄 기억은 없는데."

같은 곳으로 온 수학여행이었지만 동생과 나는 기억이 다르다. 배 타고 도착한 곳이 어딘지 도무지 생각나지 않는 것으로 보아 내 기억이 잘못된 것인지도 모른다. 수학여행이란 으레 장소 따위 아무 상관없이 선생님 몰래 맥주를 돌려 마시거나 잠자는 친구 얼굴에 낙서한 기억만 남는 법이다. 방파제에 불어 드는 바닷바람이 아직은 쌀쌀하지만 그리 싫지 않다. 햇살은 기막히게 좋다.

"소풍 가는 날이면 어김없이 비가 왔지?"

"학교에서 죽은 귀신이 원한을 품어서 그런댔잖아."

"그런데 학교를 졸업하고도 내가 여행만 가면 비가 오더라니까. 그래서 생각했지. 아, 비를 부르는 건 귀신이 아니라 내가 비를 몰고 다니는 여자구나."

"오늘은 날씨가 좋은데?"

"아직 내가 온 걸 모르나 보다."

동백동산으로 향한 계단을 오른다. 동백꽃길 초입의 나무는 꽃 대신 검푸른 잎만 빛내고 있다. 벌써 꽃이 다 진 건가. 조금 더 일찍 왔어야 했나 보다. 잠시 시무룩해졌다. 어둑한 동백나무 터널을 지나는데 후드득, 굵은 빗방울 떨어지는 소리가 들린다. 역시 비를 몰고 다니는 여자답게 맑은 하늘에서도 비를 내리게 하는구나, 하다가 이내 "아아" 하는 탄성이 절로 터져 나온다.

툭, 툭.

붉은 빗방울이 떨어진다. 제 무게를 못 이겨 툭툭 떨어진 빗방울은 바닥에서 꽃을 피운다. 기다리고 있었다는 듯, 붉은 꽃의 카펫이 은밀하게 펼쳐져 있다. 동백은 어쩐지 나무에 피어 있을 때보다 떨어진 모습이 더 아름답다. 미련이란 조금도 없다는 듯, 가장 아름다울 때 툭, 송이채 떨어진 모습이 자존심 강한 여자처럼 서늘하고 관능적이다. 습기를 품은 바닷바람이 불어온다. 새로운 계절은 비와 함께 온다. 붉은 꽃비 속에 이미 봄이 와 있었다.

게장과 함께 광합성

돌산공원

언덕에 있는 작은 공원에 올랐을 때는 제법 숨이 찼다. 돌산공원 벤치에 앉아 한숨 돌리니 돌산대교와 여수 앞바다, 여수항, 아스라이 여수시가지가 한눈에 내려다보인다. 게장 전문이라는 식당에서 점심을 먹다, 게장 좋아하는 아빠 생각이 나서 한 단지를 사니 스티로폼 박스에 야무지게 포장해준다. 다소 난감하지만 이제부터 여행은 게장과 함께한다.

무슬목 해안

　여수의 택시 기사님들이 그토록 말렸던 무슬목 해안은 향일안 가는 길에 있는 작은 해변이다. 조용한 바다가 단박에 마음에 들었다. 왜 말리나 했더니, 좋은 건 감춰 놓을 속셈이었군! 오동도나 향일암 같은 여수의 간판스타의 아성에 가려 있지만 저만치 물러나 있어 더욱 좋은 곳이다. 대타로 나와 깨끗한 안타 정도 날려주는 성실한 후보 선수 같은 느낌이랄까. 무슬목 해안은 파도에 동글동글하게 씻긴 돌들이 펼쳐진 몽돌해변이

다. 차르륵, 차르륵 소리는 꿈결처럼 기분 좋다. 수평선 즈음에는 형제섬이라 불리는 작은 섬 두 개가 나란히 떠 있다. 향일암에 못지않은 해돋이가 장관이고, 해 뜰 무렵 몽돌 사이로 흐르는 하얀 안개가 아름다워 출사지로 이름 높은 곳이다.

어릴 때부터 내게 반항하지 않고, 늘 조용했던 3번 동생은 자라서도 고분고분 말을 잘 듣는다. "거기서 터닝하고, 카메라 앞으로 관통하는 느낌으로 스윽~", 이런 나의 얼토당토않은 주문도 모두 오케이. 가만 보면 터닝 지점에서 살짝 벗어나 있고, 관통하는 느낌이란 건 전혀 들지 않는다. 소리 없이 반항하는 스타일이었군. 아주 오랜 시간이 흘러서야 3번 동생의 실체를 파악한다. 무슬목에서 한눈팔다가 예매해둔 열차 시간이 생각났다. 제가 들겠다고 굳이 우겨서 "그러려무나" 하고 들린 게장 박스를 들고 동생이 부지런히 내 뒤를 쫓아 달린다. 가까스로 열차에 올라탔다. 동생과 달려본 게 언제 적 일이었을까. 참 만만해서, 참 좋았던 여행 친구, 동생. 차창 밖으로 여수가 멀어져 가고 있었다.

여행 노트

여수는 한산도에서 여수에 이르는 300리 바닷길을 일컫는 한려수도의 대표적인 미항美港이다. '유려한 물'이라는 이름처럼 고운 여수 앞바다와 동백으로 유명한 오동도, 향일암과 무슬목의 아름다운 낙조와 일출, 돌산대교의 화려한 야경 등, 수려한 풍광과 바다향기 가득 품은 먹거리가 여수에는 가득하다.

전국 최대의 동백나무 군락지로 알려진 오동도에는 50년부터 1백 년 넘은 3,600여 그루의 동백나무가 숲을 이루고 있다. 방파제를 따라 걸으니 시원한 해풍과 푸른 남해 바다가 가슴을 탁 트이게 한다. 바닷바람 맞으며 걷는 것도 좋지만 아이들과 함께라면 입구에서 섬까지 운행하는 동백열차를 타도 좋다. 섬을 둘러싼 절벽은 해식과 풍화작용이 만든 기기묘묘한 풍광으로 탄성을 불러일으킨다. 오동도 동백은 한겨울 추위도 아랑곳하지 않고 꽃을 피워대기 시작해 3월 중순경 절정에 이른다.

돌산대교는 여수를 상징하는 명물로 손꼽힌다. 특히 돌산대교 건너편의 돌산공원에서 바라보는 돌산대교의 화려한 조명과 여수항의 야경이 아름답다. 아름다운 몽돌 해변, 무슬목은 향일암 가는 길에 있다. 이순신 장군이 왜군을 섬멸한 해가 무술년戊戌年이어서 전적을 기리고자 무슬목이라 부르게 되었다는 설이 있다. 해변에 솔숲이 펼쳐져 있어 조용히 산책하기도 좋다. 아이가 있는 가족이라면 무슬목 해안에 있는 해양수산과학관에 들러보아도 좋겠다.

입장료

오동도, 돌산공원, 무슬목 해안 모두 무료
해양수산과학관 어른 3천 원, 청소년 2천 원

개장시간

해양수산과학관 9:00~18:00

찾아가는 길

자동차 경부고속도로에서 천안-논산간 고속도로, 호남고속도로 타고 순천 IC 진입 후 17번 국도, 여수 도착

대중교통 여수역과 여수 시외버스터미널 앞에서 오동도행, 돌산공원행 시내버스가 수시로 있다. 무슬목은 여수시외버스터미널 맞은편에서 85, 100, 106, 109, 110, 111, 112, 113, 114, 116번 시내버스(30분 소요), 기차역에서 101, 107번 시내버스(20분 소요)

주소 **오동도** 전남 여수시 수정동 산 1-11

　　　해양수산과학관 전남 여수시 돌산읍 평사리 1271-3

문의

여수시 관광과 061-690-2037

오동도 관리사무소 061-690-7302

해양수산과학관 064-644-4136, www.jmfsm.or.kr

음식

여수에 가면 하루 세끼가 부족할 정도로 먹거리가 풍성하다. 봉산동에는 그 유명한 밥도둑, 여수 돌게장 골목이 있다. 십여 집이 넘게 줄지어 있는데 **황소식당**(061-642-8007)과 **두꺼비식당**(061-643-1880)이 원조. 평소에 나는 대규모 식당을 별로 좋아하지 않는데, 황소식당이 생각보다 커서 살짝 고민에 빠졌으나 식당에서 밥 먹고 나오는 사

황소식당

람들 표정이 어찌나 만족스럽던지 두 번 생각할 것 없이 냉큼 들어갔다. 메뉴는 딱 한 가지, 7천 원짜리 게장백반. 앉자마자 부지런히 반찬이 깔리고 큰 대접에 수북이 담긴 간장게장과 양념게장에 꽃게찌개까지 한 대접 푸짐하다. 멍게젓갈, 어리굴젓, 새우장, 갓김치 같은 열댓 가지 밑반찬도 하나같이 맛있다. 역시 밥도둑이라더니, 게장은 어마어마한 밥을 훔친 대도였던 것이다!

여수에서만 맛볼 수 있는 별미, 서대회와 금풍쉥이구이를 맛보러 **구백식당**(061-662-0900)으로 향한다. 여수에서는 배 꺼질 틈도 없이 먹게 된다. 큼직하게 썰어놓은 서대를 각종 채소와 초고추장으로 무친 서대회 한 접시가 큰 양푼 밥과 함께 나온다. 그냥 먹어도 좋지만 서대회는 밥에 쓱쓱 비벼 먹어도 별미다. 구수한 냄새가 난다 했더니 양념장 끼얹은 금풍쉥이가 나온다. 생긴 건 작은 우럭이나 도미 같기도 한데, 조금 우락부락한 편이다. 못난 생김새에 비해 맛은 담백하다. 서대회비빔밥 한 숟가락 떠서 금풍쉥이구이 살을 발라 올려 먹으니 캬~, 맛있다. 구백식당은 임권택 감독의 단골집으로도 유명한데 메뉴에 없는 서대탕을 먹고 간다고 한다. 서대탕 맛이 궁금하긴 하지만 대신 이집 아귀탕도 참 맛있다. 1인분 주문도 가능하니 부담 없이 들를 수 있는 곳. 다만 밑반찬이 예전만 못한 것이 아쉽다.

숙소

조용하게 하루 푹 쉬고 싶다면 돌산도의 **쌍둥이네 흙집**(061-644-9797)이 제격이다. 돌산도는 돌산대교로 연결되어 섬이지만 섬이 아니게 된 곳, 그곳에 입구의 빨간 우체통이 맞아주는 푸근한 흙집이 있다. 손수 황토로 집을 지었다는 주인아저씨의 별명은 일명 '백가이버'. 주워온 낡은 물건 뚝딱뚝딱 고쳐 재미있는 인테리어 소품으로 변신시키는 재주가 대단하다. 개량한복에 꽁지머리를 한 주인이 밤새 노골노골해지도록 군불 든든히 때주고, 고구마까지 구워주니 마음이 따스해지고 만다. 쌍둥이네 흙집은 텔레비전이 없다. 대신 바람이 흐르는 소리에 귀를 기울이고 고무신 신고 흙을 밟아보며 야생화를 들여다보는 게 얼마나 재미있는지 깨닫게 해준다.

깔끔한 숙소를 좋아한다면 소호동에 위치한 **디오션 리조트**(1588-0377, www.theoceanresort.co.kr)가 좋다. 객실은 별다른 장식 없이 수수하지만 청결 상태는 만족할 수준. 주방도 깔끔하고 조리도구도 잘 갖춰 있는데다가 음식 냄새를 차단할 수 있게 주방과 객실 사이에 미닫이문을 설치한 센스에 감탄하고 말았다. 욕조는 따로 없는데 온천과 사우나가 있기 때문인 듯. 한 번 이용하고 싶었으나 늑장 피우다 기회를 놓치고 말았다. 디오션 리조트에는 대규모 워터파크를 갖추고 있어 아이들 물놀이하기도 좋다. 무엇보다 좋은 것은 객실에서 바다가 한눈에 내려다보인다는 것. 창문 열면 바다가 펼쳐진다는 것, 바로 이런 것이 여행의 로망 아니겠는가.

봄비는 아름다운 것을 거두어 가고

봄, 밤, 비가 온다.

이 밤, 비가 아름다운 것들을 모두 거둬가겠구나.

도심의 시선은 아래를 향한다. 지하철이나 버스를 타서 사람들을 잠시 지켜보면 약속이라도 한 듯, 고개는 떨어뜨려져 있다. 대부분의 시선 끝에는 휴대전화가 놓여 있다. 소설가 김영하는 휴대전화가 사람들의 표정을 변하게 만들었다고 지적했다. 마주 걸어오는 남자가 난데없이 활짝 웃음을 터뜨렸다. 그의 손에는 어김없이 휴대전화가 들려 있다. 아마도 애인이나, 아이와 통화 중이거나 혹은 주식 시세가 올랐거나 직장 상사가 설사병으로 결근한다는 소식을 들었을 것이다. 하지만 요즘 휴대전화는 귀보다는 두 손바닥 위에 놓여 있는 경우가 많다. 문자를 주고받거나, 미니홈피를 관리하거나, 트위터를 부지런히 팔로잉하는 중일 것이다. 전 세계 사람들과 교류하고 시시각각 변화에 발맞추고 있다는 사람들의 세상은 손바닥만 한 크기다.

바닥으로 향한 내 시선의 끝에 슬며시 웃음이 지어졌다. 그건 4월의 어느 봄날이었다.

몇 해 전 제주도에 머무를 때, 나 살던 동네는 자고 나면 바닥에 온통 하얀 눈이 쌓여 있었다. 4월의 일이었다. 그건 열흘 살고 난 꽃이 떨어져 남긴 자취였다. 나는 하얀 꽃길을 따라 황홀하게 걷고, 또 걸었다. "네 사진에는 떨어진 꽃뿐이구나." 친구 하나가 말해서 문득 깨달았다. 내 시선은

아래를 향해 있었다. 도심의 습관이 작은 시골 마을에서 아린 풍경을 발견한다. 발끝에 닿는 여린 꽃잎들. 후드득. 혹은 팔랑.

왕인박사 유적지가 있는 구림마을로 향하는 길.

빗방울이 차창에 떨어지기 시작한다. 어룽거리는 차창으로 와이퍼가 한 번 물기를 닦고 나자 연분홍빛이 달려든다. 벚꽃이 가득 피어난 길이 끝도 없이 이어진다. 참지 못하고 차를 길가에 세운다. 촉촉하게 내린 봄비 사이로 싱그러운 꽃 냄새가 풍겨온다. 조바심이 난다. 밤이 이슥해서야 비가 올 거라는 예보를 듣고 달려온 터였다. 비가 꽃을 다 거둬가기 전에 봐야겠다고 서둘렀는데 비가 한발 빨랐다. 잠시 세워놓은 차 앞 유리에 하얀 꽃잎이 물고기 비늘처럼 떨어져 있다.

영암 왕인박사 유적지

왕인박사 유적지는 백제의 학자 왕인 생가 가까이 넓은 부지에 공원처럼 조성해놓은 곳이다. 왕인박사는 1,600년 전 일본 천황의 초청으로 일본으로 건너가 천자문과 논어를 전했다. 도공, 야공, 직조공도 여럿 데려가 일본의 아스카문화를 꽃피우게 했다. 요즘에야 일본은 해외라고 하기에도 무색할 만큼 쉽사리 오가는 곳이지만 예전에 일본에 간다는 것은 굉장한 용기가 필요했을 것이다. '백제의 브레인'이라고 불릴 만큼 뛰어난 학자가 굳이 도일渡日한 이유를 아빠는 이렇게 추측한다. "이 나라에 살기에는 너무 똑똑했던 거지. 왕인 박사는 정치가가 아닌 학자였던 거야." 주변머리 없는 학자가 견디기에 시기와 음해는 악랄했으며, 세상은 견디기에 너무 혼탁했는지도 모르겠다.

월출산으로부터 내려온 물은 수로를 따라 왕인 유적지 가운데 자리한 연못으로 흘러들어 간다. 돌로 만든 수로 양옆을 따라 벚나무가 늘어서 있다. 어느새 비는 그치고 비에 씻긴 벚나무는 어느 때보다 말갛다. 떨어져 내리는 꽃잎을 따라 시선을 옮기니, 아아~ 수로 위에 연분홍 비늘이 가득 떠 있다. 가지에서 떨어진 꽃은 고인 듯 흐르는 물 위에서 연분홍 물고기처럼 떠돌고 있다. 수많은 벚꽃 잎이 조용히 그린 꽃물결을 나는 한참이나 내려다보았다.

빗속으로 아름다운 것은 모두 사라지고.
흐르는 공기는 달짝지근하고 향기롭다.

영암 왕인박사 유적지

143

여행 노트

봄이면 조용한 영암군이 수런거린다. 학산면 독천리에서 영암 읍내를 거쳐 왕인박사 유적지까지 28킬로미터에 이르는 벚꽃 길은 우리나라에서 가장 아름다운 꽃길 드라이브 코스다. 4월 초면 영암군은 '영암왕인문화축제'를 개최한다. 왕인박사는 영암의 간판 스타다. 왕인박사 유적지는 32살에 백제를 떠나 일본에 가서 일본 태자의 스승이 되어 천자문과 논어를 전파하고 일본 아스카 문화를 꽃피운 왕인박사를 기리는 뜻으로 만든 곳이다. 영암은 예로부터 기가 좋은 곳으로 꼽혔다. 그것은 월출산의 정기 때문이라 했다. 좋은 기가 모이는 곳에 인물도 많아 월출산 아래 구림마을은 왕인박사를 비롯해 풍수지리 대가인 도선국사를 배출한 곳이며, "너는 글을 써라, 나는 떡을 썰마"라는 명언을 남기신 한석봉의 어머니와 한석봉이 한판 승부를 벌인 곳이기도 하다. 한석봉은 구림마을 죽림정사에서 공부를 했고, 그의 어머니가 떡 장사를 했던 독천마을은 지금은 낙지 요리로 유명한 곳이다.

입장료 어른 1천 원, 청소년 8백 원, 어린이 5백 원

개장 시간 9:00~18:00

찾아가는 길

자가용 서해안 고속도로 목포 IC 지나 2번 국도를 따라 영암 방면, 학산면 소재지 좌회전 후 819번 지방도로 진입 후 왕인박사유적지 이정표 따라 진행
대중교통 서울~영암 간 고속버스 이용(하루 4회 운행), 영암 버스정류장에서 목포행 군내버스를 이용, 왕인박사 유적지 앞 하차
주소 왕인박사유적지 영암군 군서면 왕인로 440

문의

영암군청 문화관광과 061-470-2114, http://tour.yeongam.go.kr
왕인박사 유적지 061-470-2560, http://wangin.yeongam.go.kr

음식

영암의 별미는 낙지 요리. 특히 갈낙탕과 연포탕이 유명하다.
독천식당(061-472-4222)이 원조집이고 어리굴젓, 조개젓, 토하젓
등 젓갈 18가지가 밑반찬으로 나온다고 해서 찾아보았는데 아
뿔싸, 벚꽃구경을 나선 여행객들로 가득 차 자리가 없다. 할 수
없이 근처의 **해남식당**(061-472-4013)으로 걸음을 옮긴다. 이내
스무 가지 반찬이 깔리고 대접에 담긴 갈낙탕이 놓인다. 낙지
한 마리가 통째로 자리 잡고 있고 쇠고기도 푸짐하게 들어 있
다. 얼른 국물을 맛보니 캬~ 이렇게 시원하고 감칠맛 날 수가.
정신없이 한 그릇 뚝딱하고 보니 집에 있는 엄마 생각이 난다.
한 그릇 포장해 달라 해서 무릎 위에 얌전히 얹어 집에 도착하니
아직 온기가 남아 있다. 좋은 음식은 나눠 먹고 싶은 법이다.

독천식당

해남식당

숙소

영암에서는 정겨운 한옥마을에서 하룻밤 묵어도 좋겠다. 왕인박사 유적지 부근의 도림
마을은 삼한시대부터 이어온 2천여 년 전통의 한옥마을이다. **안용당**(061-472-0070,
http://anyongdang.byus.net)은 340년 된 한옥. 으리으리한 고택이라기보다는 소박한
느낌이 나는 곳이다. 예전에 예능 프로그램 ‘1박 2일’ 팀이 다녀간 후로 손님이 부쩍 늘
었다는데도 주인은 친절하기 그지없다. 대나무가 운치 있게 들어선 뜰 아래로 봄이면
동백이 툭툭 떨어져 있고 하얀 벚꽃 비가 날린다.
도림마을에서 걸어서 20여 분 거리에 있는 모정마을은 어렸을 때 놀러 가던 외할머니
댁 같은 곳이다. **월인당**(061-471-7675, www.moonprint.co.kr)은 혼자 여행하는 사람
에게 추천하고 싶다. 새로 지은 한옥이라 묵은 맛은 없지만 한옥이 정갈하고 연못이 있
는 너른 뜰도 너무 예쁘다.

이제 내게 햇살을 주세요

자동차는 봄의 초록 속으로 끝없이 달려간다.

초록 위로 햇살은 눈부시게 빛나고 있다.

이대로 달린다면 봄 햇살 속으로 쑤욱 들어갈 것만 같다.

갑자기 눈 안쪽이 어두컴컴해진다.

몇 해 전, 회사를 땡땡이치고 〈이와이 슈운지 특별전〉을 보러 갔었다.

평일 오전의 극장이란 어쩐지 여행이라도 가는 듯 느긋한 마음이 된다. 그날은 회사를 몰래 빠져나왔다는 긴장감 플러스 약간의 죄의식, 될 대로 되라 식의 막무가내의 심정까지 혼합되어 기쁘기 그지없었다. 〈러브레터〉, 〈4월 이야기〉, 〈하나와 앨리스〉 등의 작품으로 이미 한국에도 많은 팬을 확보하고 있던 영화감독 이와이 슈운지의 특별전은 그의 영화 네 편이 이어서 상영되는 것이었다. 장장 일곱 시간여가 소요될 대장정을 앞두고 나는 폭풍과 같은 기세로 간식을 쓸어 담는 것으로 만반의 준비를 마쳤다. 이윽고 암전, 스크린에 희미한 빛이 떠오르기 시작했다.

> 에테르가 세계를 채우고 있다.
> 절망은 빨간 에테르, 희망은 파란 에테르.
> 인간에게 있어 최대의 상처는
> 존재.
>
> ─〈릴리 슈슈의 모든 것〉 중

한 꺼풀 색을 뺀 듯한 꿈결 같은 풍경이 스크린 가득 흐른다.

햇살을 담아내는 데 탁월한 솜씨를 가진 감독의 영화 〈릴리 슈슈의 모든 것〉의 화면은 아름답기 그지없다. 하지만 영상과 노래에는 빛이 가득한데 들려주는 이야기는 극히 어둡고, 절망적이다. 아리도록 푸른 하늘 아래 펼쳐진 초록 벌판에 네 명의 소년 소녀가 차례로 등장한다. 바람이 쓸고 간 자리에는 초록 파도가 출렁인다. 이지매와 강간, 절도, 원조교제, 자살, 살인 등의 한바탕 소요가 지나간 후에 다시 그 들판에 한 소년이 등장한다. 소년은 아무런 표정 없는 얼굴로 이어폰으로 흘러나오는 음악을 듣고 있다. 세상에서 숨고 싶은 소년의 모습을 가려주는 것은 무성한 초록빛이다. 그건 벼나 밀이거나 혹은 보리밭이었는지도 모른다.

초록을 달린 자동차가 멈춰 서니 외계인이 불시착한 장소에 뚝 떨어진 듯한 기분이 든다. 들판에는 외계인의 미스터리 서클을 닮은 문양까지 새

거져 있어 더욱 어리둥절해진다. 이제껏 달려왔던 초록빛을 한데 모은 듯
한 압도적인 풍광이 펼쳐진다. 10만여 평에 이르는 들판이 온통 초록 물
결로 넘실거리는 '학원농장'의 청보리밭이다. 먹을 것이 귀했던 시절에
는 실하게 영그는 보리이삭에 마음의 주름이 펴지던 광경이었을 것이다.
하지만 대규모 보리밭은 이제 관상용으로 여행객들의 발길을 잡는다.

　초록의 바다 사이를 걷는다. 허리 넘게 자라난 초록 보리들이 사각, 사
각 소리를 내며 몸을 뒤흔든다. 바람이 야트막한 언덕을 향해 달려가며 보
리의 바다를 조용히 일렁인다. 뭐라 말할 수 없는 기분이 든다. 너무 아름
다운 광경이라 이내 사라져버릴 것 같은 안타까움이다. 나는 이와이 슈운
지의 소년이 힘겹게 인생을 견디던 초록 들판을 떠올린다. 낮과 밤 사이

내게는 바람이 지나가는 것이 보이는데, 너도 보이니?
흔들리는 마음은 그저 바람.

의 경계에 잠시 찾아드는 푸르키네처럼 서늘하고 예민한 청춘의 시기. 관통해야 할 경계의 순간은 우리의 인생 어디에나 있다.

도무지 끝나지 않을 것 같은 길고 어두운 터널을 지날 때면 두렵고 지쳐, 때로는 이제 그만두었으면 하는 생각이 들기도 한다. 가장 어둡다고 생각되는 순간 다음에야 눈부신 빛이 쏟아지는 것은 얄궂은 장난 같지만, 그래서 우리는 속고, 또 속으면서도 앞으로 터벅터벅 걸어가는 것이다. 언젠가 읽었던 구절이 떠오른다. "'어른'이라는 이름의, 눈치채지 못할 정도로 완만한 언덕길을 오르다 어느새 꼭대기에 도달해버리는 것이 아닐까"—기타무라 가오루 『스킵』

나지막한 언덕에 올라서니 초록이 달려들었다.

눈부신 초록이다.

선운사 동백

계절이 변할 즈음의 경계는 모호하다.

하지만 어느 날 공기 속에서 숨길 수 없는 계절의 변화를 감지한 순간, 대책 없이 설레기 시작한다. 아주 오래전, 봄이 오는 기척이 아직 미미한 데도 나는 성급히 봄을 맞으러 선운사로 달려갔다. 선운사 대웅전 뒤로 가득 피어나는 동백을 보기 위해서였다. 하지만 너무 일렀던지 동백나무 는 검푸른 잎만 무성하게 반짝이고 손톱 끝에 겨우 남은 봉숭아물 마냥 인색하게 꽃봉오리를 내밀고 있을 뿐이었다. 선운사 동백은 동백이 아니 라 '춘백春柏'이다. 3월 말에야 꽃봉오리를 열기 시작해 4월 말에야 비로 소 만개한다. 그날 나는 동백꽃은 보지 못하고 꽃을 샘내는 바람만 맞다 돌아왔다.

선운사 동백을 보지 못하고 오랜 시간이 흐른 후
다시 찾은 절 뒷마당의 동백은 이미 떨어지고.
언제나 한발 앞서거나 너무 늦게 온다, 사랑의 예감은.

이번 해에는 동백을 너무 늦게 보러 갔다.
아니, 때는 맞췄으되 더위가 일찍 오는 바람에 꽃이 이르게 떨어지고

말았다. 내게는 어제도 오늘 같고, 내일도 오늘 같은 날이지만 꽃은 그 날씨의 변화에 예민하다. 후드득, 떨어져 내린 동백 꽃송이를 보고 '화무십일홍花無十日紅'을 떠올린다. 너무 늦거나, 너무 이른 것은 사람의 변덕일 뿐, 꽃은 변함없이 피어나고 진다. 땅에 떨어진 꽃송이에 눈길을 둔다. 지나간 사랑의 잔해처럼 그것은 붉고, 아리다.

여행 노트

고창군 공음면 선동리 학원관광농장은 16만 평이나 되는 들판에 봄이면 초록 물결이 일렁인다. 5월 중순부터 익기 시작하는 보리는 황금빛으로 물드는 6월 초부터 수확에 들어간다. 대신 그 자리에는 노란 해바라기가 여름 내내 피어 들판을 수놓고, 9월이면 메밀꽃이 들판 위에 팝콘처럼 하얀 꽃을 터뜨린다. 농장주 진영호 씨가 1992년부터 일구기 시작한 보리밭은 소문내지 않았는데도 알음알음 사진작가들과 여행객들이 찾아들기 시작했다. 그래서 2004년부터는 아예 '고창 청보리밭 축제'를 열었는데 이제는 고창 하면 청보리밭을 떠올릴 정도로 대표적인 명소로 떠올랐다. 이 아름다운 풍광은 〈웰컴 투 동막골〉, 〈식객〉 등을 비롯한 수많은 영화의 배경으로 등장하기도 했다. 푸른 보리밭을 보려면 4월 말부터 5월 초에 찾으면 된다.

입장료

학원농장 무료
선운사 어른 2천5백 원, 청소년 1천5백 원, 어린이 1천 원

찾아가는 길

자가용 서해안 고속도로 고창 IC에서 15번 국도 타고 선운사 방면으로 진입하면 선운사, 학원농장은 15번 국도 타고 선운사 방향으로 달리다 무장에서 796번 지방도로 갈아탄 후 공음 쪽으로 가다 선동 방면 길 진입.
대중교통 고속버스를 이용할 경우 서울-고창 간 왕복 17회 운행 중이다. 학원농장은 고창고속버스터미널에서 무장행 버스 탑승(20분 간격) 후, 무장에서 공음 방면 군내버스로 갈아탄 후 선산에서 하차해서 약 10분 정도 걸으면 된다. 선운사는 고창고속버스터

미널에서 선운사 직행버스(하루 8회)나 군내버스(하루 24회 운행)를 이용.

주소 학원농장 전북 고창군 공음면 선동리 산 119
　　　선운사 전북 고창군 아산면 삼인리 500번지

문의

학원농장 063-562-9895, www.borinara.co.kr
선운사 063-561-1422, www.seonunsa.org
고창군청 문화관광과 063-560-2457

음식

고창하면 풍천장어구이다. **연기식당**(063-562-1537)과 **신덕식당**(063-562-1533)이 유명한데, 실험정신으로 이곳저곳 가보았지만 내심 단골집이라 꼽는 곳은 신덕식당. 대규모 식당이고 늘 손님이 들끓는 곳인데도 친절해서 좋고 밑반찬이 깔끔하고 맛있다. 1인분에 2만2천 원 정도로 약간 부담되는 가격이지만 장어 좋아하는 사람도 만족스러울 만큼 양은 푸짐하다. 선운사 근처의 풍천장어 집들은 대개 양념장어만 내놓는다. 장어는 '죽어도 소금구이!' 라는 사람이라면 선운사에서 20분 거리에 있는 **금단양만**(063-563-5125)을 찾으면 된다. 현지인들이 즐겨 찾는 이 집은 셀프 장어구이 집. 1층에서 킬로 당 장어를 사면 바로 손질해주는데, 2층으로 올라가면 숯불이 준비되어 있어 직접 구워 먹으면 된다. 간단한 밑반찬은 준비되어 있고 밥과 음료값만 따로 내면 된다.

신덕식당

숙소

보리밭을 거닐며 광합성하고, 장어구이로 몸보신하고 마지막으로 황토집에서 하룻밤 묵는다면 완벽한 충전 여행이 될 것이다. 학원농장 안에 **한옥황토민박**(063-561-0845)은 본채에 방이 5개 있고 원룸형인 별채 6채가 있어 가족이 묵기 좋다. 사람 좋아하는 민박집 주인장은 마당에서 고기와 장어를 굽고 있노라면 슬쩍 나타나 살뜰히 도와주기도 하고 텃밭에서 딴 채소를 인심 좋게 챙겨주기도 한다.

군산, 들여다보고 싶은 도시

군산에 도착하니 기시감과 함께 낯섦이 동시에 찾아들었다.

도시는 몇십 년 전의 모습으로 정지해 있었다.

그 안에 꿈을 낚아 올리며 사는 이들의 삶만은 현재형이다.

군산 월명공원과 해방동

월명공원과 해망동

"월명공원 왕벚꽃은 늦은 봄에 펴. 군산은 바닷바람이 찬 곳이거든."

막 결혼하고 한동안 군산에 살았던 셋째 동생이 말했다. 햇살 좋은 늦은 봄날, 월명공원의 벚꽃을 보러 군산을 찾았다.

군산. 산이 무리 지은 곳. 하지만 산보다는 나지막한 구릉이 이어져 있다. 그보다는 바다 위로 흩어져 있는 섬들이 꼭 구릉 같아 보인다. 오묘한 느낌의 도시로군. 군산의 첫인상이었다. 건물 너머 느닷없이 바다가 등장하고, 눈부신 벚꽃 동산 끝 난데없이 산동네가 나타나고, 깨끗한 양옥집 사이 적산가옥이 천연덕스럽게 섞여 있다. 방심하다 옆구리를 찔린 듯한 느낌이었다. 월명공원으로 향하는 긴 계단을 오르며 나는 이런 감정의 원인이 궁금해졌다.

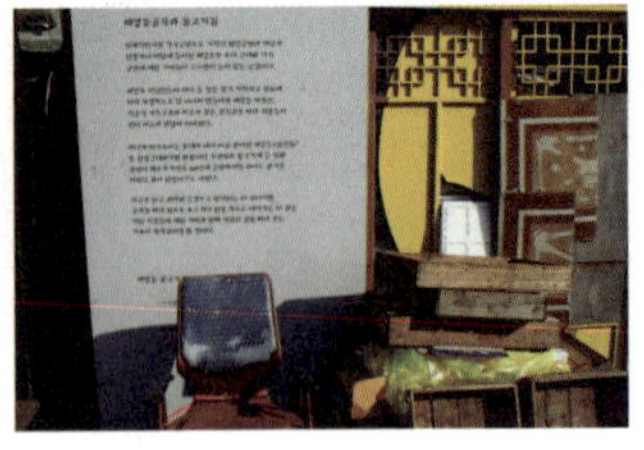

군산 월명공원과 해방동

월명공원은 관광객보다는 현지인들이 즐겨 찾는 공원이라는 느낌이
든다. 요란하게 단장하고, 젠체하는 구석도 없는 공원이 나는 단박에 마
음에 들었다. 월명공원은 꽤 큰 규모다. 울창한 나무 사이로 산책로가 잘
조성되어 있지만 다 돌기에는 숨이 가쁠 정도다. 월명공원의 명물이라는
왕벚꽃이 흐드러지게 피어나고 동백도 아직 꽃을 떨어내지 않았다. 긴 계
단도 지루하지 않다. 불꽃과 돛을 형상화했다는 수시탑까지 오르면 금강
과 서해가 한눈에 들어온다. 언덕을 오르니 바다가 보인다. 단순하게 즐
거워졌다.

월명공원에 이어진 길을 따라가니 언덕을 따라 다닥다닥 붙은 집들이
나타난다. 해망동이다. 한국전쟁 때 피난민들이 판자를 주워 해를 가리
고, 바람을 막아가며 월명산 자락에 형성한 산동네다. 해망동 사이로 난
길과 계단은 매우 가파르고 좁다. 2006년, 젊은 미술가들이 담벼락과 계
단에 그림을 그려 넣어 명물로 소문나기도 했지만 이제 그림은 희미해지

고 퇴색했다. 숨은그림찾기라도 하듯 드문드문 나타나는 그림들은 반갑다. 바랜 모습이 오래된 마을에 더 어울리는 게 아닐까 싶은 생각이 든다. 옥상 위 빨랫줄에 널어놓은 꽃무늬 버선과 셔츠가 바람에 날린다. 오가는 사람들을 거의 보지 못했지만 분명 사람이 살고 있는 것이다. 해망동에서 군산 시내와 내항을 내려다보며 나는 군산이란 도시를 알고 싶어진다.

# 4월의 어느 해맑은 아침, 100퍼센트의 철길

<u>경암동 기찻길 마을</u>

4월의 어느 해맑은 아침, 하라주쿠의 뒤안길에서 나는 100퍼센트의 여자
아이와 엇갈린다. 솔직히 말해 그다지 예쁜 여자아이는 아니다. 눈에 띄
는 데가 있는 것도 아니다. 그럼에도 불구하고, 나는 50미터 떨어진 곳에
서부터 그녀를 알아볼 정도다. 그녀는 내게 있어서 100퍼센트의 여자이
기 때문이다.

—무라카미 하루키, 『4월의 어느 해맑은 아침,
100퍼센트의 여자아이를 만나는 일에 관하여』 중

경암동 기찻길마을에 관한 이야기를 듣고 꼭 들러보고 싶었다. 하루키
의 단편 소설 같은 낭만적인 상상을 떠올린 것 같기도 하다. 어째서인가
하면, '4월의 해맑은 아침'이라는 구절 외에 연관성을 찾을 만한 구석은
없다. 하루키의 다른 소설 하나에 어느 소년이 소녀에게 고백하기를 "어
느 날 밤중에 문득 깨어나 원인 모를 지독한 외로움을 느낄 때 멀리서 들
려오던 기적 소리만큼 너를 사랑해" 했던 것에서 기차를 연상했을지도
모른다. 엉망진창이다. 하지만 경암동 기찻길을 찾았을 때 내 머릿속에
'4월의 어느 해맑은 아침'이라는 구절이 자동으로 떠올랐다. 햇살이 딱
좋을 만큼 철로 위에 비쳐들었다.

군산 경암동 기찻길 마을

군산 경암동 기찻길 마을

경암동 기찻길을 찾는 데는 '이마트 길 건너 맞은편'이라는 단서가 필요했다. 대형 마트와 길 하나를 두고 이런 마을이 있다는 것은 직접 보지 않으면 믿지 못할 일이다. 일제강점기에 팔도에서 몰려온 사람들이 철로변에 오막살이를 짓고 살기 시작한 것이 마을의 시초였다. 집은 하나 둘씩 늘어갔고, 기차가 겨우 다닐 만한 공간을 제외하고는 빼곡히 마을이 들어섰다. 몇 해 전까지만 해도 이 선로 위를 기차가 달렸다. 주민들은 하루에도 몇 번씩, 기차 소리와 흔들림을 묵묵히 견뎌야만 했을 것이다. 하루키의 소설 『치즈 케이크 모양을 한 나의 가난』이 떠오른다. 그러고 보니 하루키는 기차에 관한 글을 많이 썼다. 가난한 주인공은 두 개의 선로가 교차하는 중간, 정확히 삼각형 모양의 집에서 산다. 주인공이 가장 행복했던 때는 어느 봄날, 철도회사의 파업 기간이었다.

경암동 기찻길마을에 이제 기차는 다니지 않지만 주민들은 여전히 고추 모종을 심고, 빨래를 내걸며 살고 있다. 대문 앞에 낡은 미놀타 카메라를 걸어놓은 집 앞에서 발걸음을 멈춘다. 정성 들여 푸르게 기른 화분들도 조르르 놓여 있다. 안에 사는 집주인이 궁금해진다. 나는 철길을 따라 늘어선 집들의 안을 자꾸만 들여다보고 싶어진다.

유럽의 오래된 거리를 거닐며 나는 그들의 삶을 엿보고 싶은 은밀한 충동을 느꼈다. 새것에서는 나지 않는 호기심과 뭔지 모를 아련한 마음이 자꾸만 골목 안을, 커튼이 드리워진 창문 안을, 굳게 닫힌 커다란 문안을 들여다보고 싶게 했던 것이다. 언젠가 가수 김태원이 모 프로그램에서 했던 말이 생각난다. 이성 친구가 없어서 고민이라는 소년에게 그는 이렇게 말했다. "비밀이 없는 사람은 매력이 없어. 너만의 비밀을 가져야 해." 과

묵한 거리는 호기심을 불러일으키고 자꾸만 들여다보고 싶은 충동을 불러일으킨다. 난공불락의 여자처럼. 어디든 사연 없고 어린 골목이 없는 군산. 기차가 다니지 않는 철길마을과 적산 가옥과 일제 강점기의 관공서가 군데군데 남아 있는 곳. 골목마다 진한 짬뽕 국물 냄새가 배어 있는 곳. 이런 곳이 흥미로워졌다. 관광객의 경박스러운 호기심일 뿐이다.

군산 경암동 기찻길 마을

근대문화유산 순례기

프랑스의 비평가 롤랑 바르트는 '도시란 텍스트 같은 것'이라고 했다. 도시란 어떤 의미에서든 그 도시가 겪어온 역사를 담고 있으며, 그 안에 살고 있는 사람들의 삶의 궤를 품고 있기 마련이다. 과거의 모습을 간직하고 있는 도시라고 할 때 그 도시는 발전이라는 이름에서 비켜나간 곳인 경우가 많다. 개발되지 않았기에 옛 모습을 간직할 수 있다는 아이러니다. 첨단산업도시, 국제 무역항이라는 화려한 이름이 무색하게 한편으로 군산은 지난 역사의 흔적을 고스란히 간직하고 있는 도시다. 길모퉁이를 돌면 그런 곳이 반드시 나타난다.

군산을 들여다보기 위해서는 근대 역사를 떠올리지 않을 수 없다.

일제 강점기, 일본은 군산항을 통해 전북 곡창 지대의 쌀을 일본으로 실어 날랐다. 군산이 일제 강점기에 가장 흥성스러운 도시였다는 것은 그만큼 수난 역시 많았다는 이야기일 것이다. 군산이 고향인 시인 고은은 "일본 여인의 하오리와 게다짝 소리의 거리였고 국민복을 입은 일본 관리가 거들먹대는 거리였다"고 군산을 회상한다. 조정래의 소설 『아리랑』에서 친일파인 백종두가 인력거를 타고 길 양쪽으로 새로 들어선 일본식 건물들을 살펴보며 거들먹거렸던 백년 광장 앞길이 지금의 해망로다. 당

시 '혼마치'라 부르던 군산의 중심도로에는 일본식 목조 기와집들이 즐비했다. 지금도 그 적산가옥들이 곳곳에 남아 있다.

군산시는 일본 건물들을 없애는 대신 '아리랑 코스'와 '채만식 코스'라는 '근대문화유산답사길'로 안내하고 있다. 백년 광장으로부터 시작되어 (구)조선은행과 (구)군산세관, 영화동과 월명동 일대, 동국사 등이 코스에 포함되어 있다. 어디에서부터 시작해도 상관없으나 지도를 들고 착실하게 코스를 밟아가는 여행자들을 여럿 볼 수 있다.

가장 보존이 잘 되어 있는 곳은 (구)군산세관 건물이다. 군산에 입·출항하는 외국 선박에 관세를 부과하여 대한제국의 수입을 늘리기 위해 세워진 것이었다. 벨기에에서 수입한 적벽돌로 지었는데, 아치형 창문과 뾰족하게 솟은 지붕은 각각 로마네스크와 고딕 양식에서 따왔다. 본래 악랄한 목적으로 지어진 이 건물이 어째 이국적인데다 정취마저 있다. 빨간 벽돌과 푸른색 문은 예배당이나 작은 학교의 강당을 연상케 한다. "우리 집도 예전에 빨간 벽돌 외관이어서 참 예뻤지", "아무렴", 어쩌구 하며 자매들은 건물을 배경으로 기념사진을 찍는다. 포토제닉하다. 물론 건물을 말하는 거다. 건물 안은 군산의 100년 역사를 알려주는 사진들과 물품들이 전시돼 있다.

군
산
근
대
문
화
유
산

세관 근처에 일제 식민지 정책의 총본산이던 조선은행 군산지점이 있다. 광복 이후에 조선은행은 한국은행으로 바뀌어 전주로 이전했다. 그후 한일은행 군산지점, 유흥업소로 바뀌어 사용되다가 불이 난 뒤 현재는 '플레이보이'라는 생뚱맞은 간판을 달고 퇴락한 모습으로 남아 있다. 채만식의 소설 『탁류』에 등장했던 이곳을 최근 군산시가 매입해 박물관 건립을 추진 중이다. 근처 (구)나가사키 18 은행 역시 허름한 외관만 유지하고 있다.

신흥동 일대는 일본 유지들이 거주하던 지역이었다. 이곳에 있는 히로쓰 가옥은 포목상이었던 히로쓰가 건축한 정통 일본식 저택이다. 영화 〈타짜〉에 평경장의 집으로 등장했고, 〈장군의 아들〉 하야시의 집으로도 등장했던 곳이다. 신흥동 일대는 적산가옥이 군데군데 남아 있어 시간이 정지한 곳이라기보다는 다른 장소에 온 듯한 느낌이 든다. 일본의 작은 마을 같은 곳 말이다.

동국사

적산 가옥 순례는 동국사에서 마침표를 찍는다.

동국사는 조용한 주택가에 들어앉았다. 건축 당시 일본에서 모든 건축 자재를 들여와 지었다고 한다. 흑백의 색과 간결한 직선으로 지어진 절은 일본다운 절제미가 느껴진다. 기다란 복도와 격자무늬 천장, 검정 바탕에 금박을 입힌 일본식 탱화는 한국의 여느 절과는 달라 조금은 낯설다. 앞뜰에는 홍매가 피어나고 뒤란에는 대나무가 고요히 흔들리고 있다. 딱 일

본의 산사에 방문한 듯한 느낌이다. 식민지 시절 군산에는 모두 여섯 곳
의 일본 절이 있었다. 그러나 다섯 곳은 자취를 감췄고 동국사만 금강사
에서 명칭만 바뀐 채 그대로 남아 있다.

동국사에서 나오자 그림자가 길어져 있었다. 하늘이 붉게 물들기 시작
한다. 돌아갈 때다.

여행 노트

군산으로의 여행은 시간을 거슬러가는 여행이다. 군산은 '근대문화의 도시' 다. 군산의 거리를 걷는다는 것은 역사를 짚어가는 것이다. 일제 강점기에 일본 쌀 수탈의 항구로 이용되던 군산은 '작은 일본' 이라 불릴 정도였다. 군산세관, 조선은행, 나가사키 18 은행 등의 관공서와 적산가옥 등 아직도 그 흔적이 도시의 곳곳에 남아 있어 오묘한 느낌을 준다. 군산시는 새만금 방조제와 근대문화유산을 둘러볼 수 있는 '새만금 시티 투어'를 진행한다. 월요일을 제외한 주 6회 운영한다. 군산시 문화관광홈페이지(http://tour. gunsan.go.kr)로 미리 예약하면 된다.

입장료 모든 장소 무료

찾아가는 길

자가용 서해안 고속도로 군산 IC를 통과하면 해망동과 내항까지 20분쯤 걸린다. 내비게이션에 경암동 철길마을은 군산 이마트를 치고 찾아가면 된다. 큰길 맞은편이 경암동이다.

대중교통 군산역에서 10번대 버스를 탑승해서 내항 앞에서 내리면 그 앞쪽 길이 해망로이고, 이 길을 따라 군산세관, 옛 조선은행 등이 자리 잡았다. 해망로를 건너면 바로 장미동, 영화동, 월명동 등 일본식 가옥들이 자리 잡은 마을이 나온다. 군산시외버스터미널(063-442-3747, www.gunsanbus.kr), 군산시내버스(063-443-3077, http://gunsanbus.co.kr)

주소 **월명공원** 전북 군산시 해망동 **군산세관** 전북 군산시 장미동

히로쓰 가옥 전북 군산시 신흥동 **동국사** 전북 군산시 금광동 135-1

문의 **군산시 관광진흥과** 063-450-6598

음식

군산은 짬뽕의 성지다. 짬뽕을 먹기 위해 일부러 군산에 간다는
추종자들이 꽤 많았다. 제일 유명한 집은 **복성루**(063-445-8412).
재료가 떨어지면 바로 문을 닫는다는 소문을 들었기에 군산에 도
착하자마자 여행이고 뭐고 다 뒷전이고 일단 복성루로 달려갔다.
과연 11시 조금 넘었을 뿐인데 길가에 줄이 늘어서 있다. 혹시나
해서 물으니 역시나 볶음밥은 품절. 10시 40분부터 11시까지만
한정 판매하는 볶음밥은 그야말로 먹기 힘든 전설의 음식이다.

복성루

커다란 냉면 그릇이 넘치도록 해물과 돼지고기를 수북이 쌓아올린 짬뽕은 비주얼만으
로도 압도적이다. 그 맛이 어떠냐고 물으신다면 일단 가서 한 번 잡숴보라 하고 싶다.
복성루 도전에 실패했다면 **쌍용반점**(063-445-2633), **수송반점**(063-463-5445) 등도 괜찮
다. 제부가 내게 강력 추천한 곳은 **빈해원**(063-445-2429). "굴짬뽕도 맛있는데, 인테리
어가 형님이 딱 좋아할 스타일이에요"라니 다음에 꼭 가볼 생각이다.

이성당

이성당(063-445-2772)은 1945년에 문을 연 우리나라 최초의 빵집,
군산의 자랑이자 아이콘이다. 가장 인기 있는 메뉴는 단팥빵과 팥빙
수. 단팥빵은 굽기가 무섭게 팔려나가 이 또한 먹기가 쉽지 않다.
"뭐, 빠리빵집이나 뚤레빵집 맛이 훨 낫네"라고 할 사람도 있겠지만
이성당은 빵맛이 아니라 여행의 맛으로 가는 곳이다.

숙소

가족여행이라면 옥구읍에 있는 대규모 콘도 **유로빌리지36**(063-471-1112, www.gun-
sanvill.co.kr)을 추천한다. 시내에서 20여 분 떨어져 있지만 오히려 조용해서 좋다. 소
나무 숲 사이에 자리 잡은 예쁜 건물들이 여행의 기분을 만끽하게 해준다. 객실도 깔끔
하지만 일하는 분들이 서비스란 뭔지 온몸으로 보여준다. 바비큐장은 정육식당을 겸하
고 있어서 좋은 고기를 저렴한 값에 구입할 수 있고 상 차림비를 내면 몇 가지 밑반찬과
싱싱한 채소를 넉넉히 준비해준다. '여행을 가서까지 밥하고 싶지 않다'라는 주부라면
이 식당의 쇠고기무국을 아침으로 추천한다. 어찌나 시원한지 간밤의 과식에도 불구,
밑바닥까지 다 긁고 말았다.

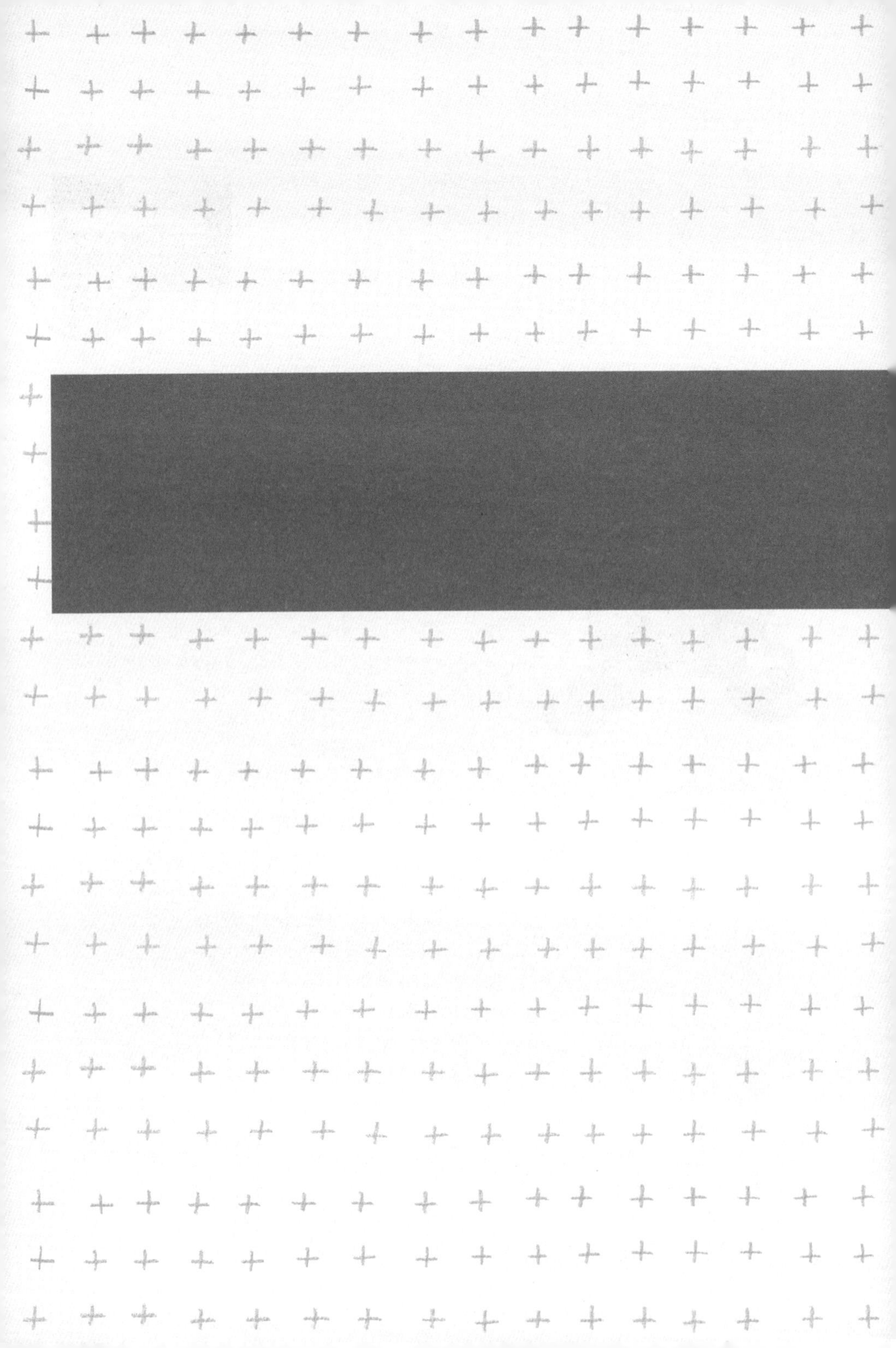

안단테 걸음으로
스며드는 기쁨

여름

여행은 순간순간이 선택의 과정이다.

한없이 느리게 여행하듯,

조급하게 모든 것을 다 보고 말겠다고 선택하든,

그것은 자신이 선택한 여행인 것이다.

여행은 낯선 장소에 가서 다른 일상을 만나는 것이 아니라,

일상 속에서 잊고 있었던 자신을 새롭게 발견하는 일이다.

그러므로 여행 끝에서 우리는 일상에 함몰되어 잊고 있었던

자신의 모습을 발견하고 일상으로 돌아올 힘을 얻게 되는 것이다.

느릿한 산책을 마치고 부두로 돌아오니

육지로 돌아갈 배가 기다리고 있다.

푸른 물살을 가르며 나는 다시 일상으로 돌아가고 있었다.

한여름이라도 도시의 건물 안은 잔 소름이 돋을 정도고, 건물을 나오자마자 이번에는 후텁지근한 공기가 달려든다. 진정으로 휴식이 간절해질 때다. 인적 드문 아름다운 풍광 속에서 맛난 음식 즐기며 느긋이 쉬고 싶다는 것은 본능처럼 사람들이 그리는 여름휴가의 모습이다. 하지만 좋은 곳은 어찌 그리 알고 찾는지 풍광보다는 사람 구경에 기껏 나선 여행에서 마음만 상하고 온몸은 만신창이가 되기 십상이다. 콧바람 쐬기 즐겨하는 아빠 덕에 어릴 적 우리는 산으로, 바다로 훌쩍 떠나곤 했다. 간혹 고생스럽고 불편한 때도 있었겠지만 이상하게도 다녀오고 나면 좋은 기억만 남았다. 그것은 아마도 내 가족들과 떠난 여행이었기 때문이었으리라. 엄마의 품처럼 넉넉한 곳에서 이 여름 한없이 게을러지고 싶다. 유명 관광지에서 살짝 벗어난 낙낙한 곳이라면 좋겠다. 얼음장처럼 차가운 물살이 휘돌아드는 계곡과 울창한 숲, 초록 바람이 넘나드는 대숲 사이에 자리 잡은 소담한 정자, 너른 백사장과 살진 갯벌을 품은 바다와 그 바다 위에 점점이 떠 있는 초록 섬들. 나는 그곳들을 그려본다. 휴가는 전라도에서 보낼 셈이다.

그리하여 고요히 빠져드는 초록잠처럼

명옥헌

백일 동안 피어서 이름 붙은 백일홍을 보기 위해 명옥헌에 갔다.

'화무십일홍' 이라는데 백일홍은 피어도 너무 오래 핀다.

무더위를 뚫고 갔더니 꽃은 아직 피지 않았다.

백일 동안이나 피는 꽃을 보지 못했다. 백일홍의 복수인가.

해서 그 여름 두 번 명옥헌에 갔다.

두 번째는 가을이 성큼 가까운 때였다. 명옥헌 배롱나무는 다른 곳보다 꽃이 늦게 핀다고 했지만 이번에는 늦어도 너무 늦었다. 얼마 전에 내린 비로 꽃잎이 다 진 건 아닌가, 노심초사하며 도착했다. 다행이다. 연못 위 분홍빛 안개가 자욱하다. 꽃은 피어 있었다.

명옥헌의 배롱나무 좋은 건 아는 사람은 다 안다. 이곳 배롱나무에 꽃이 피면 정자와 연못, 적송과 어우러진 풍광이 기막히다. 특히 연못 위에 드리운 꽃 그림자가 장관이다. 아뿔싸, 며칠 내린 비로 연못물은 흐려져 나는 그 유명한 반영은 놓치고 말았다. 명옥헌 백일홍은 다른 곳의 백일홍이 시들해질 무렵 만개한다. 늦은 8월부터 9월까지다. 목백일홍이라 불리기도 하지만 나는 배롱나무란 이름이 좋다. '배롱' 하며 혀끝에 남는 여운이 마음에 든다. 백일홍보다 어쩐지 배롱꽃이 더 사연 많은 꽃같이 들리지 않는가.

명옥헌은 오희도의 넷째아들 오이정이 아버지를 기리며 지은 정자다. '계곡수가 청아하게 부딪치는 소리를 내는 정자' 라 하여 명옥헌鳴玉軒이다. 담양은 이름난 정자들이 많다. 명옥헌은 소쇄원이나 면앙정, 송강정 등에 비해 비교적 많이 알려져 있지 않다. 아는 사람만 안다는 얘기다. 덕분에 호젓하게 정취를 즐길 수 있다. 그래서인지 시인 황지우가 한동안 명옥헌 바로 옆에 집을 얻고 글을 쓰기도 했고, 시인 나희덕도 명옥헌에 왔다가 반해 '방을 얻다' 라는 시를 썼다(방은 결국 얻지 못했다).

붉은 터널처럼 가지를 드리운 배롱나무 아래를 걷는다.

꽃이 피는 백일 동안은 글쓰기도, 학문하기도 어려웠겠다는 생각이 든다. 낮이면 방 유리창에 비쳐드는 자욱한 붉은빛에, 밤이면 창호지를 툭툭 두드리는 꽃잎 소리에 시고, 뭐고 그만 산란해지고 말 것 같다. 그래서 나는 다만 넋을 잃고 바라볼 뿐이다. 백일 동안은 그렇게 흘려도 될 것만 같다.

오래전에 막둥이 동생이 놀러 가서 찍은 사진을 보다

"넌, 왜 누워 있냐?" 물었더니

"거기선 다들 그런다"고 대답했다.

초록 잠이 소르르 몰려오는 곳, 소쇄원이다.

담양을 대표하는 것은 대나무와 정자다.

푸른 대숲 사이 정자라니, 이 얼마나 아름다운 조합인가. 거기에 노래까지 더하면 완벽한 3종 세트다. 송강정, 식영정, 환벽당, 소쇄원 같은 담양의 정자나 원림에서 조선시대 가사문학이 꽃피었음은 우연이 아니다. 우리 조상님들, 풍류 좀 아는 분들이셨다.

소쇄원은 조선시대 학자 양산보가 조성하기 시작해 3대에 걸쳐 완성된 곳이다. 양산보의 호 소쇄옹瀟灑翁에서 따온 이름으로, '맑고 깨끗하다'는 뜻이다. 양산보는 스승 조광조가 기묘사화로 죽임을 당하자 고향으로 돌아와 소쇄원을 짓고 은둔했다 한다. 그때 그의 나이가 고작 열일곱. 요즘이라면 아이돌 스타에 열광하고, 첫사랑 정도는 겪어봤을 나이다. 그보다 서너 살쯤 많았던 나이의 막둥이 동생은 이 소쇄원에 누워 낮잠을 잤다. 뭐, 그렇다는 얘기다.

192

한때 10여 채에 이르던 소쇄원 부속건물은 이제 제월당과 광풍각만 남았다. 흐르는 물소리를 따라 눈을 돌리니 암반 위로 시원한 계곡물이 흐른다. 계곡을 굽어보며 소박한 정자 하나가 서 있다. 광풍각이다. ‘빛과 바람의 집’인 광풍각은 한 면만 벽으로 막혀 있고 세 면이 모두 문인데, 위로 열어 천장에 걸 수 있게 만들었다. 이름 그대로 빛과 바람이 자유롭게 넘나드는 집이다. 광풍각 뒤에 자리 잡은 건물은 제월당, 주인이 거처하던 곳이다. ‘비 갠 하늘에 뜬 달’이라는 뜻이다. 이곳에서 아궁이의 불을 때면 연기가 계곡 위를 감돌아 정자는 구름과 안개에 폭 싸여 있는 것처럼 보인다고 한다.

소쇄원을 흐르는 계곡물은 다섯 번 굽이친다고 해서 ‘오곡류’라 부른다. 소쇄원 조경의 묘미를 보여주는 독특한 구조물은 계곡을 가로지르는 담장이다. 계곡을 가로지르되, 아래쪽은 문을 터 물이 자연스럽게 흐르도록 만든 담장 이름은 ‘오곡문’이다. 이렇듯 소쇄원은 자연을 거스르지 않고, 조화롭게 받아들이고 스며든 공간이다.

정자도 좋지만 입구부터 정자까지 향하는 대숲 길의 아름다움은 빼놓을 수 없다. 여름에도 서늘한 공기가 가득 차 신선하다. 대숲 사이 사각사각 바람이 불어오고 햇살이 어룽어룽 그림자를 만들어낸다. 그 길을 걷다 보면 한숨 자고 싶어진다. 뭐, 다들 그런다니까 하는 얘기다.

죽녹원

담양은 대나무의 도시다.

어느 길로 들어서도 집 담장 안에 파랗게 흔들리는 댓잎이나, 마을 전체를 품은 대숲이 눈에 띈다. 이렇게 많으니 대나무로 그릇을 만들었다고 해도 이상할 게 없다. 옷을 지어 입었다고 해도 믿겠다. 유명한 대숲은 두 군데다. 담양읍내에 있는 죽녹원과 담양 동쪽 끄트머리에 있는 대나무골 테마공원. 크기로 치면 죽녹원이 한 수 위다. 약 5만여 평의 면적에 분죽,

왕대, 맹종죽 등 각종 대나무가 서걱서걱 소리 내며 부딪친다. 그 간격이 멀어서 그렇지, 사이사이 아기자기한 포토존도 꾸며져 있다. 다만, 여름이라면 모기떼의 침공은 각오해야 한다.

하늘이 꾸물꾸물하더니 죽녹원 앞에 도착하니 빗방울이 떨어지기 시작한다. 제법 굵은 빗줄기다. 차 트렁크에 있던 우산을 챙겨 들고 고민하며 입구를 서성인다. 조카들은 입구에 서 있는 팬더 인형들에게 우산을 씌워 주고 있다. 대나무의 단짝 친구 팬더도 보았으니 이만 돌아갈까 하는데 비가 누그러진다. 꼬마 조카들이 초록 안갯속으로 우다다 달려 들어간다.

비가 한바탕 퍼붓고 지나간 대숲은 뭐라 말할 수 없는 싱그러운 공기가 가득 차 있다. '융프라우의 프레시에어'나 '허세의 상징, 라벤더' 향 저리 가라다. 그럴 수 있다면 '비 온 뒤 촉촉, 은근 매혹적인, 초록 대숲 넘버 파이브' 방향제 같은 걸 만들어 집 안에 뿌리고 싶다.

담양 죽녹원

대숲은 낮인데도 어둑하다. 대나무 사이를 바람이 훑고 지나면 간신히
비쳐드는 햇살에 잎이 하얗게 부서진다. 대숲 사이로 거미줄처럼 이리저
리 난 산책로를 걷다 길을 잃고 말았다. 이정표 보는 걸 잊었다. 길 잃는 건

내 특기지만 아무 데서나 그런 건 아니다. 사투리 안 쓰는 도시녀는 유독 초록이 많은 곳에서 길을 자주 잃는다. 푸른 바람이 저 앞에 달려갔다. 바람을 따라가기로 했다.

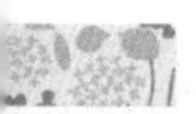

관방제림

　죽녹원 맞은편을 흐르는 담양강 천변은 푸조나무가 넉넉한 그늘을 드리우고 있다. 관방제림이다.

　여름철 관방제림은 담양 주민들에게 가장 인기 있는 곳이다. 나무 사이에 놓인 평상에서 어르신들이 장기를 두고, 벤치는 대개 연인들이 차지하고 있다. 조선 인조 때 홍수 피해를 막기 위해 둑을 쌓고 숲을 만든 것이 지금에 이르렀다. 6킬로미터 제방 가운데 숲을 이룬 구간은 1.2킬로미터 정도. 200년 넘게 살아온 팽나무, 느티나무, 푸조나무, 개서어나무 등 고목들이 길게 늘어섰다.

　담양에 놀러 가자고 조카들을 살살 꾀어낸 미끼는 관방제림 아래 천변을 달리는 꼬마 기차였다. 하지만 가보니 안전상의 문제로 더는 운행하지 않는다고 했다. 춤추고 싶은데 조카들은 풀이 죽었다. 할 수 없이 가족용 마차를 타기로 한다. 말이 마차지 말도, 소도 끌어주지 않고 죽도록 페달을 밟아야만 한다. 꼬마 조카들의 페달질 따위 아무짝에도 소용없으니, 어른들만 죽을 지경이다. 그래도 강바람을 가르니 시원하다. 페달을 가열차게 밟을수록 바람은 더 시원해지는데 이상하게 땀은 흐른다. 조카들은 자꾸 "빨리, 더 빨리!"를 외친다. 가까스로 한 바퀴 돌고 나니 하늘이 노랗다. 조카들은 평화로운 얼굴로 만족해한다.

담 양 관 방 제 림

한바탕 힘을 썼더니 뱃가죽과 등이 하이파이브를 한다. 관방제림의 명물은 바로 '국수거리'다. 천변을 따라 국숫집이 조르르 늘어서 있다. 옛날에 죽세공품을 팔던 이곳 죽(竹)시장에서 장꾼들에게 국수를 말아 팔던 집들인데, 가장 오래된 집은 50년이 넘었다. 야외 평상에 앉아 뜨거운 멸치국수를 후루룩 흡입하니, 강바람이 시원하게 이마를 스치고 간다. 국수를 나눠 먹는 가족이 갑자기 아름답게 보이고, 풍경도 다정해보인다. 이만하면 됐다고 생각한다. 조카는 삶은 달걀도 먹겠다고 한다.

삼지내 마을

그곳에서는 모든 것이 느릿느릿 흘러갔다.

느린 것만은 자신 있소!

우리 자매는 돌담길을 따라 느릿느릿 걸었다.

고택 안마당에 들어선 동생은 환호성을 지르며

여느 때와 다른 속도와 무서운 집중력으로

작업에 열중했다.

지나시던 어르신이 "어디에서 왔냐?"고 물으셔서

동생은 뭐 훔치다 걸린 애처럼 빨개진 얼굴로

"전주에서 왔어요" 대답하니

"거기 한옥마을이 더 좋은데

뭐 할라고 놀러 왔나."

하더니 허허, 웃으시며 지나쳐 간다.

동생이 황급히 등 뒤로 감춘 것은

며칠 뒤, 동생 손톱을

발갛게 물들였다.

아, 이건 비밀이었는데!

203

담양 삼지내마을

너무 작은 마을이라 깜짝 놀랐다.

몇백 년 된 마을이 너무 정갈해서 놀랐다. 그런 집에 사람들이 살고 있어서 더욱 놀랐다. 이런 곳을 어찌 알고 '슬로 시티'로 지정해줬을까 싶었다.

슬로 시티는 느리게 살면서도 행복한 삶을 추구하는 지역이다. 1999년 이탈리아에서 시작된 이 캠페인은 '느리게 먹고slow food, 느리게 사는slow movement' 삶을 지향한다. 슬로 시티로 지정되기 위해서는 몇 가지 조건이 있다. 전통적인 생태계의 보존, 지역 주민들 간의 다양한 커뮤니티 활동, 전통 먹거리의 보존이 그것이다. 그것에 명확히 충족된 곳이 삼지내마을이다.

삼지내마을은 오백 년 전 형성된 고씨 집성촌이다. 마을에는 백 년 가까이 된 전통가옥 13채와 삼백 년 전 쌓은 담장이 고스란히 남아 있다. 작은 마을을 둘러싼 너른 논에 벼가 파랗게 이삭이 영글고 있다. 해가 뜨면 들녘으로 나가고 해가 지면 다음 날의 노동을 위해 잠자리에 드는, 자연을 닮은 삶이 그 안에 있다. 담장 곳곳에 '창평 전통쌀엿'이라고 쓰인 간판이 보인다. 문 열고 들어가면 달짝지근한 엿 부스러기를 얻어먹을 수 있을 것만 같다. 슬로 시티임을 알리는 달팽이 그림이 줄곧 나타난다. 부

러 알리지 않아도 이곳의 시간은 느리게 흐르고 있음을 알 수 있다.

삼지내마을의 고택은 마을을 찾는 누구에게나 개방되어 있다. 가장 잘
보존된 곳은 '고재선 가옥'이다. 오랜 세월이 무색하게 정갈하다. 돌확에
물옥잠이 피고, 봉숭아, 비비추, 유홍초가 소담하게 피어난 뜰은 가만히
거니는 것만으로도 평온해진다. 한옥이 낯설지 않은 것은 나무와 온기와
부드러운 선이 그려내는 온화함 때문이다. 윤기 도는 툇마루에 앉으니 언
제까지나 느리게 흐르는 시간을 느끼고만 싶어진다. 마을은 빽적지근하
게 볼거리가 있는 건 아니다. 다만 그리 살고 싶은 삶이, 거기에 있다.

담양 삼지내마을

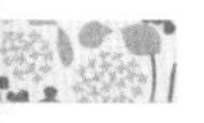

<u>메타세쿼이아길</u>

담양의 명물로 빼놓을 수 없는 메타세쿼이아 길을 찾은 건 오후의 마지막 햇살이 사라지기 직전이었다. 그 많던 사람들이 썰물처럼 빠져나간 길은 호젓해서 좋았다.

담양군청 동쪽의 학동교차로에서 금월교에 이르는 옛 24번 국도를 따라 늘어선 메타세쿼이아 길은 우리나라에서 가장 아름다운 길로 꼽힌다. 옛 국도 바로 옆으로 새롭게 국도가 뚫리면서 이 길은 산책을 하거나 자전거를 탈 수 있는 도로가 되었다. 가로수길의 총 길이는 약 8.5킬로미터. 길을 따라 양쪽으로 10~20미터의 메타세쿼이아가 심어져 있는데 1970년대 초 3~4년생 메타세쿼이아 묘목을 심은 것이 현재의 울창한 가로수 터널길이 되었다.

저녁노을에 황금빛으로 물든 가로숫길 아래를 가족과 연인들이 손잡고 걷는 풍경이 인상파 화가의 그림 같다. 나도 그림 속의 등장인물이 되어본다. 장 그르니에는 "낮의 열기가 사라진 뒤나 하루 일과가 끝나고 난 뒤의 시간, 온대 기후에서는 해질 무렵이 산책하기 좋은 시간"이라고 했다. 그러니까 나는 산책하기 가장 좋은 시간에, 가장 아름다운 길을 걷는 셈이다.

문득 사람들이 메타세쿼이아 나무를 유독 좋아한다는 생각이 든다.

공룡이 살았던 초생기 식물로, 화석으로 발견돼 부활했다는 '메타세콰이아' 인지, '메타세쿼이어' 인지 내비게이션으로 찍기도 힘든 이 생경한 나무를 좋아하는 이유는 내 생각에는 그렇다. 메타세쿼이아든, 전나무든, 은행나무든 사람들은 상관없는 것이다. 사람들은 나무가 늘어선 길이 아니라, 그 길 사이에 있는 자신의 모습을 좋아하는 것이다. 어디로 가야 한다는 목적이나 서두를 필요 없이 다만 걷는 것으로 족한, 그 여백을 누려보고 싶은 것이다. 열자列子의 스승은 그렇게 말하지 않았던가. "산책하거라. 하되 완전하게 하거라. 참된 산책자는 걸어가되 자기가 어디로 가는지 모르며, 바라보되 자기가 무얼 보는지 모르느니라."

참된 산책자답게 걷다 보니 포장마차에서 파는 핫도그도 먹고 싶고, 아이스크림도 먹고 싶고, 쌩하니 달려가는 자전거를 보니 '나도 기필코 자전거 타는 법을 배워야겠다' 고 두 주먹을 불끈 쥔다. 모두 참된 산책 끝의 깨달음이다.

여행 노트

담양은 푸른 대나무의 도시다. 가사 문학과 정자 문화를 꽃피운 풍류와 멋의 고장이다. 느리게 살아가는 삶이 있는 곳이다. 한 줄기 푸른 바람이 통과한 듯 느긋한 여유가 남는 곳, 담양이다.

대숲이 좋은 **소쇄원**과 배롱꽃이 아름답게 피어나는 **명옥헌**을 비롯해 **면앙정, 식영정, 송강정, 독수정** 등의 수많은 정자를 따라가다 보면 옛 문인들의 풍류와 운치를 오롯이 맛볼 수 있다. 〈면앙정가〉를 지은 송순이 머물던 면앙정은 담양읍에서 광주로 나가는 국도 29번 도로에 있다. 면앙정 부근에는 가사 문학의 대가 송강 정철의 송강정이 울창한 솔숲과 대나무 숲 사이에 있다. 소쇄원과 식영정, 환벽당은 서로 지척에 있다. '그림자도 쉬어 간다'는 식영정은 정철이 〈성산별곡〉을 지은 곳이다.

담양읍 향교리에는 언덕배기 5만여 평에 울창한 대숲이 펼쳐진 **죽녹원**이 있다. 2003년에 조성된 이곳은 이름처럼 '초록 대나무' 터널 길을 걸을 수 있는 최고의 산책로다. 봄, 여름 뿐 아니라 하얀 눈이 쌓인 대숲의 풍광도 아름답다. 죽녹원 못지않은 걷기 좋은 길이 또 있으니, 담양천을 따라 200여 그루의 고목이 늘어선 **관방제림**이다. 사철 주민들의 좋은 휴식처가 되는 관방제림을 따라 맞은편에는 부담 없이 넉넉히 즐길 수 있는 국수 거리가 늘어서 있다. 걸어서 10분 거리에는 유명한 **메타세쿼이아 길**이 있다.

조금 더 느긋한 여유를 맛보고 싶다면 창평면 **삼지내 마을**을 찾아보는 것이 좋다. 아시아 최초로 슬로 시티로 지정된 삼지내 마을은 돌담길을 따라 고즈넉한 한옥이 있는 정취 있는 마을이다. 매주 둘째 주 토요일에 '놀토달팽이 시장'이 열린다. 숙박시설과 체험시설이 있으며, 마을탐방을 돕는 **슬로 시티 위원회**(061-380-3807)가 있다.

입장료와 개장시간

명옥헌 무료

소쇄원 어른 1천 원, 어린이 5백 원, 9:00~18:00

죽녹원 어른 2천 원, 청소년 1천5백 원, 어린이 1천 원, 9:00~19:00

찾아가는 길

자가용 호남고속도로를 타고 담양 JC에서 빠져나와 담양 IC로 빠져나오면 담양읍이다.

대중교통 서울~담양 간 고속버스가 하루 2회 운행한다. 광주까지 고속버스로 온 후, 광주터미널에서 담양행 직행버스(10분 간격)나 311번, 322번 군내버스(10분 간격)를 이용해도 된다. 311번, 322번 버스는 죽녹원, 303번 버스는 창평까지 간다. 명옥헌은 대중교통 수단을 이용해 가기 좀 어렵다. 토·일요일에 운행하는 '담양 시티 투어 버스'는 명옥헌을 비롯해 주요 여행지를 두루 둘러볼 수 있는 방법이다. 버스는 매주 광주역 광장에서 오전 10시에 출발하며 중식과 관람료를 포함해 1인 1만 7천 원이다. 총 네 코스로, 주마다 여행 코스가 조금씩 다르니 미리 담양군청 문화관광 홈페이지(tour.damyang.go.kr, 061-380-3151~4)에서 확인하고 예약하면 된다.

문의

담양군청 문화관광과 061-380-3150~4

죽녹원 관광안내소 061-380-3245

창평 슬로 시티 추진위원회 061-380-3807, www.slowcp.com

음식

담양의 별미는 떡갈비. 쇠고기를 잘게 다져 양념해 구운 '담양 떡갈비'로 유명한 곳은 담양읍사무소 근처 **덕인관**(061-381-7881)과 **신식당**(061-382-9901)이다. 원래도 줄 서서 먹던 집인데, TV 예능 프로그램에까지 나간 뒤로는 더 붐비는 곳이 되었다. 유명하기로는 **전통식당**(061-382-3111)의 한정식도 빼놓을 수 없다. 남도 한정식을 이야기할 때 첫손 꼽히는 곳. 고산 윤선도의 후손인 윤해경 할머니가 명문가의 내력 있는 손맛을 선보이는 집이다. 아담한 한옥 마당에 들어서면 반들반들한 장독이 조르르 서 있다. 직접 만드는 장맛이 이 집 음식 맛의 비결이라 했다. 자리에 앉아 주문하면 조금 뒤에 큰 상 하나를 아주머니 두 분이 힘겹게 들고 들어온다. 힘겨울 만하다. 상 위에는 떡갈비를 비롯해 40여 가지 반찬이 가득하다. 반찬은 보기에도 정갈하고 하나같이 맛깔스럽다. 시간과 정성이 빚어낸 맛이다.

어린이와 함께 여행하는 가족이나 어린이 입맛을 가진 어른이라면 퓨전 한정식집 **들풀**

들풀식당

(061-381-7370)을 권한다. 나는 내 맛도, 네 맛도 아닌 '퓨전' 요리를 싫어하는지라 들풀식당을 추천받고 꽤 망설였다. 하지만 우리 일행에는 어린이도 있고, 어린이 입맛 어른도 있으니 한 번 가보자 하고 들렀다. 작은 마을, 좁은 골목길에 숨어 있어 찾기도 힘들었는데 도착하고 보니 의외로 큰 식당이고, 1, 2층 모두 사람이 가득 차 있어서 깜짝 놀라고 말았다. 아주머니 손님이 많은 것을 보고 나는 일단 안심. 우리나라 아줌마들이 좋아하는 곳이라면 값싸고 맛있고 푸짐한 집일 게 분명하기 때문이다. 떡갈비를 비롯해 육해공 재료가 총출동한 다채로운 요리를 맛본 후 조기구이와 나물, 된장찌개로 마무리하는 식사는 어린이와 아줌마 모두 흡족할 만하다.

관방제림 '국수골목'에 있는 **진우네집국수**(061-381-5344)는 50여 년 가까이 되는 국수 전문점이다. 멸치국수와 비빔국수, 단 두 가지 메뉴. 유명하다니 맛이나 보고 가자고 멸치국수, 비빔국수 각각 한 개씩만 시켰다가 조카들이 어찌나 잘 먹는지 사람 수 대로 추가 주문해야만 했다. 삼지내마을 가는 길에 있는 창평시장 국밥도 별미다. 시장에 즐비한 국밥집들 앞에서 고민하다 어르신 여러분께 여쭤본 결과 가장 높은 지지율을 얻은 **원조창평시장국밥**(061-383-4424)집에 들어갔다. 아, 이럴 수가. 돼지고기를 고아낸 국물이 누린내 하나 없이 이리 깔끔하다니. 어르신들의 추천이 무색하지 않을 정도로 역시 굉장한 맛이었다.

숙소

어릴 때 시골에 있는 할머니 집에 놀러 가 보는 것이 소원이었으나, 부모님 두 분 모두 고향이 서울인지라 시골집에 대한 한없는 로망을 가지고 있다는 후배에게 삼지내 마을의 한옥민박집, **한옥에서**(061-382-3832, http://hanoke-seo.namdominbak.go.kr)를 추천해주었다. 그러고는 잊어버렸는데 한참 후에 후배로부터 다녀왔다는 전화가 왔다. 어땠느냐고 물었더니 "다른 사람에게는 가르쳐주지 말라"고 했다. 후배에게는 좋은 것은 감춰두는 버릇이 있다.

삼지내 마을에는 민박집이 여럿 있는데 '한옥에서'는 그중 가장 규모가 크다. 대나무문 너머로 잘 가꿔진 잔디가 펼쳐진 뜰에 고택과 신축 한옥이 정갈하게 들어서 있다. 고택은 주인 내외가 살고 있고 신축 한옥 별채를 숙소로 내주고 있는데 한옥의 진수를 맛보고 싶다면 고택에서 묵기를 청해도 된다. 문까지 나와 맞아줬던 주인장은 객실로 안내하더니 일단 이불과 베개에 새 시트를 씌우는 요령을 가르쳐주고 시범을 보인다('한옥에서' 민박집에 묵기 위한 가장 중요한 절차다). 짐을 풀고 있으니 "차 마시러 오라"는 소리가 밖에서 들린다. 숙소 외에 있는 또 하나의 별채는 다실이다. 주인은 향긋한 차와 함께 창평 엿과 한과를 내주신다. 몇 가지 질문과 대답이 오가고, 살아가는 이야기가 가볍게 이어졌다. 그때 갑자기 후드득, 소리가 나더니 쏴아, 시원하게 비가 한바탕 퍼붓기 시작한다. 이야기 소리는 빗소리에 가렸지만, 사실 더는 이야기할 필요가 없었다. 향긋한 차를 앞에 두고 한옥 기와를 두드리는 빗소리를 들으며, 초록 잔디 위로 비와 함께 떨어지는 붉은 석류꽃을 보고 있는데 필요한 게 뭐가 있으랴. 소나기였던지 비는 곧 그쳤고 사방에서 싱그러운 공기가 몰려왔다. 툇마루에 나앉으니 지붕 위에 머물렀던 빗물들이 처마 밑으로 똑, 똑 떨어져 내렸다. 후에 후배에게 '한옥에서'에 머물 때 혹시 비가 왔느냐고 물었더니 당연하지 않느냐고 대답했다.

소설의 무대를 여행하다

무더위가 계속되고 있었다.

이맘때쯤이면 남원의 광한루가 참 시원하리라는 생각이 들었다. 예전에 광한루에 갔을 때는 겨울이었다. 연못물에 살얼음이 끼어 있고 을씨년스러웠다. 초록으로 뒤덮이는 광한루를 보고 싶은 아쉬움이 내 맘에 늘 서성거렸고, 그래서 광한루로 갔다……는 거짓말이다. 여름 보양식의 제왕, 추어탕을 본고장에서 먹고 싶은 욕망이 화르륵 불타올랐던 것이다. 본능이 가리키는 방향으로, 대개 나는 간다.

<u>서도역</u>

광한루는 다가오는데 점심때는 한참 남았다.

추어탕을 흡입한 후 한가롭게 광한루를 누벼 보려던 계획에 차질이 생길 것 같다. 남는 시간을 알뜰하게 활용하고 싶은 생각에 차를 돌린다. 서도역에 도착했다. 언젠가 사진으로 본 서도역이 운치 있었다는 기억이 났던 것이다.

서도역은 전라선의 구간 중 오수와 남원 사이에 위치한 작은 역으로, 2002년 전라선 철도가 다른 곳으로 이설되면서 문을 닫게 되었다. 역이 옮겨가면서 건물은 철거될 예정이었으나 남원시가 매입해 1930년대 당시의 모습으로 복원해놓았다.

기차가 더는 서지 않는 역은 고즈넉하기만 하다. '(구)서도역영화촬영장' 이라는 삐까번쩍한 명패가 무색하게 개미 새끼 한 마리 얼씬하지 않는다. 문이 굳게 닫힌 역사 지붕 위로 울창한 나무 그림자가 드리우고 이따금 매미 우는 소리만 요란하다. 유리를 끼워 넣은 미닫이문과 나무 벽이 바랜 건물은 오래된 맛이 정취가 있다. 건물 뒤로 녹슨 철로, 수동 신호기가 그 시절 정지된 화면으로 멈춰 있다. 잊혔지만 그 자리에 오롯이 남아 세월의 더께가 자연스럽게 앉은 풍경, 그런 것에 나는 마음이 간다. 과연 포토제닉하다고 흐뭇해하는데 아빠가 말한다. "근처가 우리 삭령 최

남원 서도역

서도역
西道驛
Seodo Station

씨 집성촌이지. 『혼불』에도 나오는 역이야."

　아, 그렇다. 서도역은 단지 '영화 촬영장'으로 관광지화하려다 실패한, 그림 좋은 역만은 아니다. 최명희의 소설 『혼불』에서 서도역은 중요한 배경 중 하나다. 소설 속에서 서도역은 '정거장' 혹은 '매안역' 이라는 이름으로 소설 전반에 걸쳐 등장한다. 특히 서도역이 부각되는 것은 주인공 효원이 열아홉에 완행열차를 타고 시집을 오는 장면이다. 고단한 기차 여행은 그녀의 부침 많은 시집살이를 예고한다. 서도역 플랫폼에 첫발을 내딛는 순간이 효원의 파란 많은 인생의 시작점이었던 것이다. 자양강장, 원기충전이 목적이었던 내 여행도 서도역에서 급선회한다.

혼불 문학관

"여기까지 왔는데" 하는 마음으로 노봉마을로 향한다.

서도리 노봉마을은 최명희의 소설 『혼불』의 주 무대이자 작가 아버지의 고향이다. 그래서 작가의 고향인 전주 한옥마을에 '최명희 문학관'이 있지만 이곳에는 '혼불 문학관'이 있다. 『혼불』은 일제 강점기인 1930~40년대 전북 남원시 사매면의 유서 깊은 '매안 이씨' 문중의 무너져가는 종가를 지키는 종부宗婦 3대와 이씨 문중의 땅을 부치며 살아가는 상민마을 '거멍굴' 사람들의 삶을 그린 소설이다. 그 '매안 이씨' 종가의 모델이 바로 노봉마을의 '삭령朔寧 최씨' 일가다. 그러니까 최명희는 삭령 최씨, 자신의 집안 이야기를 쓴 것이다. 내가 굳이 '삭령 최씨'를 강조하는 이유는 바로 내가 삭령 최가이기 때문이다. 그러니까 최명희는 내 사촌 언니뻘 되는 분이다. "얘, 뭐냐?"라고 할지 모르겠지만 원래 자랑은 눈꼴시리라고 하는 법이다.

최명희는 어린 시절 아버지를 따라 이곳 노봉마을을 다니러 와서 아버지의 고향 사람들이 들려준 이야기를 듣곤 했는데, 이 이야기들이 『혼불』을 쓰게 하는 씨앗이 되었다. 작가는 소설을 쓴 이유를 "근원에 대한 그리움" 때문이라고 했다. "한 번 쓰기 시작하자 어쩌지 못할 불길로 사로잡은 이 작품 때문에 밤이면 갚을 길도 없는 큰 빚을 지고 도망 다니는 사람

처럼 항상 불안해했다”는 작가는 혼불에 사로잡혀 제 몸과 가슴을 태우며 17년간 소설을 써나갔다.

혼불 문학관은 모르는 사람이 봐도 “참 터가 좋다”고 느낄 만한 곳에 정갈한 한옥으로 들어앉았다. 깔끔하게 손질된 잔디밭이 펼쳐지고 연못과 물레방아가 있는 6천여 평의 문학관 뜰은 호젓하다. 문학관 안에는 작가 생전의 집필실이 꾸며져 있으며 작품일지와 유품, 만년필로 써내려간 육필원고와 생전의 모습을 담은 사진 등이 전시돼 있다. 문학관 옆 정자에 오르면 소설의 중심 무대였던 노봉마을이 눈 아래로 펼쳐진다. 문학관 옆에는 청옥색 물이 담긴 ‘청호 저수지’가 자리 잡고 있다. 소설 속에서 청암 부인이 가뭄을 막기 위해 만들었던 저수지다. 소설의 근간이 되었던 자연과 그 속의 삶이 눈앞에 펼쳐져 있다는 것은 묘한 기분이 들게 했다.

볕발이 고른 날에도 대숲에서는 늘 그렇게 소소한 바람이 술렁이었다. 그것은 사르락사르락 댓잎을 갈며 들릴 듯 말듯 사운거리다가도, 솨

아 한쪽으로 물리면서 물소리를 내기도 하고, 잔잔해졌는가 하면 푸른
잎의 날을 세워 우우우 누구를 부르는 것 같기도 했다.

—소설『혼불』중에서

소설의 감동은 줄거리만으로는 오롯이 느낄 수 없다.

대숲에 이는 바람의 소리를 '사르락사르락, 사운거렸다'고 표현한 귀신같은 언어로 써내려간 유려한 문체가 소설의 매력이기 때문이다. 등장인물들이 빚어내는 갈등과 사건은 설명보다는 치밀하고 감각적인 묘사로 부각된다. 작가가 건져 올린 아름다운 언어는 작품에 향기를 더한다. 작가의 소설 덕에 사전에는 수많은 단어가 더해졌다. '사람의 혼을 이루는 바탕. 죽기 얼마 전에 몸에서 빠져나간다고 하는데, 크기는 종발만 하며 맑고 푸르스름한 빛을 띤다'는 뜻의 '혼불'이란 단어 역시 작가가 아버지의 고향에서 듣고 가슴에 품은 말이라 한다. 사라졌을지도 모를 단어가 작가의 손끝에서 소설의 제목으로, 소설을 아우르는 큰 뜻으로 되살아났다. 나는 『혼불』을 읽으면 꽃이 떠오른다. 가녀린 꽃도, 유혹하는 꽃도 아니고 한여름 열기 속에서 바짝바짝 마르면서도 기어이 피워내는 꽃이다. 한 송이로 시작되었으나 잠시 곁을 둔 사이 어느새 지천으로 피어 하나로 펄럭이는 꽃송이같이 아릿하게 눈부시다. 『혼불』은 소설이라기보다 한 편의 장대한 시다.

"작품의 한 부분을 따로 떼어 내거나, 한 문장만 읽어도 작품 전체의 분위기를 전달할 수 있도록, 쉼표 하나, 마침표 하나에도 머뭇거렸다. 이는 인간과 자연과 문화가 어우러져 이루어지는 우리 삶을 훼손하지 않고 그대로 드러내기 위해서였다."

'손가락으로 바위를 뚫어 글씨를 새기는 것 같은 심정'으로 쓴 소설은, 그래서 가슴을 진정으로 울린다.

문학관을 둘러보며 아빠가 말씀하신다. "꼼꼼한 성격이라 완벽을 추구하다 보니 자신을 너무 혹사시켰어. 그렇게 진을 다 뺐으니 일찍 떠났지. 아까워." 오랜만에 아빠와 공감대를 형성한다. 아까운 일이다. 젊어 죽은 것은 꽃이라면 아름답지만, 그것이 인생이라면 애잔하다. 사촌언니라고 굳이 우기고 있는 처지니 더 애달프다. 원래 팔은 안으로 굽는 법이지만, 소설을 한 번 읽어본다면 내 말이 순 뻥이 아닌 걸 알게 될 것이다. 푸른 바람이 호수 위로 불어 잔물결을 그린다.

"그리하여 세월이 가고 시대가 바뀌어도 풍화 마모되지 않는 모국어 몇 모금을 그 자리에 고이게 할 수 있다면, 그리고 만일 그것이 어느 날인가 새암을 이룰 수만 있다면. 새암은 흘러서 냇물이 되고, 냇물은 강물을 이루며, 강물은 또 넘쳐서 바다에 이르기도 하련만. 그 물길이 도는 굽이마다 고을마다 깊이 쓸어안고 함께 울어 흐르는 목숨의 혼불들이, 그 바다에서는 드디어 위로와 해원의 눈물 나는 꽃빛으로 피어나기도 하련마는."

남원 혼불 문학관

광한루

몹시 허기진 상태로 광한루에 도착했다.

여행은 드물게 계획대로 착착 진행된다. 광한루도 식후경, 먼저 추어탕부터 먹으러 간다. 잘 먹지 못할까 싶어 조카에게는 미꾸라지 튀김을 시켜주니 이것도 잘 먹고, 추어탕도 밥 말아 뚝딱이다. 식성은 아무래도 이모를 닮았다. 흐뭇하다. 조카 빈이에게 『춘향전』을 아느냐고 물었더니 모른단다. 『콩쥐팥쥐』는 아느냐고 물었더니 "어, 그거 두꺼비가 '독에 구멍 났드만' 하는 거잖아" 한다. 자랑스럽다. 혹시 해서 『파랑새』의 '치르치르와 미치르'는 아느냐고 물었다. 눈빛이 공허해진다. 『헨젤과 그레텔』 남매와 쌍벽을 이루는 '치르치르, 미치르' 남매를 모르다니. 이럴 수가. 네 인생에 파랑새는 찾을 생각도 없단 말이냐. 그러거나 말거나 빈이는 2천 원 주고 산 잉어밥을 연못에 던지느라 여념이 없다. 잉어밥이란 게 아무래도 기름이 둥둥 뜨는 게 개사료 같다. 그러거나 말거나 어른 팔뚝만 한 잉어 수백 마리가 무서운 기세로 달려든다. 빈이는 광한루를 '잉어농장' 쯤으로 기억할지도 모르겠다.

드라마와 영화의 단골 소재 『춘향전』의 주인공 춘향과 이몽룡이 운명적인 만남을 가졌던 광한루. 공부하기 싫어 죽을 것 같은 양반댁 자제는 한 떨기 꽃처럼 그네를 지치는 여인의 펄렁거리는 치맛자락을 보는 것만으로 그만 가슴이 벌렁거리고 눈에서 레이저빔을 쏘았으니, 욕망은 들끓어 오르나 소심해서 방자에게 수작을 걸라 시키고 안 되면 내뺄 심산으로 목이 빠지게 기다리던 곳이 바로 이곳 되시겠다. 그다음은 어떻게 됐는지 말 안 해도 빈이만 빼고 다 아시리라.

광한루는 조선시대 명정승인 황희가 남원으로 유배됐을 때 작은 누각을 지어 즐기던 곳으로, 원래 이름은 '광통루廣通樓'였다(그런데 귀양 와서 누각 같은 거 지어도 되는지 모르겠다). 세조 때 정인지가 그 수려한 경치에 감탄해 흡사 달나라에 있는 궁전 '광한청허부廣寒淸虛府' 처럼 아름답다 하여 '광한루'라 고쳐 부르게 됐다고 한다. 선조 때 남원부사가 광한루 앞을 흐르는 요천에서 물을 끌어와 연못을 만들었는데 못 안에 삼신도라는 인공 섬 3개를 만들어 각각의 섬에 대나무, 백일홍을 심고 나머지 한

섬에는 연정을 지었다. 연못은 은하수를 상징하는 것으로 견우와 직녀의 전설에 나오는 오작교도 함께 만들었다. 광한루를 중심으로 춘향사당과 춘향관, 월매집 등이 만들어져 있고 방장정, 영주각, 완월정 등 누각과 정자도 자리 잡고 있다.

춘향관에는 소설의 장면을 그려 전시해 놓았다.

밤이 이슥한 방 안에 이몽룡과 춘향이 어울렁 더울렁 야릇한 분위기를 자아내고 있는 그림 앞에서 조카 빈이는 "어, 안마해주고 있는데?"란 감상 소감을 말한다. 언젠가 빈이도 '남녀상열지사'를 깨치게 되고, 질풍노도의 사춘기를 겪으며 이모랑 여행은커녕, 눈도 맞추지 않는 때가 올 것이다. 그때를 대비하여 부지런히 사진으로 증거를 남긴다. 얼마나 이모를 좋아하며 따랐는지. 커서 취직해 월급 받으면 매달 백만 원씩 이모에게 바치기로 사인한 계약서와 함께 액자에 넣어 걸어둘 생각이다.

<u>춘향테마파크</u>

춘향테마파크는 빈이에게 최고의 놀이터가 되어주었다.

테마파크 구경은 뒷전이고, 입구에 있는 분수에서

힘차게 품어 나오는 물줄기 사이를 내달리며

빈이는 그날 수십 번도 더 무지개를 보았다.

아이가 지쳐서 그만둘 때까지 기다리는 게, 고작 할 일의 전부다.

그런데 그게 참 즐거워졌다.

흩날리는 물방울 쪽으로 슬며시 뺨을 내밀어 보았다.

여행 노트

남원은 춘향의 도시다. 지리산 계곡 중 가장 절경인 뱀사골이 있고, 천년고찰 실상사가 있으며, 섬진강이 굽이 흐르는 기름진 들판을 자랑하지만, 그래도 역시 간판스타는 춘향이다. 판소리 다섯 마당 중에서도 가장 인기 있는 곡이며, 소설은 끊임없이 영화와 드라마의 단골 메뉴가 되어왔다. 그것은 『춘향전』이 시대를 불문하고 가장 흥미로운 주제인 '사랑'을 테마로 한데다, 선남선녀의 만남, 신분의 벽을 뛰어넘은 사랑과 신데렐라 같은 신분 상승 등의 흥행 요소를 두루 구비하고 있기 때문이다. 그 사랑을 더욱 아름답게 해주는 배경이 바로 광한루다. 광한루원은 경복궁 경회루 지원과 담양 소쇄원과 함께 한국 정원을 대표하는 절경으로 꼽힌다.

광한루에서 승월교 건너 강 반대편에 위치한 춘향테마파크는 『춘향전』을 주제로 조성한 공원이다. 언덕을 따라 '만남·맹약·사랑과 이별·시련·축제의 장', 다섯 개 마당으로 구성되어 있다. 인형과 모형물로 옛날 사람들의 생활을 엿볼 수 있게 꾸며 놓았으나 입장료에 비해 구경거리는 약간 심심한 편이다. 가까운 곳에 김시습의 한문 소설집 『금오신화』에 실린 다섯 편의 작품 중 첫 번째 이야기인 '만복사저포기'의 무대, 만복사지가 있다. 광한루원과 춘향테마파크, 만복사지는 모두 걸어서 구경할 수 있을 만한 거리에 위치해 있다.

그러고 보면 남원은 아름다운 소설을 배출한 문학의 도시다. 그래서 소설가 최명희는 남원을 "꽃심 지닌 땅"이라 했나 보다. 남원시 사매면 서도리 노봉마을은 소설 『혼불』의 무대다. 짧게 살다 간 소설가 최명희를 기리고자 지은 혼불 문학관이 있다. 문학관 주위에는 작품 배경이 됐던 종가, 청호저수지, 노적봉 등이 있어 소설의 감흥을 느낄 수 있다. 부근의 서도역 역시 『혼불』의 주요 배경이다. 지금은 기차가 다니지 않는 곳이지만 그래서 더욱 운치가 있는 곳이다. 남원 여행은 한나절 가벼운 여행지로 제격이지만 짧은 여행이 들려주는 이야기는 아름답고 묵지근하다.

입장료

광한루 어른 2천 원, 청소년 1천1백 원, 어린이 7백 원

춘향테마파크 어른 3천 원, 청소년 2천5백 원, 어린이 2천 원

혼불 문학관 무료

개장시간

광한루 하절기(4월~10월) 8:00~20:00(19:00~20:00 무료 개장)
          동절기(11월~3월) 8:00~20:00(18:00~20:00 무료 개장)

춘향테마파크 하절기(4월~10월) 9:00~22:00, 동절기(11월~3월) 9:00~21:00

혼불 문학관 9:00~18:00(월요일 휴무)

찾아가는 길

광한루

자가용 호남고속도로를 이용할 경우 전주 IC로 빠져 전주~남원 산업도로(17번 국도)

대중교통 서울~남원 간 고속버스가 1일 15회 운행. 기차는 하루에 서울역-남원역 간 16번 다닌다. 남원시외버스터미널에서 걸어서 10분 거리

주소 전북 남원시 천거동 78

혼불 문학관

자가용 호남고속도로 전주 IC로 빠져 17번 국도 타고 전주 외곽도로 지나서부터 약 30분 달리면 사매면 혼불 문학관 이정표

대중교통 열차는 영등포역에서 전라선 타고 남원역에 내려 75번 시내버스 탑승 후 노봉마을 하차, 남원고속버스터미널에서 택시로 (구)남원역으로 가서 75번 시내버스 승차 후 노봉마을 하차

주소 전북 남원시 사매면 서도리 522

문의

종합관광안내센터 063-632-1330

광한루 063-620-8901, www.gwanghallu.or.kr

춘향테마파크 063-620-6836, www.namwontheme.or.kr

혼불 문학관 063-620-6788, www.honbul.go.kr

음식

나는 여름에 입맛 없거나 기운 떨어질 때면 추어탕 생각이 간절해진다. 더위에 먹노라면 땀깨나 흘려야 하지만, 추어탕은 어쩐지 여름 음식이라는 생각이 든다. 남원에 찾았으니 메뉴는 고민할 것도 없이 추어탕. 남도식 추어탕은 된장과 들깻가루를 풀고 시래기를 듬뿍 넣어 걸쭉하게 끓여낸다. 여기에 제피(초피)가루와 송송 썬 청양고추를 넣어 먹으면 얼큰하면서 시원하기 그지없다. 힘이 샘솟는 맛이다! 광한루 주변에는 추어탕집들이 즐비하다. 작은 가게에 들러 조카 줄 아이스크림을 사며 아주머니께 "어느 집이 잘하냐?"고 슬쩍 묻는다(나는 낯선 곳에 여행 가서 주로 가게 주인들과 커뮤니케이션을 활발하게 하면서 쏠쏠한 정보를 얻는 편이다). **새집**(063-625-2443)은 크기도 크고, 원조집이라 관광객들이 많이 찾고, 주민들은 **현식당**(063-626-5163)이나 **부산집**(063-632-7823)을 많이 간다고 한다. 음, 미묘하게 다르긴 하지만 어느 집이나 명성답게 잘한다. 고백하자면 나는 관광객 입맛이었다. 추어탕집은 월요일에 쉬는 곳들이 많다.

추어탕은 죽어도 못 먹겠다면(왜 그 맛있는걸?) 지리산 자락에서 채취한 산나물로 차려내는 푸짐한 산채정식집을 추천하고 싶다. 광한루에서 5분 거리에 있는 **심원첫집**(063-632-5475)은 원래 지리산 아래 심원 마을 초입에 있다 옮겨온 집이다. 산채정식을 시키면 장아찌와 산채나물과 직접 만든 도토리묵 등 40여 가지 반찬과 슴슴한 청국장이 나온다. 밥은 콩과 석이를 넣어 지은 돌솥에 지어 나온다.

산채정식 말이 나왔으니 **에덴식당**(063-626-1633)을 빼놓을 수 없다. 열댓 가지 산나물과 청국장 한 뚝배기에, 커다란 대접과 고추장, 소주병에 담긴 포스 강한 들기름까지 턱 등장하면 상차림은 끝. 산나물은 하나하나 맛봐도 입에 착착 붙지만, 커다란 대접에 나물을 골고루 넣어 고추장과 청국장 약간, 들기름 듬뿍 넣어 쓱쓱 비벼 먹으면 캬~, 그 맛이

죽여준다. 아쉬운 건 이 집은 나물을 채취할 수 없는 12월 말부터 2월까지는 장사를 안 한다.

숙소

춘향테마파크와 박물관 등이 위치한 남원관광단지 안에 있는 **춘향가**(063-636-4500)는 가족끼리 묵기 좋은 호텔이다. 새로 지어서 깔끔할 뿐 아니라 '전통의 도시 남원'이라 면 한 번쯤 묵어볼 만한 이유가 있다. 겉모습은 어째 수학여행 때 묵었던 숙소의 느낌이 나서 살짝 긴장했지만 내부에 들어서니 이것은 기우일 뿐. 호텔 내부가 독특한 느낌을 주는데, 한식 스타일을 접목했기 때문이다. 한옥 서까래의 느낌을 살린 천장과 나무 기 등을 그대로 드러낸 벽과 창호지 곱게 바른 창문, 한지로 만든 등은 실내를 은은하게 비 추니 한옥의 운치가 난다. 객실 역시 한옥에 들어선 것 같은 기분이다. 툇마루처럼 나무 로 마감한 바닥에는 까실까실한 돗자리를 턱 깔고 좌식 탁자를 놓아두었다. 좌탁 위에 는 다기 세트까지 얌전히 올려 있다. 산수화 그려진 병풍 아래에는 푹신한 보료까지 깔 려 있어 나른하게 앉아보니 안방마님이 된 기분. 침대방도 있지만 오색 이불 덮고 자는 온돌방에 묵어보라고 권하고 싶다. 아이들이 눈을 빛내며 좋아하는 것은 나무 욕조. 독 특한 욕조에 반해 여행이고 뭐고, 물속에서 나올 생각을 하지 않는다. 어스름이 몰려오 는 창 밖에서 가야금 소리가 스며들어왔다. 근처 남원국립민속국악원에서 들려오는 소 리라 짐작하면서도, 어쩐지 춘향의 집에 들었으니 춘향이가 뜯는 가야금 소리라고 우겨 보고 싶다.

안개 속을 걸어 구름을 만지다

여행에서는 예기치 못한 일들을 많이 만날 수 있다. '우연' 이라고들 한다. 하지만 나는 '인연' 이라고 부르고 싶다. 같은 여행지를 다녀왔지만 전혀 다른 느낌을 받는 것. 그것은 여행지와 나와 인연이 닿았는가, 아닌가 하는 문제인 것 같다. 그 인연의 힘을 굴리는 것 중 하나는 여행을 언제 떠났는가 하는 것이다. 여행은 요컨대 타이밍의 문제다.

어렸을 때의 여행은 되도록 많은 것을 보고 싶었다. 한 자리에 머무르기보다는 부지런히 돌아다니고 더 보고, 더 많은 사람을 만나는 것이 여행이라 생각했다. 그러다 어느 순간부터 여행은 보고 싶은 것만을 보는 것으로 바뀌었다. 마음에 드는 장소에 머무르며 천천히 음미해보는 것이다. 그것은 동시에 보기 싫은 것을 보지 않는다는 것을 의미하기도 했다.

업무와 인간관계, 스트레스를 피해 '지금 당장 이곳만 아니면 돼' 라는 탈출이 여행의 목적이기도 했던 것이다.

내 첫 해외여행지는 파리였다. 센 강 앞에 서서 나는 감동의 눈물을 흘뿌리다 문득 '이렇게 아름다운 곳에 너무 빨리 온 것이 아닐까?' 하는 의문에 휩싸였다. 맞았다. 그 후로 오랫동안 나는 파리의 매혹에서 벗어나기 힘들었다. 하지만 지금 파리에 간다면 그때의 기분을 느낄 수 있을까 싶다. 아직 다시 파리에 가지 못했으니 확인할 수는 없지만 아마도 그때의 감정을 다시 느끼기는 힘들 것이다. 왜냐하면 그 후로 나는 인도에서 뇌성벽력 같은 충격을 받기도 했고 남미에서 원시적인 전율을 느끼기도 했으니 말이다. 지금 파리에 간다면 '에이, 한강보다도 더 시시하네', 그렇게 담담할 것만 같다. 그러니까 파리는 첫 번째 해외여행으로 감동할 만한 곳이고, 나와는 그런 정도의 인연이 닿은 곳이었던 것이다.

덕유산에 처음 오른 건 고등학교 때 '여름 수련 캠핑' 인가 뭔가 하는 명목하였다. 도대체 뭘 수련하기에 산까지 끌고 가나 해서 다들 원성이 대단하면서도 뭔지 모를 분홍색 구름이 뭉게뭉게 떠오르고 있었다. 당시 내가 다니던 고등학교는 전주에서 드문 남녀공학이었는데, 남녀공학이란 말이 무색하게 '남녀 십칠 세 부동석' 을 철저히 지키던 학교였다. 남녀 반 사이에 학생 지도실을 가운데 두고 복도도 넘나들지 못하게 하고 실수로 눈이라도 마주쳤다가는 당장 교무실로 끌려가곤 했다. 그런데 호연지기 아니라 연애지기를 불러일으킬 만한 산자락에 청춘남녀들을 풀어놓았으니 아이들의 기개는 하늘을 찌를 듯했다. 곤돌라 따위가 있지도 않은

무주 덕유산

시절, 덕유산 꼭대기까지 끌려 올라갔다 내려왔으나 풍광 따위는 잘 기억나지도 않는다. 다만 그날 저녁 캠프파이어에서 '부활'의 노래가 서로 제18번이라며 꽥꽥대는 남학생들과 "저런 옷이 있었어?"라고 깜짝 놀랐던 친구들의 초미니스커트와 핫팬츠만 뇌리에 박혀 있을 뿐이다. 그런 덕유산을 다시 찾았다.

덕유산은 겨울이면 최고봉 향적봉의 상고대에 피어나는 환상적인 눈꽃으로 유명하다. 봄이면 덕유평전에 군락을 이루는 철쭉이, 여름이면 지천으로 피어나는 원추리꽃이 장관이다. 내가 덕유산을 다시 찾은 것은 여름이었다. 원추리꽃을 볼 수 있을지도 모른다는 기대에 부풀었다. 부활과 미니스커트 외에는 기억나지 않는다는 것은 실은 거짓말이다. 선생님의 꾸중, 으름장, 공갈, 협박에 이를 북북 갈며 산을 기어오르던 와중 갑자기 펼쳐진 평원에 가득 피어난 노란 원추리꽃을 나는 분명 기억하고 있다. 구름 한 점 없는 파란 하늘 아래 초록 들판에 피어난 꽃은 얼음 가득 부숴 넣은 레모네이드 위에 민트 잎 하나 살짝 올려놓은 것만큼 청량하고 아름다웠다. 스위스는 가본 적도 없으면서 갑자기 요들송을 부르고 싶을 만큼 그 풍광은 이국적이고, 이 세상 것 같지 않았다. 3초 정도는 '여름 수련 캠핑'인가, 뭔가가 고마운 생각이 들 정도였다.

곤돌라를 타고 내리니 금방 설천봉이다. 곤돌라에서 내리자마자 축축한 공기가 확 달려든다. 20여 분 계단과 비탈길을 오르니 최고봉인 향적봉이다. 우리나라에서 네 번째로 높은 산이지만 곤돌라 덕분에 정상에 오르는데 한 시간도 채 걸리지 않았다. 덕유평전으로 내려가면 기억 속의 노란 원추리꽃을 보게 될 것이다. 하지만 비가 거세지고 있다. 잠시 아래

로 걸어 내려가다가 비를 견디지 못하고 다시 곤돌라로 내려온다. 원추리꽃은 고작 몇 송이밖에 보지 못했다. 오르는 것이 편리해졌지만 덕분에 오래전 기억 속의 꽃은 보지 못했다. 선생님의 공갈, 협박에 올랐던 산의 원추리꽃이 지금 다시 보면 어떨지 궁금하다. 어쩌면 그때여서 그토록 아름다웠는지 모른다.

덕유산과의 인연은 여기까지다. 안개가 위로라도 하듯, 뺨을 서늘하게 어루만지며 바삐 흘러간다.

여행 노트

덕유산은 덕이 많고 너그러운 모산母山이라 하여 이름 지어졌다. 주봉우리인 향적봉을 중심으로 무풍면의 삼봉산에서 시작하여 대봉·덕유평전·중봉·무룡산·삿갓봉 등 해발 고도 1,300미터 안팎의 봉우리들이 줄지어 솟아 있어 일명 덕유산맥으로 부르기도 한다. 계곡은 총 8곳이 있는데, 특히 무주구천동은 여름 피서지로 유명하다. 6월 초순에는 20킬로미터의 능선과 등산로를 타고 펼쳐지는 철쭉 군락이 볼만하고 여름이면 덕유평전에 노란 원추리꽃이 가득 피어난다. 또한 덕유산은 누가 뭐래도 국내 최고의 눈꽃 산행지다. 덕유산 향적봉의 높이는 1,614미터. 남한에서는 네 번째로 높다. 이 높은 봉우리를 손쉽게 오를 수 있다. 바로 무주리조트에서 곤돌라가 향적봉 턱밑까지 운행되기 때문. 20여 분 곤돌라를 타고 설천봉에서 내려 또 20여 분을 정상까지 난 나무계단을 따라 걸으면 파란 하늘을 마주한 향적봉에 도달한다.

입장료 곤돌라 탑승료 어른 1만 2천 원, 어린이 9천 원(왕복)

개장시간 곤돌라 탑승 시간 상행 10:00~16:00, 하행 16:30까지(동절기는 상행 9시부터)

찾아가는 길

자가용 대전~통영고속도로 타고 무주 IC로 나와 19번 국도 진안 방면으로 8킬로미터, 삼거리에서 좌회전해서 49번 국도를 따라가면 무주리조트 입구가 나온다.
대중교통 대중교통은 무주읍을 경유한다. 무주읍에서 무주리조트로 가는 버스는 수시로 운행된다. 무주리조트에서 스키 시즌에 운영하는 버스를 이용하는 것도 좋은 방법이다.
주소 덕유산국립공원 전북 무주군 설천면 삼공리 411-8

문의

덕유산국립공원 063-322-3174, http://deogyu.knps.or.kr

무주리조트 063-322-9000, www.mujuresort.com

음식

무주의 별미는 어죽이다. 어머, 죽도 별로 좋아하지 않는데 생선 넣고 죽을 쑤다니. 생선은 역시 매운탕이지, '웬 죽?' 했다가 어죽 맛보고 '어찌 이제야 이런 음식을 맛보았단 말인가' 하는 회한의 눈물을 펑펑 흘렸다. 제일 유명한 집은 무주읍내에 있는 **금강식당**(063-322-0979)이다. 명성이 무색하게 작고 허름한 식당이다. 하지만 이런 식당들이 내공 있는 집인 법. 식당에 들어서자마자 풍기는 냄새와 식당 가득 찬 손님을 보고 내 생각이 틀리지 않았음을 감지했다. 국물을 한 숟가락 떠먹어본다. 아, 이럴 수가. 얼큰하고 되직하면서도 시원하고, 도무지 숟가락을 멈출 수 없는 맛이다. 어죽은 빠가사리나 모래무지를 흐물흐물해질 때까지 곤 국물에 고추장을 풀고 쌀과 수제비, 채소를 넣어 끓여 들깻가루를 올려내는 음식이다. 땀 뻘뻘 흘리며 한 그릇 먹고 나면 개운해지는 느낌.

"과감한 시도는 내 스타일이 아닐세" 하는 사람을 위해서는 **천지가든**(063-322-3456~7)의 돌솥비빔밥을 추천한다. 덕유산에서 나는 나물과 집 된장 써서 차려내는 밥상이 소박하지만 정말 맛있다.

숙소

무주리조트 주변에는 숙소들이 즐비하다. 조용하고 아늑한 숙소를 찾는다면 **네버랜드 펜션**(063-322-8338)을 추천한다. 덕유산 자락 숲 속, 통나무집들이 늘어서 있는 네버랜드는 피터팬의 섬처럼 예쁜 곳. 이곳은 스키 철에도 좋지만 나는 여름에 묵어보라고 권하고 싶다. 펜션 바로 옆에 계곡이 있어 아이들 물놀이에도 딱이니 그만한 피서가 없다. 동화에 가까워지는 것은 가을이다. 펜션을 둘러싸고 있는 숲이 황금빛으로 변해 그야말로 판타지 속 풍경 같다. 이 층은 마치 다락방 같아서 아이들이 환성을 지른다. 네버랜드 펜션의 주인은 귀농한 젊은 부부. 친절한데다 유머러스해 마치 아는 사람 집에 놀러 간 기분이 든다.

결국 못다한 이야기는, 카스테라처럼

한 통을 다 쓰지 못한 필름을 뒤늦게 현상했다.

그 속에 고스란히 남겨진 추억은 반가우면서도 어쩐지 애잔하다. 못다한 이야기를 발견했기 때문이다.

내가 열 살쯤, 아빠는 진안의 한 중학교에 재직 중이셨다.

전주 집에서 통근하기는 무리였던지 아빠는 진안에서 하숙하고 주말이면 집으로 돌아왔다. 동생의 증언에 의하면 주말마다 아빠 목에 세 자매(그 당시는 아직 딸 셋)가 매달려 왁자지껄한 부녀 상봉의 장면을 연출했다고 하는데 잘 기억이 나지 않는다. "언니 일기에도 썼는걸." "내 일기를 왜 봤어?" "베꼈지." "확!"

어떤 사정이었는지 모르지만 아빠와 단둘이 진안 마이산에 갔었다. 아빠 하숙집에 들렀다가 동네 아주머니들로부터 "최 선생이 결혼해서 이런 큰 딸이 있다고? 에이, 거짓부렁. 삼촌 아녀?" 이런 말을 듣고 깜짝 놀랐던 기억은 난다. 아빠는 총각 행세를 하고 있었던 걸까? 하지만 왜 아빠와 단둘이서만 마이산에 가게 됐는지 도무지 기억이 나지 않는다.

버스가 먼지를 일으키며 떠나자 아빠와 나란히 흙길을 걷기 시작했다. 아빠는 양복 재킷을 벗어 손에 들고 걸었다. 나는 한 손에는 카스텔라, 다른 한 손에는 우유를 들고 있었다. 우유에서 이내 땀방울이 솟아났다. 늦은 봄이나 초여름이었던 것 같다.

"옛날에 부부 산이 서울로 가는 길이었는데, 남편 산은 사람들 눈에 띄지 않게 밤에 가자고 하고 부인 산은 새벽에 가자고 우겼어. 결국 부인 산의 말을 좇아 길을 떠났다가 새벽에 물 길러 나온 아낙이 보고 '오메, 산이 움직이네!' 하고 소리를 쳤어. 사람 눈에 들켰으니 더 못 가고 그 자리에 주저앉았는데 남편 산이 어찌나 화가 나는지 부인 산을 발로 뻥 차서 저런 모양으로 됐더란다."

말의 귀 모양인데 하나는 조금 비뚤어진 산을 가리키며 아빠가 이야기해주었다. "하하" 웃거나 "진짜?"라는 맞장구라도 쳐주었으면 좋았을 텐데, 아마 그러지 않았을 것이다. 나는 그런 말도 안 되는 이야기나 믿는 철부지는커녕, 또래보다 백 살 정도 조숙한 아이였다. 아니, 실은 나는 조금 긴장하고 있었다. 세상에는 죽고 못 사는 각별한 부녀도 있겠지만 솔직히 말하자면 나는 늘 아빠가 어려웠다. 아빠 앞에서는 잘해야 된다는 왠지 모를 부담감이 있었고, 그래서 서먹했다. 요컨대 중년의 아버지와 철든 장남처럼 막막하고 담담한 정도의 사이였다. 내 생애 첫 번째로 맞닥뜨린 불가항력의 인간관계였다.

진
안
마
이
산

그즈음의 내 나이가 된 조카와 아빠와 마이산을 다시 찾았다.

어째서 이런 조합이 되었는가 하면 다들 "더워!"라고 등을 돌렸기 때문이다. 탑사에 도착한 아홉 살 난 조카는 탑 사이를 천방지축으로 뛰어다니는가 하면, 호랑이상 위에 올라타서 빨리 사진 찍어달라고 성화다. 평소에는 얌전한 아이인데 갑자기 활발해져서 깜짝 놀라고 말았다. 조카와 아빠는 계단을 밟고 먼저 탑사 꼭대기로 휑하니 올라간다. 그제야 마이산 탑사가 눈에 들어온다.

말의 귀를 닮아 우뚝 솟은 마이산도 그렇지만 탑사에 솟은 수십 개의 돌탑들 역시 심상치 않다. 자, 이 기묘한 돌탑에는 이런 이야기가 있다. 마이산 아래서 솔잎으로 생식 수도하다 어느 날 신의 계시를 받은 처사가 있었으니, 그의 이름은 이갑용. 중생의 죄를 부처께 빌며 1900년부터 30년에 걸쳐 하루도 쉬지 않고 돌을 쌓았으니 그 개수가 108개에 이르렀다. 맨 위에 있는 천지탑은 전국의 명산들의 돌을 축지법을 써서 날라 3년에 걸쳐 쌓은 것이라고 한다. '세상에 이런 일이' 에나 나올 것 같은, 뻥 중에서도 왕 뻥 같은 이야기지만 그 탑이 눈앞에 굳건히 서 있으니 안 믿을 수도 없다. 108개의 탑이 지금은 80여 개가 남았는데, 100년이 지났는데도

남은 탑은 한 치의 흔들림도 없다. 우리나라의 대표적인 불가사의 석탑이자, 세계에서도 보기 드물다고 한다.

과연 불가사의하다. 전에 와봤던 기억이 조금도 나지 않는다. 난 그때 뭘 봤단 말인가. 한 번 보면 잊기 힘든 광경인데 나는 눈을 감고 있었단 말인가. 어째 사진 한 장 남아 있지 않으니 전에 왔다는 것이 거짓말 같기도 하다. 석탑에 얽힌 사연을 알고 나니 뭔지 신흥 사이비 종교 같은 느낌이 들고, 게다가 풍광은 어째 동남아 필이다. 동남아 하니 엉뚱하게 생각나는 것이 있다.

앙코르와트에 가고 싶었던 것은 영화 〈화양연화〉를 보고 난 다음이었다.

쌀국수를 사러 좁은 골목길을 내려가던 고혹적인 차파오의 장만옥의 등 뒤에 어른거리던 불안과 매혹, 푸른 형광등 아래서 담배 연기를 내뿜던 양조위의 공허한 눈빛과 느리게 휘감아 도는 음악에 마음이 죄어왔다. 하지만 더욱 마음에 남는 장면은 앙코르와트 사원을 찾아가 쇠락해가는 사원의 돌기둥에 난 틈에 얼굴을 대고 한참을 속삭이다 돌아서는 양조위의 체념한 슬픈 눈이다. 나는 그만 맥이 탁 풀렸다. 그는 무슨 이야기를 했던 걸까? 사원을 아무리 둘러보아도 양조위가 속내를 터놓던 돌기둥은 찾을 수 없었다. 돌기둥은 너무 많았다. 사람들은 앤젤리나 졸리가 영화를 찍은 곳이라는 이야기만 했다. 풀리지 않는 이런저런 관계들과 일들은 돌기둥을 찾지 못했으므로 다시 가슴에 착착 개서 넣고 돌아올 수밖에 없었다. 그때 내가 하고 싶었던 말은 무엇이었을까? 때로는 망각이 신이 주신 가장 좋은 선물이라는 생각이 든다.

그때 말하지 못한, 소중한 말은 지금도, 가슴에 남았지만…….

오랫동안 쓰지 않던 필름 카메라에 필름이 감겨 있는 것을 발견했다.

마지막으로 쓴 게 앙코르와트였다는 기억이 났다. 너무 오랜 시간이 흐른 뒤였다. 그래도 혹시나 해서 현상을 맡겼더니 하얗게 날린 몇 장의 사진이 나왔다. 실수로 햇빛이 들어간 것인지, 세월의 흐름 속에서 바랜 것인지 알 수 없었다. 희미하게 드러난 형체를 더듬으며 생각한다. 아마 꺼내지 못했던 모든 말은 이렇게 희미해지고 마는 것일 거라고. 마이산 탑사를 향해 아빠와 걷다가 나무 아래 앉아 잠시 쉬며 먹은 우유는 이미 미

지근해졌지만 카스텔라는 달콤하게 입속에서 녹아들었다. 그것만은 확
실히 기억이 난다.

때로는 기억은 흐릿해진다.
그래서 아릿하다.

여행 노트

말이 귀를 쫑긋 세운 것처럼 암마이봉(686미터)과 수마이봉(680미터)이 봉긋하게 서 있는 마이산은 진안 최고의 볼거리다. 산 전체가 거대한 바위이기 때문에 나무는 그리 많지 않으나 군데군데 관목이 자란다. 아침저녁으로 일교차가 큰 계절이면 산허리가 안개에 싸여 바다 위에 떠 있는 섬처럼 환상적이다. 4월에는 3킬로미터에 걸쳐 벚꽃이 만발해 진안군에서 주최하는 벚꽃축제가 열린다. 은수사, 금당사 등의 고찰이 있으며 가장 유명한 것은 마이산탑이다. 자연석으로 축조한 돌탑군은 현대과학으로 풀 수 없는 미스터리다. 자연이 만든 신비의 극치가 마이산이라면, 인간이 만든 신비의 절정은 자연석을 쌓아 만든 돌탑이라 할 것이다. 사탑을 에워싸고 있는 절벽 또한 장관이다. 이른 여름 절벽을 타고 능소화가 가득 피어나는데, 이 또한 어디에서도 보지 못할 풍경이다.

입장료

어른 2천 원, 학생 1천5백 원, 어린이 1천 원

찾아가는 길

자가용 호남고속도로 타고 익산 IC 지나 익산~포항 간 고속도로로 진안 IC 진입, 30번 국도를 타고 달리면 진안 읍내다. 읍내에는 마이산 이정표가 2개 있다. 북부 마이산으로 갈 수도 있고, 남부 마이산으로 갈 수도 있다. 남부 쪽이 탑사로 가는 길. 계단이 많은 북부 쪽보다 조금 더 수월하다.

대중교통 서울에서 진안까지 하루에 두 차례 직행버스가 운행하며, 서울에서 전주까지 간 뒤 진안으로 가는 시외버스를 이용해도 된다. 진안시외버스터미널에서 마이산행 군내버스 승차 후 마이산 앞 하차(북마이산은 1시간 간격, 하루 12회 운행, 남마이산은 하루 3회 운행)

주소 전북 진안군 마령면 동촌리 8

문의

진안군청 문화관광과 063-430-2228
마이산도립공원 063-430-2228
마이산 관리사무소 063-433－3313

음식

진안에서 꼭 한 번 맛보아야 할 것은 흑돼지등갈비구이. 마이산 입구에는 흑돼지갈비구이집이 늘어서 있어 어느 집이나 자욱이 풍겨 나오는 연기가 진풍경이다. 마이산 남부 출입소에 있는 **초가 정담**(063-432-2469), **마이산풍경 식당**(063-432-6611)이 잘한다. 굵은 소금에 살짝 찍어 맛보니 참나무로 구워낸 갈비는 불맛이 제대로 나고 육질이 쫀득쫀득하면서도 부드러운 게 과연 별미다. 진안 군청 앞 백반집, **구내식당**(063-433-3153)은 내가 다녀본 밥집 중 '독특한 곳' 리스트 상위권에 자리 잡는다. 어느 회사 구내식당도 아니고 이름이 무려 '구내식당' 인 이 집의 메뉴는 백반 딱 한 가지. 이 집 백반은 '엄마가 차려주는 스타일' 이 아니라 말 그대로 엄마 표 밥상이다. 청국장 뚝배기 하나와 짭조름한 조기찜이 메인 반찬, 그 외에는 자주 먹는 반찬들이 몇 가지 오른다.

마이산풍경 식당

숙소

북부 마이산 초입에 위치한 **홍삼 빌**(1588-7597, www.redginsengspa.kr)은 생긴 지 얼마 안 돼 깔끔하고 조용해서 푹 쉬기 좋다. 홍삼 빌에 묵는다면 바로 옆 홍삼 스파를 꼭 이용해보길 권한다. 자, 하지만 내가 정말 추천하는 것은 스파 건물 3층 옥상에 있는 노천탕. 나무로 만든 데크에 노천탕 몇 개가 있는데, 이곳의 풍광이 정말 좋다. 머리 위는 바로 푸른 하늘, 저만치 마이산이 손에 잡힐 듯 또렷이 보인다.

하얀 연꽃의 바다

"빨리빨리! 뿌지, 다 따라잡아!"

하얀 연꽃 사이 스르르 보트가 물살을 가른다.

멀리 보면 평화로운 광경이지만 조카에게 "뿌지"라고 불리는

아빠의 이마에는 송골 땀방울이 맺힌다.

바람이, 불어줬으면 싶다.

"가족여행 갈 것 같아요."

주말에 뭐할 거냐고 물어서 답했더니 "너희 집은 참 사이가 좋은 것 같다"고 선배가 말했다.

"아무래도 다 딸들이니까요."

"응, 딸이 좋은 것 같아. 아들은 키워 놓으면 다 남 되는 것 같아."

키우면 남 되고 마는 아들을 낳아보려는 욕심 때문에 우리 집은 줄줄이 딸만 다섯이다. 어릴 때는 "딸 다섯!"이라고 어디 가서 말하기도 창피해 죽을 것만 같았는데(어우, 내가 어릴 때는 "둘만 낳아 잘 기르자", 그런 게 유행이었다.) 지금은 딸을 다섯이나 낳아준 게 고맙다. 닭다리 하나 먹어 보는 게 소원이었다고 지금도 4번 동생은 닭다리에 대한 트라우마를 말 하며 나를 노려보곤 한다. 어렸을 때 닭다리 하나는 아빠, 다른 하나는 내 몫이었던 데 대한 적개심이다. 그래서 지금은 통닭 시키면 닭다리 두 개 는 꼭 동생 주고 나머지는 죄다 내가 먹는 세심한 배려를 기울이고 있다.

딸들이 하나둘 머리가 굵어지며 가족 모임이나 여행은 없어졌다. 타지 로 대학을 가고, 또 누군가는 결혼해 떠나며 가족은 뿔뿔이 흩어졌다. 그

무안 백련지

러다가 둘째가 결혼을 하고 아이를 낳으면서 가족여행이 빈번해졌다. 가족여행의 구심점은 조카인 것이다. 돈도 한 푼 안 내고, 하는 일도 없고, 심지어 가고 싶단 말 한 마디 한 적도 없는데 여행은 조카를 위해서 계획되고, 왕 모시기 여행이 되기에 십상이다. 두 명의 왕을 모시고 무안으로 황송한 여행을 떠났다. 두 왕은 어디 가는지도 모르고 신나서 따라온다.

8월 중순, 연꽃이 만개해야 할 시기인데 매표소 직원은 "며칠 전 내린 큰 비로 꽃이 많이 떨어졌다"며 미안한 얼굴로 입장료를 깎아준다. 일단 싸게 해준다니까 기분이 상쾌해진다.

호수를 가로지르는 나무 데크를 따라 걷는다. 과연 연꽃보다는 푸른 잎이 무성하다. "비 때문"이라고 했지만 백련은 홍련과 달리 한꺼번에 피지 않는다. 7월과 9월 사이에 피고 지기를 반복하므로 10만 평에 달하는 백련지가 꽃으로 가득한 장면은 보기가 쉽지 않다. 끝도 없이 푸른 연잎이 펼쳐진 것만으로도 장관이다. 하얀 꽃이 가득했다면 얼마나 황홀했을까,

아쉬워한다. 조카들은 손잡고 앞서 신나서 달린다. 오누이는 제법 사이가 좋다. 남매라는 말보다는 오누이라는 말이 마음에 든다. 호랑이가 와도 끄떡없을 것만 같다.

백련지의 총면적은 10만여 평. 3킬로미터의 둘레에 탐방로 길이는 3.8킬로미터. 천천히 둘러보면 족히 1시간 이상 걸린다. 백련지에 연꽃이 처음 핀 것은 70여 년 전의 일이다. 저수지 바로 옆 덕애부락에 살던 주민 하나가 백련 12그루를 심은 것이 시작이다. 백련을 심은 날 꿈을 꾸었는데 하늘에서 학 12마리가 내려와 앉아 있는 모습을 보았다. 상서로운 징조라 여긴 마을 주민들이 그 후 정성을 들여 연꽃을 가꿨고, 지금은 동양 최대의 연꽃자생지로 발전했다. 어쩐지 뻥 같기도 하지만 그리 상서로운 꿈 꾸셨는데도 로또 당첨이라든가 하는 사사로운 욕심 대신 연꽃을 가꿔 이

이곳 백련은 다른 곳에 비해 잎이 크고 부드러운 게 특징이다.
비가 온다면 우산 대신 쓸 수 있을 것 같다!

리 아름다운 풍경 만드셨으니 감사할 따름이다. 백련지가 있는 복용리가 '연꽃마을'로 알려지며 관광객들이 분주히 다녀가니 주민들은 혹 로또 당첨 맞은 셈 치는지도 모르겠다.

꽃이 피지 않았다고 볼거리가 없는 건 아니다. 꼬마 조카들은 연꽃 대신 보트 타기, 간식 먹기 등등을 알뜰하게 즐겼는데 그 중 하나는 난생처음 시도한 '샐비어 꽃 따먹기'. 어릴 때 샐비어 꽃을 따서 꽁무니를 쪽쪽 빨아먹던 생각이 나서 한 번 따주었더니 좋아라 난리다. 그날, 샐비어 꽃이 멸종될 뻔했다. 오누이, 무서운 애들이다. 과연 호랑이가 울며 도망갈 만하다.

여행 노트

무안 백련지가 세상에 알려지기 시작한 것은 지난 1997년의 일이다. 둘레가 3킬로미터, 면적은 33만여 제곱미터로 연꽃 자생지로는 동양 최대 규모로 알려지면서 '제1회 회산 백련지 연꽃축제'가 열린 것이다. 이때부터 무안군 일로읍 복용리는 '연꽃마을'로 불렸다. 꽃이 피는 6월 말에서 9월 초까지 많은 사람들이 이곳을 찾는다.

백련지는 둘레 3킬로미터로, 걸어서 한 바퀴 도는 데 1시간이 넘게 걸린다. 백련, 홍련, 수련들이 피어나는 회산백련지는 주변을 돌아보는 둘레길과 호수를 가로지르는 나무다리가 잘 갖춰져 있어 산책하듯이 가볍게 둘러볼 수 있다. 백련지 안에는 잠시 쉬며 더위를 식힐 수 있는 연꽃 모양의 수상유리온실이 세워져 있다. 온실 1층에는 연꽃을 바라보며 차와 여유를 즐길 수 있는 카페테리아와 수련전시관이 있고, 2층은 열대식물과 기타 수생식물 전시관이 자리 잡고 있다. 탐방로 끝에 조성된 보트 탐사도 빼놓을 수 없는 즐거움. 4인승 배를 타고 직접 노를 저어 연꽃 사이를 헤치며 지나가는데, 정글탐험에 나선 듯 코앞에서 연꽃을 감상하는 맛이 제법 쏠쏠하다. 매년 8월 초에는 연꽃축제가 펼쳐진다.

입장료

어른 3천 원, 어린이 2천 원

개장시간

개화기(7월~9월) 9:00~18:00
비개화기(10월~6월) 9:00~17:00 (비개화기에는 매주 월요일 휴관)

찾아가는 길

자가용 서해안고속도로 타고 무안 IC 통과해 백련지 이정표 방향

대중교통 고속버스는 서울~무안 간 직행버스가 하루 2회 운행된다. 무안터미널에서 일로읍까지 800번 버스, 일로버스터미널에서 군내버스 타고 회산백련지 앞에서 하차

주소 전남 무안군 일로읍 복용리 140-1

문의 **무안군청 관광문화과** 061-450-5319 **회산백련지** 061-285-1323

음식

무안에는 5미味가 있는데 무안세발낙지, 명산장어구이, 양파한우고기, 돼지짚불구이, 도리포숭어회가 바로 그것이다. 특히 무안에서 세발낙지를 맛보지 않으면 서운한 일이다. 무안 낙지가 특히 맛있고 영양이 풍부한 이유는 무안갯벌에 다량의 게르마늄이 함유되어 있기 때문이라고 한다. 무안 버스터미널 안쪽 골목에는 낙지골목이 조성되어 있는데 **향림횟집수산**(061-453-2055)은 무안낙지만 취급하기 때문에 낙지가 잡히지 않으면 문을 닫는다는 집이다. 연포탕, 낙지호롱구이, 기절낙지 등 다양한 낙지요리를 파는데 특히 낙지물회가 맛있다. 배추와 수박, 각종 채소를 듬뿍 넣고 얼음 동동 띄워내는 낙지물회는 새콤한 맛이 그만. 혼자 여행하는 경우라면 **해제수산**(061-453-2449)을 추천한다. 다른 집보다 덜 붐비고 밑반찬이 깔끔하며 1인분 주문할 수 있는 연포탕이나 낙지비빔밥이 맛있다.

무안역에서 걸어서 10분 거리, 허허벌판에 위치한 **두암식당**(061-452-3775)은 돼지고기 마니아라면 꼭 한 번 들러보라고 하고 싶다. 아니, 돼지고기 싫어하는 사람까지 반하고 말, 궁극의 돼지짚불구이를 맛볼 수 있다. 여염집과 다름없는 파란 양철지붕 집이 두암식당. 간판이 아니면 식당인지 모를 식당은 초입부터 고기 굽는 냄새가 맹렬하게 풍겨온다. 한쪽에서 아저씨가 짚에 불을 붙여 석쇠를 앞뒤로 뒤집으며 고기를 굽고 있다. 고기는 주문과 함께 바로 굽기 시작한다. 볏짚 향이 배어 잡내 하나 없이 야들야들하고 담

백한 고기는 씹을 새도 없이 술술 넘어간다. 칠게장 살짝 찍어 빨간 양파김치와 함께 깻 잎에 싸 먹어야 제맛인데, 이게 바로 '짚불삼합'. 아, 생각만 해도 입에 침이 괸다.

숙소

여름이라면 단연 톱머리 해수욕장 부근에 숙소를 잡는 것이 좋다. 일행이 많다면 **무안 톱관광펜션**(061-454-7878)이 좋다. 유럽풍의 하얀 목조 건물 여러 채가 해안에 늘어서 있는데, 객실 규모가 다양해서 선택의 폭이 크다. 바다가 가까워 바로 물놀이를 나갈 수도 있고 잔디밭이 넓어 아이들이 뛰어놀기에도 좋다. 하지만 규모가 큰 펜션이라 아무래도 호젓한 맛은 떨어진다. 마치 시골의 세컨드 하우스에라도 묵는 것 같은 조용하고 아늑한 숙소를 원한다면 **더휴펜션**(070-7504-6405, www.thebesthue.com)을 추천한다. 바닷가 바로 앞, 잔디가 예쁘게 깔린 뜰이 있는 펜션에는 딱 두 팀만 묵을 수 있다. 한옥 서까래가 그대로 남아 있는 운치 있는 독채는 구들장 온돌 집. 안에 아궁이가 고스란히 남아 있다. 바로 바다로 이어져서 마치 프라이빗 비치 같은 기분이 들 정도. 아이들 물놀이하기에는 그만인데, 물이 빠지고 나면 갯벌에서 금세 고둥이나 굴을 두 손 가득 잡을 수 있다.

여름의 맛

268

| 증도의 바다와 염전 - 전남 신안

우전 해수욕장

증도에 도착한 것은

'바다에 들어갈 수 있는' 아슬아슬한 한계의 시점이었다.

성수기를 가까스로 넘긴 8월 중순의 바다는 고즈넉했지만

이상 기후 때문에 도무지 여름은 끝날 기미조차 보이지 않았다.

바다로 향해 길게 난 다리를 건너

버스를 개조한 카페에 앉아 아이스티를 주문한다.

낡은 선풍기가 힘겹게 만들어낸 바람이 햇살을 따라

작은 카페 안에 조용히 퍼져 나간다.

이내 아이스티 잔은 땀을 흘리기 시작한다.

고개를 돌리니 창 너머 푸른 파도가 넘실거린다.

아이들은 신나게 바다로 뛰어들었다.

신
안

우
전

해
수
욕
장

매년 내 휴가는 조금 이른 여름이거나, 찬바람이 살살 불기 시작하는 가을 초입이었다. 여름휴가라는 명칭이 무색하게도. 바캉스 인파와 성수기의 바가지요금을 피하자면 다른 수가 없었다. 며칠 동안 지속된 야근의 지긋지긋한 피곤을 탁탁 털어버리듯, 그렇게 떠나고 싶었으나 모자란 잠에 쫓겨 허둥지둥 짐을 쑤셔 넣은 가방을 끌고 절인 배추처럼 공항으로 달려가곤 했다. '열심히 일한 당신, 떠나라' 란 광고 문구에 충실한 나는 여름휴가를 낯선 이국의 어딘가에서 흘려보내고 있었다. 매일 백여 통에 가까운 휴대전화 소리에서 벗어나서 좋다고 하면서도 내 촉각은 울리지

않는 휴대전화 소리의 환청에 곤두서 있었다. 하나라도 더 봐야 한다는 의무감으로 여행은 매일매일 전투 같았다. 내 여행의 안도감은 호텔방의 침대 위에서도 아니었고, 센 강변의 미술관도, 로맨틱 가도의 고성에서도 아닌, 돌아오는 비행기의 좁디좁은 의자 위에서였다. 집에 돌아가 열쇠를 돌려 문을 열면 익숙한 냄새가 훅 풍겨 나오고 며칠 동안 비운 새 쌓인 얇은 먼지의 더께를 밟아 작은 내 방 침대 위에 누우면 살 것 같았다. 여행은 돌아오고자 하는 것이라는 생각이 문득, 들었다.

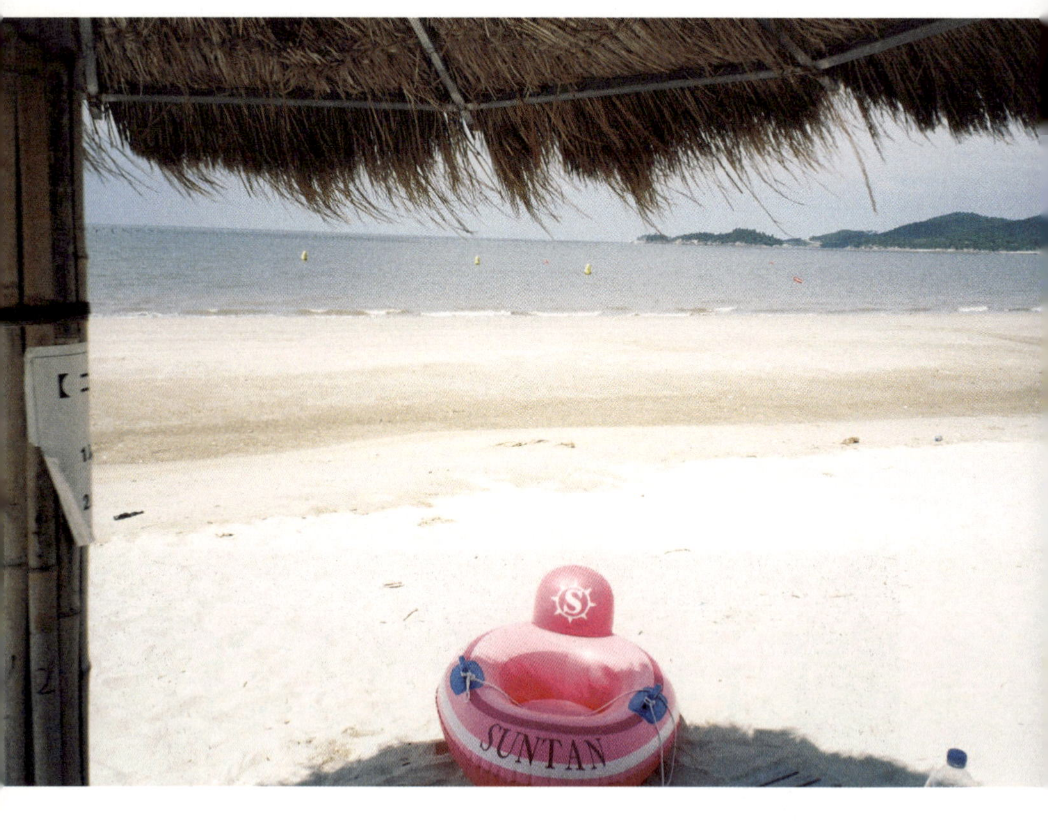

SUNTAN

오랜만에 온 가족이 모두 여름휴가를 떠났다.

시집간 두 동생 가족들까지 세 가족, 아니 나도 하나의 가족으로 쳐준다면 네 가족이 모인 대규모의 여행이었다. 일정을 맞추기도 녹록지 않아 여러 번 의논에 의논을 거듭한 결과 여름의 막바지에 겨우 떠날 수 있었다. 고작 1박의 짧은 여행인데도 아이스박스와 가방들과 조카 세 마리까지 짐은 어마어마하다. 세 대의 차에 대충 쑤셔 넣고 증도로 향했다.

'콧바람 쐬기'를 좋아하던 아빠 덕에 어릴 적 우리는 산으로, 바다로 떠나는 일이 많았다. 자동차도 없이 버스를 타고 어디로 가는 건지도 몰라도 우리는 신나기만 했다. 텐트를 들고, 쌀과 반찬거리가 담긴 배낭을 메고, 수박까지 한 통 들고 아빠가 앞장서고, 엄마도 한 보따리 짐을 들고 아기까지 둘러업고 걸었다. 동생들을 챙기는 것은 내 몫이었지만 동생들은 다행히 한눈팔지 않고 타박타박 잘도 따라왔다. 짐을 짊어진 젊은 아빠, 엄마의 얼굴에는 구슬땀이 흐르고 있었다. 손가락을 타고 흐르는 아이스크림을 쪽쪽 빨면서 동생들은 아마도 웃고 있었던 것 같다.

먼 옛날에도 제일 신나게 놀았던 둘째 동생은 자신의 세 아이보다 더 재미나게 놀고, 그때도 세끼 밥 짓기에 땀을 흘렸을 엄마는 더 많은 분량의 밥을 짓는다. 찹쌀을 넣고 푹 끓인 백숙을 땀 흘리며 먹고 동생이 타주는 아이스커피 한 잔을 마시며 빨간 수박을 쪼갠다. 즐겁다. 문득 초여름, 혹은 초가을에 외국의 낯선 거리를 조금은 긴장한 채로 혼자 걷고 있을 나의 휴가가 떠오른다. 어느 쪽이 좋았던 걸까. 헤아릴 겨를도 없이 소르르 잠이 찾아든다. 나무 그늘 아래 푸른 낮잠을 잔다. 다디단, 어릴 적 꿈을 꾼 것도 같다.

슬로 시티로 지정된 증도에 도착하자 타임리프를 한 것 같은 느낌이 든다.

과거나 미래로 점프한 것이 아니라 정지된 시간 속으로 들어간 것 같다. 너르게 펼쳐진 갯벌과 맞닿은 하늘에 구름마저 느릿느릿 피어오르고 있다. 이런 곳이라면 우리가 지니고 있던 시간 개념은 잠시 잊어버려야 할 것 같다.

갯벌을 가로지르는 다리는 증도의 명물, 짱뚱어 다리다. 다리를 건너며 아래를 내려다보니 갯벌 위에는 과연 셀 수도 없이 많은 짱뚱어와 농게가 꼬물거리고 있다. 서해의 바다는 어김없이 갯벌을 품고 있다. 그래서 동해에 비해 서해의 바다는 더럽고 탁하다고 하지만 그것은 한 번도 맨발로 갯벌을 걸어본 적이 없는 사람이 하는 소리다. "뻘도 없는 것이 무슨 바다여"라고 했던 누군가의 말에 나는 박수를 쳐주고 싶다. 뻘은 생명이 팔딱팔딱 살아 숨 쉬는 곳이며, 동시에 관능을 일깨우는 곳이다. 다시 말하자면 맨발로 갯벌을 걸어보면 무슨 뜻인지 알 수 있을 것이다.

신안 우전 해수욕장

다리를 건너면 이번에는 공간을 리프한 느낌이다. 야자수가 시원하게
펼쳐진 우전해수욕장은 딱 이국의 해변의 모습이다. 동생과 조카들은 튜
브 하나씩 들고 바다로 뛰어들었다. 파라솔 아래 비치 체어에 길게 누워 책
을 펴들었지만 눈은 자꾸만 푸른 바다와 하늘로만 향한다. 하얀 파도가 밀
려든다. 아무것도 하지 않아도 안단테, 안단테로 충만한 기쁨이 몰려온다.

바다에서 몇 시간 놀고 났더니 발갛게 타고 말았다.
찬물로 샤워를 하고 창문을 활짝 열어
불어오는 바람에 머리를 탁탁 말린다.
냉장고에 넣어둔 과일을 베어 무니,
차고 달콤한 즙이 뚝뚝 흐른다.
뜨거운 태양 아래 익은 무화과가 다디달다!

태평염전

중도에서는 세 가지 종류의 하늘을 볼 수 있다.

눈을 들어 바라보는 하늘과, 바다 위에 비친 하늘과 염전에 담긴 하늘이다. 우리나라 최대 규모인 태평염전에서는 한여름 뜨거운 태양 아래 소금이 느리게 느리게 영글어간다. 하얀 소금의 알갱이는 단단하고 견고하다. 최고의 식객, 허영만 화백의 배낭에는 늘 신안 염전에서 생산된 굵은 소금이 들어 있다고 한다. 그는 "호남의 음식이 다른 지역 사람들의 입맛에도 착착 감기는 것은 호남 바다에 좋은 염전이 있기 때문"이라며 "음식 맛은 소금 간"이라는 지론을 펼친다. 좋은 소금은 미네랄이 풍부해 짜기만 한 것이 아니라 살짝 단맛이 난다. 바로 태평염전에서 나는 소금이 그렇다.

소금 채취는 볕이 강한 오후 4시쯤에 한다. 검게 그을린 팔을 드러낸 채 고무래로 소금을 긁어내고 있는 남자에게 구경하기를 청했더니 "옆에 체험장이 있다"고 대답한다. 할 수 없이 물러났더니 동생이 "그건 와서 구경하라"는 뜻이라며 옆구리를 찌른다. 가끔 눈치 하나 없이 맹한 내게 소금 뿌려 간 좀 맞추고 싶은 때가 있다. 하늘 사이로 난 길을 거닌다. 염전은 푸른 거울 같고, 하얀 얼음 알갱이 같은 소금이 말갛게 비친다. 조르르 늘어선 소금창고는 수십 년 시간의 더께가 쌓여 운치가 있다. 하얗게 모아 놓은 소금이 눈부시게 예쁘다. 천일염은 '하늘이 내린다' 해서 천일염이다. 조바심내야 소용없고, 묵묵히 하늘이 주는 대로 받을 뿐이다.

태양은 눈부시다.
소금이 느리게 영글어간다.
하얀 소금은 여름의 맛이다.

여행 노트

중도는 2007년 슬로 시티로 지정되었다. 자연과 공존하고, 전통생활 양식을 고수하며 사는 중도의 삶은 느리지만 현명하다. 2010년에 완공된 중도대교의 개통으로 중도는 섬 이되, 섬이 아닌 곳이 되었다. 그만큼 접근성이 높아져 관광객이 많이 찾는 곳이지만 섬 은 아직도 조용하고 느리게 시간이 흐르는 곳이다.

중도에 들어서면 우선 전국 최대 규모인 태평염전이 시선을 끈다. 중도가 슬로 시티로 지정될 수 있었던 이유 중 하나는 염전이다. 한국전쟁 직후 몰려든 피란민들의 생계수 단을 해결할 목적으로 전중도, 후중도 2개의 섬을 연결해 만든 거대한 염전이다. 여의도 2배 크기인 460만 제곱미터 면적. 우리나라 천일염 생산의 7퍼센트를 담당한다. 염전 한가운데를 가로지른 60여 개의 소금창고는 장관을 이룬다. 이곳 염전과 소금창고는 근 대문화유산으로 지정되었다. 태평염전에서는 3월부터 10월까지 염전 체험 프로그램을 운영한다. 직접 채취한 소금 1킬로그램을 집으로 가져갈 수 있다. 체험비는 어른 7천 원, 어린이 6천 원으로, 3일 전에 홈페이지(061-275-0879, www.saltmuseum.org)를 통해 예약해야 한다. 염전 초입에는 소금박물관이 있는데 아이와 함께 들러볼 만하다.

중도를 상징하는 짱뚱어 다리 아래 펼쳐진 갯벌은 128만 평에 이르는 생명의 보고다. 짱

뚱어, 망둥이, 농게 등의 다양한 갯벌 생 명체가 살고 있다. 470여 미터 길이의 나무다리인 짱뚱어다리에서 바라보는 갯골을 물들이며 지는 석양이 아름답 다. 다리를 건너면 야자수가 그늘을 드 리운 이국적인 우전해수욕장이 펼쳐진 다. 짚 파라솔과 선 베드가 줄지어 선 모 습은 외국의 휴양지를 연상케 한다. 우

전해수욕장을 감싼 해송 숲은 한반도 지형을 닮았다고 '한반도 해송공원'이라는 이름을
얻었다. 이 숲 안에는 철학의 길, 명상의 길, 망각의 길 등의 산책로가 조성되어 있다.

입장료

소금박물관 어른 2천 원, 청소년과 어린이 2천 원

개장시간

소금박물관 9:00~18:00(매월 1일과 매주 수요일 휴관, 화요일은 오후 2시까지 개관)
염전 체험 3월 중순부터 10월까지 오전 11시와 오후 3시, 하루 두 차례

찾아가는 길

자가용 경부고속도로 타고 논산~천안 간 고속도로(공주 분기점), 당진~대전 간 고속도
로 서천·청양 방향, 서천~공주 간 고속도로(서주 분기점), 서해안고속도로 목포·군산
방향으로 가다 북무안 IC 통과해서 24번 국도 이용, 지도 지나 사옥도 지신개 선착장
300미터 전 좌측 증도 방면, 증도대교 건너 증도 도착
대중교통 서울~지도 간 직통버스가 하루 두 차례 운행(센트럴시티 호남선 출발, 8:30,
16:20). 소요 시간은 4시간 정도. 지도터미널에서 증도 행 관내버스 이용하거나 고속버
스로 광주나 목포 도착 후 지도행 버스 탑승, 지도버스터미널에서 증도행 관내버스 이
용, 광주종합터미널에서 증도까지 곧바로 가는 직행버스가 하루 3회(05:45, 08:30,
13:00) 출발한다(2시간 소요)

문의

슬로 시티 증도 061-275-8400, www.slowjeungdo.com
신안문화관광 061-243-2171, tour.shinan.go.kr
소금박물관 061-275-0829, www.saltmuseum.org

음식

증도는 짱뚱어탕이 유명하다 했으니 한 번 먹어보자고 미리 알아둔 **고향식당**(061-271-
7533)으로 향했다. 세상에, 식당 앞의 줄이 한길까지 길게 늘어서 있다. 겨우 자리를 잡
고 짱뚱어탕을 시키고 아이들 몫으로는 백반을 시켰다. 뚝배기에 담겨 나온 짱뚱어탕은

고향식당

약간 붉은 기가 돌고, 집 된장으로 끓인 듯이 진한 빛이다. 짱뚱어를 푹 고아 된장을 풀고 시래기를 듬뿍 넣어 걸쭉하게 끓인 탕인데 얼큰하면서 구수한 맛. 언뜻 추어탕과 비슷한 맛이기도 하다. 별미로 한 그릇 먹기 나쁘지 않았지만 동생은 좀 불만이었다. 곁들여 나온 반찬이 영 성에 차지 않는다는 것. 우리 식구들은 전주 백반에 익숙한 터라, 웬만해서는 만족하지 못하는 탐욕스러움을 가지고 있다. 여름철이면 증도에서 병어와 민어회를 꼭 맛보아야 한다고 해서 농협 근처 **안성식당**(061-271-7998)에 들러보았다. 갤러리 식당이라 해서 보니 방마다 그림과 서예 작품이 걸려 있다. 식당은 깔끔하고 일하시는 분들이 친절하다. 역시 가짓수는 많지 않지만 얌전하게 내온 밑반찬들은 식탐쟁이 우리 자매도 흡족할 만큼 맛깔스럽다. 무려 '시가' 라는 민어회 한 접시는 잠시 가격 따위 잊을 정도로 싱싱하고 살살 녹는다. 이 집의 짱뚱어탕도 맛있다.

숙소

증도의 대표적인 숙소는 **엘도라도 리조트**(061-260-3300, www.eldoradoresoro.co.kr)다. 아빠가 친구들과 여행 갔다 묵어 보시고 "참 좋다. 우리 가족도 다 함께 가보자" 한 것이 빌미가 되어 우리 가족의 여름휴가는 엘도라도 리조트로 결정되었다. 빌라 30동과 185개의 객실을 갖춘 대규모 리조트는 증도의 랜드마크처럼 우뚝 솟아 있는 것이 슬로시티 증도와는 어울리지 않는 것 같아서 살짝 눈살 찌푸렸지만 역시 묵기에는 참 좋다. 우전해수욕장으로 바로 이어져 수영복 입고 바다로 뛰어들어갔다, 따로 샤워할 것도 없이 숙소로 돌아와 씻으면 된다. 리조트와 잇닿은 바다는 물살도 약하고 수심이 얕아 아이들 놀기에 딱이다. 야외 수영장·해수 사우나·찜질방·불가마 한증막과 레스토랑 등 편의시설을 잘 갖추고 있는데 제일 좋은 건 창밖으로 펼쳐지는 바다 풍경. 하지만 엘도라도 리조트는 회원 우선으로 예약이 가능해서 성수기 때는 예약이 좀 어렵다. 가격이 만만치 않은 것도 사실.

숙소라고는 민박집뿐이던 증도에 최근 다양한 숙소가 생기고 있다. 그중 한옥 민박집인 **해우촌 한옥 민박**(061-271-4466)은 너른 잔디밭에 새로 지은 한옥이 깔끔해서 가족이 묵기 좋다. **솔꿍 펜션**(016-787-9954)도 생긴 지 얼마 안 돼 시설이 깨끗하다. 솔숲 사이에 편백나무로 지은 통나무 오두막집이 운치 있으며, 마당이 넓어 아이들이 있는 가족이 묵기에 좋다. 여름이라면 우전해수욕장 솔숲 사이에 설치된 몽골 텐트를 이용하는 것도 좋다. 파도 소리와 솔숲 사이에서 불어오는 바람 소리를 들으며 캠핑 기분을 만끽할 수 있다. 약 600여 동의 텐트가 설치되어 있으며, 4인 기준 1박에 2만 원 선이다. 예약은 **증도발전협의회**(011-606-6628)로 하면 된다.

아무 일도 없다

몇 해 전 나는 섬으로 가서 2년여를 살다 온 적이 있었다.

그즈음 나는 나이를 먹고 있었다.

나이를 먹는다는 건 피할 수도, 미룰 수도 없는 일이다.

그렇지만 나이만 먹어서는 안 된다는 생각이 들었다. 어제 한 일을 오늘 계속하고, 오늘 먹은 식당에 내일도 가서 별달라진 것 없는 밥을 먹게 될 것이 뻔히 보였다. 살아보기도 전에 다 살아버린 것 같은 심정이 되었다. 더 늦기 전에 뭔가 다른 일을 해야 한다는 강박 관념에 시달리고 있었던 것 같았다. 워낙 몰리면 도무지 이해할 수 없는 어처구니없는 선택을 하듯, 나는 무작정 섬으로 내려갔다. 섬으로 내려간다고 해서 나이를 먹지 않는 것은 아니다. 하지만 그 나이라면 요구되는 것들로부터 최소한 육지와 섬 사이의 거리만큼의 방어막을 가지게 될 거라 생각했던 것이다.

당분간 입을 옷과 책 몇 권을 챙긴 세 개의 박스를 임시 거처로 부치고, 트렁크 하나만을 달랑 든 내 모습은 짧은 여행이라도 떠나는 듯 가벼웠다. 한 달, 길어야 육 개월을 넘지 않으리라 생각하고 "담에 만나" 하듯 인사하고 홀가분하게 떠났다. 하지만 섬에서도 뒤엉켜버린 듯한 현재와 불확실한 미래에 대한 막막한 두려움은 해결되지 않았다. 떠나왔지만 떠난 곳에 대한 미련과 돌아가야 한다는 조바심이 번갈아 찾아왔다.

섬에 이주한 지 몇 달이 지난 어느 날, 여행 온 후배 하나와 바다가 보이는 식당에서 마주 앉았다. "뭘 하고 지내느냐"는 후배의 말에 나는 쉽사리 대답을 찾지 못했다. 잠시 후에 내게서 나온 말은 "아무것도 안 한다"였고 그것이야말로 내가 정말 하고 싶었던 것임을 그 순간, 깨달았다. 이따금 바다를 내려다보며 느긋하게 밥 먹는 것 외에는 아무것도 할 일이 없다는 듯 열심히 밥그릇을 비웠다.

섬에서 나는 제일 하고 싶은 것을 했다.
그건 아무것도 안 하는 것이었다.
때로는 아무것도 하지 않는 여행이란 것도 있다.

부둣가에 있는 한 식당에서 매운탕을 먹고 나자, 청산도에서는 아무것도 하지 않아도 되겠다 싶었다. 아침 일찍 출발해 줄곧 운전하느라 피곤하거나, 배가 찢어질 듯 먹고 난 후의 식곤증이나, 온몸이 타버릴 듯한 태양과 더위 때문만은…… 맞았다. 게다가 이곳은 달팽이의 걸음 속도에 맞춰 느릿느릿 시간이 흐르는 슬로 시티 아니던가. 하지만 육지의 습성을 버리지 못하고 배 타기 전, 방정맞게 예약한 관광버스가 떡하니 도착했다.

청산도를 둘러보는 방법은 여러 가지가 있다. 자가 차량을 배로 운반할 수도 있고, 아니면 섬에는 두 대의 택시가 있고, 섬 주민들이 이용하는 버스도 있고, 자전거를 빌려 탈 수도 있고, 그도 아니면 느긋하게 걸어볼 수도 있다. 하지만 그날 이미 운전에는 질려버렸고, 택시와 버스는 내 맘처럼 움직일 것 같지 않고, 자전거는 탈 줄 모르고(꼬마 조카 아인이도 "헐~"이라는 반응을 보였지만, 사실이다), 걷기에는 작열하는 태양이 무섭다. 그래서 '청산도 순환버스' 낙찰. 2010년 3월에 처음 생긴 순환버스는 오전 9시와 오후 1시, 하루 두 번 출발한다. 영화 〈서편제〉와 드라마 〈봄의 왈츠〉 촬영지로 유명한 당리로 버스는 출발한다.

유채꽃 피고 보리가 파랗게 패는 봄철이면 관광객들로 몸살을 앓는 청산도의 여름은 고즈넉하기만 하다. 보리와 유채꽃 대신 노란 해바라기가 바다를 바라보고 피어 있다. 섬은 여의도의 다섯 배 정도의 크기, 주민은 2천6백 명 정도 산다. 다랭이논과 유채꽃, 영화와 드라마 촬영지, 슬로 시티 등이 청산도를 유명하게 한 것들이다. 하지만 청산도를 가장 청산도답게 하는 것은 푸른 바다와 산이다. 산비탈을 타고 이어지는 다랭이논 사이 돌담에 둘러싸인 집들이 드문드문 나타난다. 청산도를 굽어보는 매봉산은 청산도의 '차마고도' 라고 불리는 절경이다. '푸른 산' 이라는 이름은 아마도 여기에서 연유했으리라 짐작해본다. 청산도에서 가장 수려한 해안 절경을 간직한 곳이 바로 말탄바위와 범바위가 있는 남쪽 해안이다. 버스는 슬로 시티라는 이름이 무색하게 그것들을 빠르게 지나친다.

두 시간여의 버스 관광을 마친 후 아직 돌아갈 시간은 한참 남았다. 햇볕은 많이 누그러졌다. 비로소 섬에서 뭔가 하고 싶은 생각이 들었다. 그것은 바닷바람을 쐬며 할랑하게 걸어보고 싶다는 것이었다.

완
도
청
산
도

작정하지는 않았지만 구부러진 화살표의 '슬로길' 푯말이 가리키는 곳으로 걷는다. 부두에서 가장 가까운 마을, 도락리의 골목길로 접어든다. 집 앞에 나물을 펴 말리는 나이 든 부부를 만난다. 고개를 숙여 인사하니 부부의 얼굴에 보일락 말락 웃음이 떠오른다. 다른 사람의 일상인 곳을 여행자란 이름으로 침범한 느낌이 든다. 자전거가 달려 지나간다. 젊은 남녀는 나와 같은 여행자인 것 같다. 좁은 골목길 담에는 관광객을 위한 그림과 사진이 걸려 있다. 허락을 받은 듯, 조금 안도감이 든다.

여행에서 우리는 무엇보다도 '비非일상'을 원한다. 일상에서 지치고 권태로울 때 사람들은 기분 전환의 방법을 모색하고 여행은 그 방법 중 하

나다. 비일상 속에서 내가 아닌 '다른 사람'이 되어보고 싶은 것이다. 물론 '비일상'이라는 것은 어디에도 존재하지 않는다. 하지만 여행의 속성이 일상에서 살짝 벗어난 '일탈'이며, 예측 가능한 일 외에 '우연'의 요소를 많이 포함하고 있다는 점에서 여행은 때로는 불편하지만 동시에 신선한 경험이 된다. 그런데 우습게도 여행의 끝에서 '나'를 발견하게 된다. 어떤 종류의 여행이라도 여행은 자신을 더 잘 이해할 수 있게 되는 것이다.

여행은 순간순간이 선택의 과정이다. 한없이 느리게 여행하듯, 조급하게 모든 것을 다 보고 말겠다고 선택하든, 그것은 자신이 선택한 여행인 것이다. 여행은 낯선 장소에 가서 다른 일상을 만나는 것이 아니라, 일상 속에서 잊고 있었던 자신을 새롭게 발견하는 일이다. 그러므로 여행 끝에서 우리는 일상에 함몰되어 잊고 있었던 자신의 모습을 발견하고 일상으로 돌아올 힘을 얻게 되는 것이다. 느릿한 산책을 마치고 부두로 돌아오니 육지로 돌아갈 배가 기다리고 있다. 푸른 물살을 가르며 나는 다시 일상으로 돌아가고 있었다.

완
도
청
산
도

여행 노트

하늘도, 바다도, 산도 푸른 청산도는 2007년 아시아 최초 슬로 시티로 지정되었다. 전남 완도에서 배로 40여 분 거리에 있는 청산도는 섬 안을 다니는 마을버스가 있을 정도니 제법 큰 섬이다. 눈이 휘둥그레질 정도의 비경을 간직한 곳도 아니건만, 청산도를 찾는 사람들의 발걸음은 끊이지 않는다. 바람이 느리게 휘돌아가는 섬에는 우리가 그리는 삶의 모습이 오롯이 간직되어 있기 때문이다.

청산도가 알려진 것은 영화 〈서편제〉를 통해서였다. 보리밭 사이 돌담이 길게 이어진 황톳길에서 떠돌이 소리꾼 유봉이가 두 남매와 함께 〈진도 아리랑〉을 부르며 덩실덩실 춤을 추는 광경은 "한국영화 사상 가장 아름다운 장면"이라는 찬사를 받기도 했다. 거기에다 2007년 슬로 시티로 인증되자 다시 한 번 청산도는 주목을 받기 시작했다. 푸른 바다와 초록 보리와 노란 유채꽃이 넘실대는 돌담길, 수려한 해안과 절벽, 산비탈을 따라 난 다랭이논과 야트막한 지붕의 마을들, 청산도는 느긋하게 걸어보아야 제격이다.

청산도에는 슬로길이 있다. 그 길을 따라가면 항구, 해안도로, 마을길, 고샅길, 논두렁길, 몽돌해변, 솔숲, 억새밭, 해안절벽 등의 다채로운 풍경을 만나게 된다. 최근 슬로길은 문화체육관광부가 문화생태 탐방로 중 하나로 선정하면서 '청산여수靑山麗水길'이라는 이름을 새로 갖게 되었다. 청산여수 슬로길은 청산도의 관문인 도청항에서 시작된다. 군데군데 서 있는 '슬로길'을 알리는 이정표를 따라가기만 하면 된다.

현재 11코스까지 개발되어 있는데, 모든 길이 다 아름답지만 꼭 걸어보라고 권하고 싶은 길은 1코스, 5코스, 6코스다. 도청항에서 화랑포까지 이어지는 1코스는 영화 〈서편제〉의 촬영지를 지나는 길, 범길과 용길을 지나는 5코스는 청산도에서 가장 아름다운 해안 절경을 지나게 된다. 범바위 전망대에 꼭 올라볼 것. '청산도의 차마고도'라고 부르는 매봉산과 청산도, 푸른 바다가 한눈에 굽어보인다. 6코스는 청산도의 명물 구들장 논을 지나게 된다.

청산도에는 관광투어버스가 하루 2회 운행된다. 도청항에서 출발해 당리, 범바위, 신흥해수욕장 등의 주요 관광지를 문화관광해설사의 설명을 들으며 둘러보게 된다. 오전 9시와 오후 1시 10분에 출발해 총 소요 시간은 2시간 반 정도. 미리 전화로 예약하면 된다(061-550-5608). 또 핑크와 노란색, 두 대의 순환버스는 도청항에서 출발해 섬을 돌며 여덟 군데에서 정차하는데, 내리고 싶은 곳에서 내려서 슬로길을 걷다가 다시 다음 정류장에서 타면 된다. 승차권 구매 당일에 반복 사용할 수 있다. 관광투어버스와 순환버스 모두 요금은 어른은 5천 원, 학생은 3천 원이다.

찾아가는 길

자가용 서해안고속도로 타고 목포 IC 진입, 2번 국도로 서호 지나 13번 국도 타고 해남 도착, 남창 방면으로 가다가 완도대교 지나 완도 도착, 완도여객터미널에서 청산도행 배 탑승

대중교통 서울~완도 간 고속버스가 하루 4회 운행(6시간 소요), 완도에서 청산도로 들어가는 배편은 8:00~18:00까지 하루 4회 운행한다. 하절기, 동절기에 따라 배편이 다르며 날씨에 따른 해상 상황 또는 선박 사정에 의해 변경될 수 있으니 완도여객터미널로 미리 문의하는 게 좋다(061-550-6000).

문의

청산도 슬로 시티 위원회 061-550-5608

청산도 관광 정보 사이트 www.chungsando.co.kr

음식

청산도는 도청항 주변에 횟집을 비롯해 음식점이 몰려 있다. 평소 콧바람 쐬기를 즐겨하는 지인으로부터 '의외로 굉장하다'고 추천받은 식당이 몇 개 있었다. "매운탕이나 먹을까" 하는 아빠의 말에 **청산도식당**(061-552-8600)으로 들어간다. 각종 회와 매운탕, 찌개류, 돼지갈비와 삼겹살까지 파는 집이다. 두서없고 장황한 메뉴라고 절대 걱정할 필요가 없다. 어느 메뉴든 정말 맛있다. 특히 이 집은 곁들여 나오는 십여 가지 밑반찬이 끝내준다. 특별한 건 없지만 먹는 순간 '손맛'이라는 단어가 절로 떠오른다. 강력 추천 메뉴는 갈치찜. 어디에서도 보지 못한 통통한 갈치가 산을 이루는 어메이징한 갈치찜을 경험하게 될 것이다. 혼자 여행하는 사람이라도 주저 말고 추천한다. 이 집에는 백

반이라는 메뉴가 있는데 조기구이, 들기름 발라 구운 김, 달걀 프라이 같은 다정한 반찬에 혼자라면 반찬 한 가지 더 주는 인심이 있기 때문이다.

푸짐한 남도식 백반을 제대로 맛보고 싶다면 **실비식당**(061-552-8573)이 있다. 재미있는 것은 백반 가격이 따로 정해져 있지 않고 7천 원에서 2만 원 사이에서 가격을 말하면 그에 따라 상을 차려 내는 것. "뭐, 우린 그렇게 많이 먹는 스타일 아니니까" 하고(이건 거짓말) 1만 원 상을 시켰는데 고등어조림이 큰 그릇에 담겨 넉넉히 나오고, 돼지고기수육, 문어숙회, 보말무침, 소라, 고둥 등 20여 가지 반찬이 나온다. 1만 원 상이 이 정도인데 2만 원 상은 어떤지 진짜 궁금하다. 이 집은 입소문난 집이라 관광철에는 자리 차지하기가 쉽지 않다. 혼자 온 여행자라면 도청항 근처 안통길 사이 **청해반점**(061-554-6332)의 백짬뽕을 추천한다. 여행 와서 무슨 짬뽕이냐 한다면, 해물을 잔뜩 넣은 칼칼한 백짬뽕 맛 안 봤으면 말을 말라고 하고 싶다.

실비식당

숙소

생각해보면 여행에 관한 기억이 좋았느냐, 그렇지 않았느냐를 결정하는 데 숙소가 가장 큰 관건이었던 것 같다. 여행은 즐겁기도 하지만 한편 피곤한 일인 게 사실이다. 그럴 때 지친 몸을 편히 쉴 수 있는, 내 집같이 편한 숙소를 만나면 얼마나 좋을까? 권덕리에 있는 **유자향 민박**(061-554-7550)이라면 휴식과 재충전을 오롯이 경험할 수 있다. 통나무로 지은 펜션은 예쁘기도 하지만 햇살이 은은히 비쳐드는 내부는 어쩐지 한 번은 와봤고, 내 집 같은 친근한 기분이 든다. 아마도 그 기분은 주인 내외의 친절함이 이유일 것이다. 전복이나 생선을 사서 난처한 표정을 한 번 지어보라. 그러면 사모님이 주저 없이 요리를 자처해 이내 세상에서 제일 맛있는 전복죽이나 매운탕을 먹게 될 것이다. 혼자 묵었다가 슬로길을 걸으러 간다 하는 청년의 점심 걱정을 하던 안주인이 부리나케 도시락 싸주는 걸 보고 깜짝 놀라고 말았다. 주인 내외뿐 아니라 이 집에 사는 '두리' 라는 이름의 진돗개까지 심지어 웃는 얼굴이다. 범바위로 오를라치면 두리가 앞장서서 성큼성큼 길 안내를 한다(진짜다!). 이 집의 이름답게 민박집에는 유자나무가 많다. 아직 푸릇한 유자가 익는 가을에 다시 와서 맘껏 따가라고 하신다. 꼭 청산도 유자 맛을 보고 싶어진다.

혼자 여행하는 사람에게는 지리해수욕장에 있는 **솔바다 펜션**(061-552-9323, www.slow-citybada.com)을 추천한다. 청산도가 고향인 주인이 서울에서 살다 돌아와 손수 지은 펜션은 소박하지만 정감이 넘친다. 해송에 싸인 아늑한 해변이 한눈에 들어오는 곳에 위치한 펜션은 천정은 서까래가 드러나도록 마감하고, 외벽은 하얀 테라코타를 바르고 기와 조각으로 장식하고, 간소하지만 깔끔하게 꾸며진 방은 묵기에 불편이 없다. 주인장은 직접 함께 동네 길을 걸으며 길동무해주기도 하고, 갈 만한 관광지와 식당 안내 및 길섶의 꽃 이름 하나하나까지 가르쳐주니 관광 가이드 뺨 칠 정도다(실제로 청산도 생태문화 관광해설가 자격증을 우수한 성적으로 획득하셨다 한다!). 단지 하룻밤 묵었다 떠나는 곳이 아니라 섬의 또 하나의 아름다움인 정을 느낄 수 있다. 4인실과 6인실도 있어 가족이 묵기도 좋지만 혼자라면 더욱이 참, 좋다.

연꽃을 먹은 소담한 오후였다

각별하게 지내는 지인 하나가 북한산 자락에 살았다.

나는 "언니"라고 불렀다. 생각해보니 친척을 제외하고 언니라고 부르는 이로 유일하다. 언니는 때때로 문자를 보내왔다. "꽃이 피었어." 혹은 "단풍이 들었구나." 간결하지만 문자의 유혹은 강렬했다. 언니네 집은 지하철을 타고, 다시 버스로 갈아타고 내려, 흙길을 따라 걷다 자그만 내 하나를 건너야 나타났다. 창문을 열면 푸른 산줄기가 보이고 뭔지 모를 상쾌한 향이 스며들었다. 자연스레 발길은 근처에 있는 작은 절로 향했다. 봄이면 봄대로, 가을이면 또 가을대로, 절까지 가는 길이 좋았다. 예기치 않게 공양 밥도 얻어먹고 주지 스님께 불려 가 차도 얻어 마시곤 했다. 밥도 달고, 차도 향긋했다. 나는 크리스마스면 성당에 가고, 사월초파일이면 절에 가는 것을 마다 않는, 좋게 말하면 '초월적 종교관', 솔직히 말하면 '아무렴 어때' 종교관을 지녔지만 유독 절에 가면 푸근함을 느낀다.
그것은 내 피를 따라 흐르는 DNA에 남겨져 있는 기억 때문일 것이다. 우
리네 어머니와 그 어머니, 또 그 어머니들이 108배를 올리며 가족들의 안
녕을 간절히 빌던 모습 말이다.

절은 대개 주위에 풍광 좋은 계곡과 숲을 끼기 마련이라 어렸을 때 우
리 가족들은 절에도 자주 놀러 갔다. 모악산 줄기에 있는 대원사, 금산사,
완주 송광사 등이 집에서 가까웠다. 큰 볼거리가 있는 건 아니라 부러 들
르는 관광객들은 드물지만 꽃피는 철이나 단풍철에는 제법 사람이 북적

였다. 절은 요란한 구석 없이 반듯하고 소박했다. 아마 그랬던 것 같다. 절보다는 부근 숲 사이에서 엄마가 싸온 김밥을 먹던 기억이 더 크게 자리 잡고 있어 절집의 모습은 희미하다. 아주 오랜만에 완주 송광사를 찾았다. 늦여름이었다. 송광사 앞 연못에는 여름이면 연꽃이 핀다.

송광사 하면 사람들은 대개 전남 순천에 있는 송광사를 떠올린다.

그쪽이 대규모이고 근처에 유명 관광지도 많아서 알려졌기 때문이다. 완주 송광사는 순천 송광사보다는 규모는 작지만 분위기가 아늑하고 정취가 있다. 완주 송광사 진입로 2킬로미터는 '한국의 아름다운 길 100선'에 들었을 정도지만, 관광객보다는 주민들이 즐겨 찾는다. 한마디로 조용한 절이라는 이야기다. 벚꽃 나무가 푸른 잎으로 무성해질 즈음, 절 주위에는 연꽃이 소담스럽게 피어난다. 신라시대, 절이 세워졌을 당시 이름이 '하얀 연꽃의 절', 백련사白蓮寺였다.

무더위 때문인지 꽃잎은 시들하고, 연밥은 까맣게 말라가고 있었다.

때도 늦긴, 늦었다. 생각해보면 꽃을 찾아가는 내 여행은 대개는 너무 이르거나 너무 늦었다. 예전의 누구처럼 문자로 "꽃이 피었어"라고 알려주면 좋을 텐데. 연잎이 무성한 연못가를 아쉽게 서성거린다. 햇살이 뜨겁다. 더위를 피해 절 입구에 있는 찻집으로 들어갔다. 아쉬움을 달래보려 백련꽃차를 시켜본다.

완주 송광사

널찍한 다기에 담겨 나온 하얀 연꽃에 물을 붓고 기다린다.

사르륵 꽃잎을 펼치기 시작한다.

아침 햇살에 봉오리를 열기 시작해 마침내 만개하는 찰나,

연꽃 송이를 따서 차를 만들어야 할 때이다.

그 순간, 연꽃의 향은 가장 싱그럽고 진하기 때문이다.

창 너머 연잎이 바람에 조용히 일렁인다.

드디어 꽃이 활짝 피었다.

이 세상 음식 같지 않은 모습에 나는 잠시 머뭇거린다.

이윽고

한 모금 마시니 따뜻하기도 하고, 슬프기도 한

어딘가 그리운 맛이 났다.

잠시 후 목을 타고

하얀 연꽃 향이 화하게 퍼져 나간다.

아무 말도 없는 시간이 느리게 흘러간다.

여름 햇살 품은 하얀 꽃에서는

서늘한 그늘 냄새가 난다.

잔향은 아직도 감돌고 있었다.

잎을 펼치니 고슬고슬한 밥 위에

오후의 햇살과 그늘이 살포시 내려앉아

나풀거리는 김 속에 언뜻 연향이 풍겨왔다.

연꽃 한 송이를 속에 품었다.

여행 노트

전주가 유명 관광지로 알려진 데 반해, 완주는 상대적으로 덜 알려졌다. 하지만 전주에서 삼십 여분이면 수려한 산과 호수를 즐길 수 있는 곳이 완주다. 가을 단풍이 고운 대둔산과 숲 속에 위치한 아담한 화암사가 이름나 있다. 하지만 벚꽃이 가득 피어나는 송광사 앞길과 연꽃이 피어나는 조용한 절, 송광사 역시 아름다우며 소양호를 따라 동상저수지와 대아저수지를 끼고 도는 길은 최고의 드라이브 코스다. **송광사**는 신라 경문왕 때 도의선사가 세웠다고 하는데, 그때는 규모가 매우 커서 일주문이 3킬로미터나 떨어져 있었다고 한다. 당시 이름은 백련사白蓮寺였는데, 조선시대부터 송광사로 불렸다고 한다. 일주문에서 대웅전까지는 일자로 배치되어 있고, 공간 배치가 자연스러워 한국의 전통적인 정원 분위기를 자아낸다. 송광사 대웅전의 아미타여래좌상에는 흥미로운 이야기가 있다. 국난이 있을 때마다 아미타여래좌상이 눈물과 땀을 흘린다는 것인데, 12.12사태, KAL기 폭파사건, IMF 때 등에 눈물을 흘려 화제가 되었단다. 송광사의 연꽃을 볼 적기는 8월 말이다.

입장료

송광사 무료

찾아가는 길

자가용 호남고속도로 타고 익산갈림목에서 익산~장수 간 고속도로로 갈아탄 뒤 완주 IC 지나 소양 방면, 또는 전주 IC 진입한 후 고가도로 타고 직진해 전주역 지난 후 진안 방면 26번 국도 타고 좌회전, 소양 이정표

대중교통 전주역에서 대각선 방면 전주삼성병원 앞 버스정류소에서 119, 109, 511, 513, 515, 522, 535, 543, 551번 버스 타고 모래내시장에서 하차, 길을 건너서 806, 814, 838,

834번 버스 타고 송광사 앞 하차.

주소 송광사 전북 완주군 소양면 대흥리 569

문의

송광사 063-243-8091, www.songkwangsa.org **완주군 문화관광** 063-240-4114

음식

너무 늦게 찾아가 활짝 핀 연꽃은 보지 못했지만 연으로 만든 음식을 맛볼 수 있어 아쉬움이 싹 사라졌다. 송광사 바로 옆에 있는 **황금연못**(063-246-8848)에서는 연밥과 연근으로 만든 다양한 음식을 맛볼 수 있다. 연잎에 싸서 견과류와 얇게 저민 연근을 올려 차지게 쪄낸 연잎밥이 별미, 연근으로 만든 요리들은 독특하다. 연묵, 연근초밥, 연근샐러드, 연근튀김, 연근조림 등, 연근으로 만들어낸 음식은 보기에도, 먹기에도 향기롭다. 나름 입맛 까다로운 아빠가 주인장에게 "음식이 참 독특하고 맛이 좋다"고 칭찬했을 정도.

황금연못

완주군 소양면 화심리에는 전주 시민들이 즐겨 찾는 **화심순두부**(063-243-8268)가 있다. 나도 어렸을 때부터 꽤 자주 드나들며 먹었던 곳이라 '추억의 음식'. 원래 있던 자리에서 옮겨 대규모 건물을 지었는데, 식당 안은 빈자리가 없을 정도로 여전히 인기. 큼지막한 뚝배기에 담겨 나오는 순두부는 좀 투박한 맛이지

화심순두부

만, 그 맛이 좋아 먹는다. 막 만들어 따끈따끈한 두부에 부추김치 올려 동동주 한 잔 곁들이는 맛도 그만. 후식으로 두부 도넛과 두부 아이스크림도 빼놓을 수 없다. 계핏가루와 설탕 솔솔 뿌린 도넛은 금방 밥을 배부르게 먹었는데도 멈출 수 없게 하는 맛. 늘 도넛은 넉넉히 산다고 하는데도 금방 다 먹어버리고 후회한다. 좀 더 사올 걸하고!

숙소

숙소는 가까운 전주에 잡는 게 좋다. 전주 한옥마을의 한옥 숙소(한옥마을 참고)나 고사동의 **전주한성관광호텔**(063-288-0014) 등이 묵을 만하다.

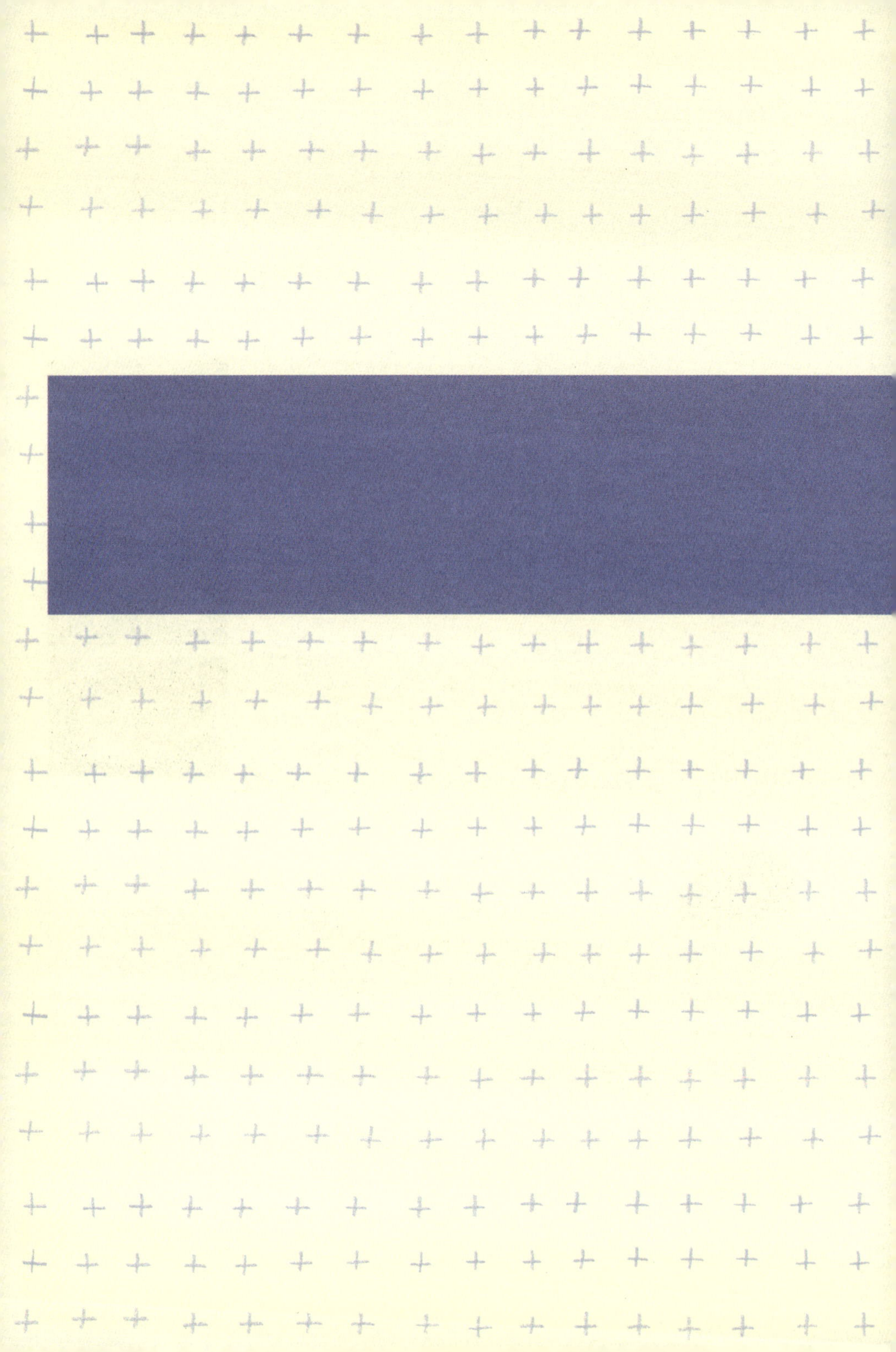

너와 나,
모든 기억 속으로
떠나는 여행

가을과 겨울

걷는 동안 여행자에게는 많은 상념이 떠오른다.

여행자는 현실에서 한발 물러나 자신이 자신에 대하여,

자신과 타인과의 관계에 대하여,

혹은 자신과 자연과의 관계에 대하여 질문하게 되고

뜻하지 않은 수많은 질문들에 대하여 깊이 생각해보게 된다.

바쁜 사람들이 지배하는 세상에서 한가로이 걷는 것은

분명 시대착오적이라고 여겨질지도 모른다.

하지만 이런 에두름이 분명 필요한 때가 오는 법이다.

상념이 떠오르는 순간 고개를 돌려보라.

거기에는 길이 오롯이 펼쳐져 있다.

그 위를 묵묵히 걸어가는 동안,

생각은 잦아들고 간간이 풍광에 감탄하다 어느새 상념은 사라진다.

사철 삭막한 도심의 빌딩숲을 빠져나와 나는 남쪽으로 차를 달린다.

몽글몽글한 산과 너른 들판이 눈에 들어오기 시작한다. 가을이다. 가을은 어느 때보다 모든 감각이 살아나는 관능적인 계절이다. 물감통 안의 모든 색깔을 다 써야 할 것처럼 숲은 울긋불긋하고, 가을꽃은 더욱 눈부시게 피어난다. 자욱한 구절초의 하얀 향기가, 국화꽃이 땅에 떨어져 썩어가는 냄새가, 어느 들판에서 피운 볏짚 타는 냄새가, 나무가 야위어 말라가는 냄새가, 하늘이 높아지는 냄새가 후각을 자극한다.

나는 모든 감각기관을 열고 기꺼이 계절을 맞이한다. 가을은 빠르게 겨울로 접어든다. 하얀 눈은 세상의 풍광을 바꾼다. 전나무 숲 위로 쌓인 눈이 풀썩 내려앉으며 은가루를 날린다. 전나무 향기를 품은 공기는 차갑고 신선한 맛이다. 햇볕은 따스한데 대기는 차갑다. 전신을 감싸는 나른한 따뜻함과 하염없이 눈부신 햇살에 나는 가늘게 눈을 뜬 채 후후, 웃고 있다. 엄마의 부엌에서는 하얀 김이 풍겨 난다. 언제까지나 마음속에 담아두고 싶은 풍경이다. 오랫동안 잊고 있었다. 한 걸음 물러나 바라보니 고향, 전라도는 제법 괜찮은 곳이었다. 기억 속으로, 나는 여행을 떠난다.

그건 꿈이었을 거다

숲은 나무 그림자가 밤의 커튼처럼 드리워져 있었다.

바깥세상과는 다른 밀도의 공기가 머무르고, 소용돌이를 그렸다.

햇살이 비쳐든 자리에 무수한 불꽃이 빛을 뿜어내기 시작했다.

빈 들판에 붉은 꽃무릇이 가득 흔들리고 있었다.

영광 불갑사

봄꽃은 화사하고, 여름꽃은 싱그러우며, 가을꽃은 처연하다고 생각했다. 곧 다가올 추운 겨울 앞에 피었다 이내 사라지는 모습 때문에 그리 생각한 것 같다. 하지만 가을, 영광 불갑사에 가보고 생각을 바꿨다. 남은 햇살을 다 그러모아 불꽃같이 타오르는 꽃이 있었다. 꽃무릇이다. 전라도 지방에는 꽃무릇 군락지로 소문난 절이 세 곳 있다. 전남 함평 용천사, 영광 불갑사, 전북 고창 선운사다. 그중에서도 불갑사 꽃무릇이 화려하기로 이름 높다.

핏빛처럼 붉은 꽃무릇은 유독 절집에 많다. 스님을 마음에 둔 처녀가 상사병으로 죽은 자리에서 핀 꽃이라 절에 많다는 전설도 있지만 실은 꽃무릇 뿌리의 독성에 이유가 있다. 절집을 단장하는 단청이나 탱화에 이 꽃무릇의 뿌리를 찧어 바르면 좀이 슬지 않는다고 한다. 뿌리에 방부제 성분이 들어 있는 것이다. 그래서 절에서 필요한 꽃무릇을 절 주변에 심었고, 이것이 번져 군락을 이룬 것이란다. 최근엔 관광객 유치 목적으로 지방자치단체에서 부러 심기도 했다. 꽃무릇을 흔히 상사화로 부르기도 하는데, 꽃무릇과 상사화는 다른 꽃이다. 둘 다 수선화과이지만 꽃무릇의 선명한 붉은빛에 비해 상사화는 분홍색을 띤다. 피는 시기도 다른데, 상사화는 7~8월에, 꽃무릇은 9~10월에 핀다. 꽃무릇은 석산, 저승화, 피안화 등으로 불리기도 하는데 이는 절 주위에서 많이 피기 때문에 붙여진 불교적인 이름인 듯하다.

영광 불갑사

불갑사 초입부터 요란스러운 소리가 들려온다. 빈터에 포장마차가 가득 들어서고 각설이가 한바탕 익살을 떨고 있다. 조카들은 인형이 끄는 마차에 눈이 팔려 좀처럼 절 안으로 들어설 생각을 하지 않는다. 주차장 한 바퀴를 도는 것뿐으로, 시시한 데도 좋아 죽는다. 관광객들이 조카들을 구경하러 다 모여들어 카메라와 휴대전화를 들이댄다. 많이 부끄럽다. 마차 주인아저씨가 한 바퀴를 더 공짜로 태워준다. 홍보를 좀 아는 아저씨다. 솜사탕에 핫도그, 번데기, 엿 등등 눈에 보이는 족족 입에 넣으니 이미 군것질만 십만 원어치 했다.

조카들을 끌다시피 해서 발걸음을 옮기는데 저만치 꽃이 핀 것을 보고 저희들끼리 신나서 앞서 달린다. 배불리 먹여놨더니 금방 배신을 한다. 하지만 나도 한달음에 달려 꽃 속에 파묻히고 싶어진다. 공원처럼 조성된 너른 들판에 붉은빛이 넘쳐난다. 여기도 꽃, 저기도 꽃. 일주문을 지나 작은 도랑을 따라 절 안까지 꽃무릇 천지라 어디에 눈을 두어야 할지 모르겠다. 탄성을 너무 내질렀더니 목이 쉴 지경이고, 이글거리는 붉은빛에 눈이 아릴 정도다. 하지만 여기서 만족해서는 안 된다. 진정한 장관은 절 뒤편으로 이어지는 언덕과 저수지를 따라 펼쳐진다. 아아, 탄성이 절로 나온다.

붉은 파도에 휩싸이고 말았다.

이 붉은색을 뭐라 형용할까.

피 같은 붉은색, 마음 깊은 곳에 감춰둔 정념 같은 붉은빛.

금방 사라질 것처럼 처연하도록 붉은 꽃.

어디선가 보았다면 그건 아마 꿈이었을 거다.

여행 노트

불갑산 자락에 위치한 불갑사는 9월이면 빨간 꽃무릇으로 뒤덮인다. 꽃에 눈이 팔려 절은 그냥 스치기 십상인데, 불갑사는 역사상 큰 의미가 있는 절이다. 삼국시대 최초로 불교가 전래된 곳이 영광이다. 불갑사는 이 땅에 불교를 전한 인도의 스님 마라난타가 바다를 건너와 처음 지었다고도 하고, 도선국사가 창건했다고도 전한다. 불갑사에는 인도 양식이 희미하게 남아 있는데, 대웅전의 용마루 위에 있는 항아리 모양의 스투파가 바로 그것이다. 스투파란 인도어로 '탑'을 뜻한다. 대웅전의 부처가 정면을 향하지 않고 남쪽으로 돌아앉아 있는 것도 독특하다. 화려한 꽃문살도 눈길을 붙잡고, 대웅전 안으로 들면 대들보 기둥을 타고 내려온 용이 쥐를 쫓는 형상이 이채롭다. 절집을 짓던 목수가 절대로 부정한 여자를 들이지 말라고 했으나, 밥 나르던 여인이 문틈으로 들여다보자 목수가 피를 토하고 죽고 그가 토한 피가 까치가 돼 날아갔다는 전설이 있다. 전설을 뒷받침해주듯 불상 뒤편 벽에 까치그림 두 폭이 남겨져 있다. 꽃이 무르익을 즈음 불갑사에서는 '꽃무릇 축제'가 열린다.

영광까지 갔다면 백수해안도로를 드라이브하는 것도 좋다. '한국의 아름다운 길'에 뽑힌 이 도로를 달리면 서해 낙조와 멋진 바다 풍광을 볼 수 있다. 백수읍 길용리 원불교 영산성지에서 구수리, 대신리를 지나 백암리 동백마을까지 모두 17킬로미터 거리다. 서해안에서 굽지 않고 달리는 길은 백수해안도로가 유일하다. 고요한 갯벌을 감싸는 절벽은 거북바위, 모자바위 등의 이름을 붙일 정도로 기기묘묘해 탄성을 지르게 한다.

입장료

무료

320

자가용 호남고속도로를 타고 가다 정읍 IC로 빠져 고창을 거쳐 영광으로 가거나, 서해 안고속도로는 영광 IC로 빠지면 된다.

대중교통 서울~영광 간 직행 고속버스가 하루 20회 운행한다. 영광에서는 불갑사행 군내버스를 이용하거나 택시를 타면 된다.

주소 전남 영광군 불갑면 모악리 8

문의

영광군청 문화관광과 061-350-5751~2

불갑사 061-352-8097, www.bulgapsa.org

음식

영광에는 동생 가족이 살고 있어서 꽤 많은 식당을 가보았는데, 한결같이 맛있는 게 참 '영광스러운 맛'이라고 우스갯소리를 하곤 한다. 영광 시내에서 가장 많이 보이는 식당은 굴비 집과 모시 떡집이다. 거기에 또 하나, 영광 장어구이가 유명한데 참 푸짐하고 맛있다. 그래도 일단 영광의 대표 스타는 굴비가 먼저다. 법성포가 굴비정식으로 유명하지만 아무래도 관광객이 많이 가는 곳이라 우리는 잘 안 간다. 그래도 갔다면 **동원식당**(061-356-2351)과 **만나식당**(061-356-2377)을 추천한다. 이곳 두 식당은 근처 유명한 식당보다는 좀 더 저렴한 가격에 굴비정식을 맛볼 수 있는데, 소박하지만 깊은 남도 손맛의 진수를 보여주는 곳이다.

제부가 추천해준 영광읍에 있는 **동락식당**(061-351-3363)의 굴비정식을 나는 첫손꼽는다. 외갓집처럼 푸근한 한옥 방 한 칸 차지하고 앉아 푸짐한 한 상 받으면 저절로 입이 벌어진다. 가격도 저렴한 편인데, 그렇다고 어느 반찬 한 가지 소홀한 것이 없다. 굴비구이를 비롯해 백합탕, 홍어삼합, 홍어찜과 갖가지 해물과 나물, 장아찌 등 40여 가지 반찬을 상이 미어터지게 차려낸다. 주인이 그 자리에서 쪽쪽 찢어주는 굴비 하나만으로도 밥 한 그릇이 뚝딱 이다. 이 집은 사람 수에 상관없이 한 상 기준으로 차려낸다.

조카들이 좋아하는 집이라고 해서 간 **한성식당**(061-352-7067)은 백반집이다. 백수읍사

한성식당

무소 앞에 있는데 이 집은 관광객은 거의 없고 현지인들이 줄 서서 먹고 가는 집이다. 백반 일 인분 6천 원에 굴비구이, 족발 등 스무 가지 반찬이 푸짐하게 나온다. 조카들이 좋아한다는 건 족발. 한방약재로 고아내 야들야들한데 조카들은 어찌 어린이답지 않은 식성을 선보이며 몇 접시씩이나 비운다. 인심이 좋아 몇 번을 청해도 푸짐하게 내준다. 법성이나 영광읍 대부분의 굴비정식 전문점은 인원수에 상관없이 한 상 기준이지만 한성식당은 1인분 기준이고, 한두 명이 가도 친절하기 그지없다.

영광에서 굴비정식을 먹고 나면 대개 후식으로 커다란 송편을 내는데 이게 바로 모시 잎 송편이다. 반죽에 모시 잎을 삶아 섞은 송편은 향과 씹는 맛이 독특하다. 크기가 보통 송편의 두세 배라 '머슴 송편' 이라는 별명을 가지고 있기도 하다. 영광읍에는 모시 잎 송편집이 백여 개에 달할 정도. 동생이 꼭 한 박스 사서 들려주는데 주로 **만나떡집**(061-351-1462)과 **서울떡집**(061-352-0248)에서 산단다.

모시송편

숙소

영광은 숙소가 열악한 편이다. 불갑사 쪽에는 숙소가 없고 영광읍내와 법성포 쪽에 모텔이나 여관이 있는데, 백수해안도로에 있는 펜션이 묵기에는 낫다. 바닷가 작은 마을에 위치한 **답동펜션**(061-352-7806, www.dapdong.com)은 바다를 향하고 있는 빨간 벽돌집. 지은 지는 좀 되었지만 주인이 어찌나 깔끔하게 관리했는지 새집 같다. 객실에서 바로 보이는 바닷가 풍광이 좋고 갯벌로 내려가 조개를 잡는 맛도 쏠쏠하다. 근처에는 백수해안도로를 한눈에 굽어볼 수 있는 전망대가 있고 영화 〈가파도〉의 촬영 무대도 있다. 백수해안도로에는 동생 가족이 자주 가는 레스토랑이 있는데 맛보다는 큰 창으로 내다보이는 풍경이 좋아서 가는 곳이다. 그런데 창 너머로 공사가 한창이더니 어느 날 보니 **놀마루펜션**(061-351-7455, www.nolmaroo.co.kr)이라는 목조 건물이 생겼다. 저

322

런 곳에 집 짓고 살았으면 좋겠다, 했던 딱 그 위치다. 펜션 덕분에 창밖 풍경의 아름다
움은 살짝 덜해졌지만 하룻밤 묵어보면 어떨까, 궁금하던 집이었다. 새로 지은 펜션답
게 깔끔하고 친환경 소재로 지어 안심이 된다. 주인도 친절한데 그래도 역시 이 펜션의
최대 장점은 바다를 한눈에 내려다보는 그림 같은 창 너머 풍광이다.

어지럽도록 아름다운 빛에 나는 속아

소리 높은 웃음소리가
꽃망울처럼 툭툭 터지며
어지럽도록 아름다웠던
붉은 꽃 가득 피어난 길.

불갑사와 함께 꽃무릇으로 알려진 절이 바로 전남 함평의 용천사다.

불갑사와 용천사는 불갑산과 모악산이 능선으로 이어지는 산자락에 위치한다. 두 절 사이의 거리는 하나로 이어진 등산로를 따라 가로질러 가면 불과 4킬로미터 안팎. 찻길로 둘러서 가도 차로 30분이 채 안 걸리는 거리다. 그래서 관광객들은 대개 불갑사와 용천사를 하루에 둘러보고 떠난다.

불갑사를 보고 영광에 사는 둘째 동생네 집에서 하루 묵은 후 다음날 용천사로 향했다. 어릴 때 나는 맛있는 건 아껴뒀다 나중에 먹곤 했는데, 늘 동생에게 뺏기고 말았다. 빼앗아 먹던 동생이 바로 둘째다. 수없이 당한 끝에 맛있는 걸 먼저 먹는 것으로 전략을 바꿨다. 조금 현명하게 사는 법을 둘째가 가르쳐준 셈이다. 그래도 여전히 내 서랍 속에는 예뻐서 아껴둔 엽서나 편지지 따위가 가득하다. 본질은 쉬 변하지 않는 법이다.

불갑사가 잘 가꿔진 유원지 같은 느낌이라면, 용천사의 꽃무릇은 좀 더 수수하고 자연스럽다. 붉은 꽃 무리 지은 들판은 〈사운드 오브 뮤직〉의 〈도레미 송〉이라도 부르고 싶어지는 풍광이다. 나지막한 황토 흙담

아래 핀 꽃무릇을 따라 걷다 보면 용천사가 나온다. 소박한 절집 마당 곳곳에도 꽃무릇이 피어 있다. 한가롭게 거닐던 걸음은 절 뒤쪽 차밭과 대숲으로 이어지는 좁은 길로 접어든다. 폭죽처럼 피어난 꽃무릇 속에서 떠돌던 아이들의 웃음소리가 잦아든다. 소리와 빛이 일시에 빨려 들어간 듯한, 동화 속 동굴 같은 은밀한 숲이 나타난다. 헨젤과 그레텔의 빵 부스러기마냥 붉은 꽃을 따라 가다 보면 이 세상 아닌 다른 곳에 닿을 것만 같다.

나는 종종 식구들 꿈을 꾸곤 한다. 그럴 때 배경은 전주의 집이고 엄마 아빠는 주름살 하나 없는 젊은 얼굴이고, 나와 동생들은 어린아이가 되어 있다. 가을이면 마당 가득 국화가 피어나 세상 벌들이 다 몰려온 것 같았다. 나는 늘 마당에서 동생들과 소꿉놀이를 했다. 진흙을 뭉쳐 떡을 만들고 그 위에 국화꽃을 따 올렸다. 벌들은 계속 붕붕거리며 귓가를 날아다 녔다. 두려워하기는커녕 가끔 맨손으로 벌을 잡아 진흙 떡 안에 넣기도 했다. 국화잎 위에 매달린 풍뎅이도 잡아 고명으로 올려 별식도 만들었 다. 원래 어린이들은 잔혹한 구석이 있는 법이다. 아기 역할을 하던 동생 은 자는 척하다가 그대로 마당에서 잠들어버렸다. 다 만든 떡은 누굴 먹 이나, 난처했다. 진흙 떡은 하얗게 말라갔다. 꽃 향은 자욱하고, 햇살은 따스하게 마당을 비추고, 벌들은 끊임없이 날아들었다. 유년의 기억은 그 리도 독해서 아직도 내 꿈에 나타난다. 꿈이 스윽 빠져나가는 순간이 안 타까워 깨지 않으려 안간힘을 쓰다가 깨고 나면 헛헛하였다. 유독 몸이 아플 때 그런 꿈을 꾸었다. 어쩌면 마음이 아팠는지도 모른다. 꿈과 현실 은 등을 마주하고 있어서 조금은 슬프다.

함평 용천사

이 세상의 꽃이 어떤 것이건, 나는 유년의 기억을 떠올린다.
그건 아마도 그리움이다.

꽃무릇은 도무지 이 세상 꽃 같지 않다.
이 세상 아닌 곳의 꽃은 어떤 것이냐고 묻는다면 좀 곤란하다. 그만큼 아름답다는 것이다. 장미나 튤립같이 똑 떨어지는 아름다움은 아니다. 유년의 기억처럼 몽실몽실하고, 멀리 지나쳐와서 더 애잔한, 그런 느낌의 꽃이다. 한데 모여 피어나 품어내는 붉은빛은 숨 막히도록 황홀하지만, 한 송이를 두고 보면 꽃은 여리고 섬세하다. 집 안에 한 송이를 둔다면 꽃

둔 자리만 생경하게 보일 정도로 이국적이다. 하지만 그 자리는 정원의 가운데가 아니라 구석 자리, 그늘진 곳이어야만 할 것 같다. 숨죽이고 있다 잠시 햇살이 닿는 순간, 찬란하게 빛나고 이내 아무 일 없다는 듯, 다시 그늘 속으로 숨어버리는 꽃. 무리를 지어 피는 것은 하나의 위장 전술인지 모른다. 압도적인 색깔 속으로, 꽃은 제 아름다움을 숨기는 것이다. 어쩌면 그렇게 숨어 있다 언뜻언뜻 붉은 기억으로 떠오를 작정인지도 모른다.

꽃무릇이 무리지어 핀 들판을 거닌다. 어릴 때 들여다보았던 만화경처럼 어지럽도록 아름답다. 실은 만화경도 하나 내 서랍 속에 있다.

만화경 속을 들여다본 것처럼 나는 홀리고 말았다.

서랍 속에 넣어두고 오래오래 들여다보고 싶은 풍경이다.

여행 노트

모악산 자락에 자리한 용천사는 용이 승천한 샘물 이야기가 전해지는 곳이다. 서해로 통하는 물길이어서 용이 샘물을 타고 바다로 나가 승천했다고 한다. 대웅전으로 올라가는 계단 옆 샘물이 이야기의 주인공이다. 절집은 오랜 역사를 가지고 있다. 백양사의 말사로 백제 무왕 1년인 600년에 창건되었으나 모두 불타 없어지고 대웅전으로 오르는 연화문 돌계단만이 그 역사를 담고 있다. 현재의 전각들은 모두 새로 지어졌다.

약 40만 평이나 되는 용천사 꽃무릇 군락지 중 가장 정취 있는 곳은 사찰 뒤쪽의 차밭과 대숲으로 이어지는 길가의 꽃무릇이다. 매년 9월이면 함평군은 '꽃무릇 축제'를 연다.

입장료

무료

찾아가는 길

자가용 서해안고속도로 함평 IC에서 23번 국도를 타고 북쪽으로 달리다 838번 지방도와 만나는 곳에서 용천사 방향으로 우회전해 진입

대중교통 서울~함평 간 고속버스가 하루 세 번 운행된다. 함평버스터미널에서 용천사행 버스 이용(06:25 09:25 14:20 18:50, 하루 네 차례 운행). 꽃무릇 축제 기간에는 문장에서 셔틀버스를 수시로 운행한다.

주소 전남 함평군 해보면 광암리 415

문의

용천사 061-322-1822, www.yongchunsa.com **함평군청** 061-322-0011

음식

함평은 한우와 낙지가 유명하다. 예부터 함평 오일장이 꽤 컸다. 이 함평장 옆에 우시장이 있었다. 장터 옆에 고깃집과 생고기 비빔밥이 많은 것은 이런 이유 때문이다. **화랑식당**(061-323-6677)은 60년째 대를 물려 장사하는 집이다. 과감한 시도가 망설여진다면 육회보다는 육회비빔밥을 맛보시길. 밥 위에 육회를 푸짐히 올리고 데친 콩나물과 부추, 노른자 지단과 김,

화랑식당

깨소금을 올려낸다. 여기까지는 무난한 편. 따로 접시에 담아내는 정체 모를 희멀건 채 썬 것이 궁금해진다. 데친 돼지껍데기를 채 썬 것이라며, 주인은 돼지껍데기를 넣어 비벼야 더 부드럽고 고소하다고 일러준다. 주인이 가르쳐준 방법 대로 고추장, 무채, 돼지껍데기 넣어 쓱쓱 비벼 크게 한 숟가락 떠 맛보니 아, 또 이런 맛이라니. 고소하면서도 감칠맛이 입에 착착 달라붙는다. 함평 오일장에는 내공 있는 식당들이 여럿 있다. **장안식당**(061-322-5723)의 얼큰하게 끓여내는 곱창국밥은 현지인들이 손꼽는 맛이다. 장터 옆 **낙지마당**(061-322-2419)에서는 함평만 갯벌에서 잡은 낙지 요리를 먹을 수 있다.

숙소

함평에 가면 꼭 모평마을 한옥에 묵어보라고 강력 추천한다. 모평마을은 마을 전체가 시간을 거스른 듯한 마을이다. 나는 가장 오래됐다고 하는 **모평헌**(061-323-6078)에 묵어본다. 모평헌은 백여 년 전 현재 집주인의 고조부가 바닷물에 소나무를 7년간 담갔다 건져 15년을 건조시킨 후에 지었다고 한다. 툇마루에 앉아 잔디가 깨끗하게 깔린 뜰 사이 피어난 꽃들을 하염없이 바라본다. 아무것도 하지 않아도 참 좋다. 밤이 이슥할 무렵, 주인아주머니는 찐고구마와 사과를 깎아 방에 넣어주신다. 아, 이게 바로 한옥에 묵는 맛. 식사 준비가 안 된다며 모평헌의 안주인은 이웃 민박집에 식사를 부탁해주셨다. 희소문喜笑門이라는 현판이 걸려 있는 솟을대문집, **영화황토민박**(061-323-0300)이다. 잔디가 깔린 너른 마당에 조르르 놓인 돌을 밟고 뜰을 지나니 섬돌 아래 하얀 사프란이 참 예쁘게 피어 있다. 여기저기 카메라 셔터를 누르고 있으니 주인할머니가 "밥부터 먹으라"고 부르신다. 제육볶음과 조기구이, 장아찌와 나물, 겉절이에 된장국까지 푸짐하게 한 상 가득한데도 "달걀 부쳐줄까?"라고 물으신다. 모평마을에는 십여 개의 한옥민박집이 있다. 모평권역 홈페이지(061-323-8288, www.mopyeong.com)나 전화로 예약하면 된다.

짱뚱어가 스태미나에 좋다더만요

감아 도는 물길은 구불구불하다.
갈대로 덮인 것은 바다인가, 강인가.
황금빛 물결이 넘실거리고 있었다.

뉴스도 신문도 잘 보지 않는다. 자랑은 아니지만 그닥 부끄럽지도 않
다. 다만 세상 돌아가는 일에 좀 둔감할 뿐이다. 늦은 밤, 집에 돌아가면
습관적으로 TV를 켠다. 정규방송은 끝나 있다. 겨울인데도 TV 속 사람들
은 반소매 옷을 입고 있다. 언제 적 했던 것인지도 모를 방송을 재탕하고
있다. 계절을 알기 힘들다. 거리의 사람들 옷차림이 가벼워지면 봄이 왔
음을, 목도리와 장갑이 등장하면 한 해가 가겠구나 한다. 도심을 떠나고
야트막한 산과 들판이 나타나자 비로소 계절을 온몸으로 실감한다. 말갛

게 높아진 하늘 색깔로, 뺨을 스치는 차가운 공기로, 장작을 태우는 것 같은 매캐한 냄새로, 바스락, 마른 가지가 내는 소리로……. 계절은 오감을 자극한다. 오후의 마지막 햇살이 황금빛으로 부서지는 갈대밭에 와서 계절을 느낀다. 아아, 가을이다.

갈대밭으로 유명한 순천만을 두 해 연이어 찾았다.
첫해에는 갈대밭 사이 데크를 할랑하게 걸었는데, 두 번째는 앞사람의

순
천 순
천
만 갈
대
밭

등에 부딪히지 않으려고 신경 쓰며 걸어야만 했다. 어떻게 다들 알고 찾아오는지 궁금해진다. 뉴스나 신문에 나오나 보다. 역시 뉴스도 신문도 잘 보지 않으니 나만 모르고 있던 것이다. 그래도 다행히 사람보다는 갈대 쪽이 압도적으로 많다. 갈대밭을 구불구불 관통하는 나무 데크를 따라 바람이 만들어내는 황금빛 물결 사이를 걸어본다. 하얗게 꽃이 핀 갈대는 손으로 만지면 솜사탕처럼 부드러울 것 같다. 갈대와 억새를 늘 헷갈리고 만다. 손으로 쓸었을 때 아픈 것이 갈대였던가, 억새였던가. 호기심은 나지만 몸소 실행해보려는 도전정신은 부족하다.

갈대 사이 드러나는 갯벌에 꼬무락거리는 것이 보인다. 짱뚱어와 게다. 짱뚱어라면 증도 우전해수욕장 갯벌에서 원 없이 보던 것이 아닌가? 그렇다면 순천만은 바다인가, 강인가? 갈대는 담수와 해수 지역에 다 잘 자라며 특히 담수와 해수가 섞이는 기수 지역에서 왕성하게 자란다고 한다. 순천 지역을 흐르는 동천과 이사천의 두 하천이 대대포구 쪽으로 흘러들어 오는 탓으로 이곳을 중심으로 갈대가 군락을 이루는 것이다. 나무 데크 끝으로 용산을 오르는 계단이 이어진다. 순천만의 진정한 아름다움을 만끽하려면 반드시 용산전망대에 올라야만 한다. 만만하게 생각하고 올랐다가 이내 구두를 신고 온 것을 원망하게 된다. 숨이 턱 끝에 차오를 무렵, 1킬로미터 남짓한 등산의 수고를 단숨에 날려버릴 장관이 나타난다. 갈대밭을 휘감아 도는 S자 물길과 외계인의 미스터리 서클 같은 크고 작은 원형의 갈대밭이 내려다보이면 뭐라 말할 수 없는 느낌이 가슴에 가득 차오른다. 아마 그건 감동일 게다.

갈대밭을 감상하는 또 다른 방법도 있다. 대대포구에서 출발하는 탐사선을 타보는 것이다. 유려한 S자 물길을 따라 물살을 가르는 항해는 40여

분 정도 걸린다. 자전거를 빌려주기도 하니, 사람이 붐비지 않는다면 갈대밭 사이를 자전거로 달려보는 것도 좋다. 나는 탐사선과 자전거(아아, 자전거는 못 탄다) 대신 '갈대 열차'를 타본다. 〈닐스의 이상한 여행〉에 나오는 하얀 거위처럼 멋지게 날개를 펼친 새가 안착한 빨간 열차다. 메르헨의 세계로 데려다 줄 지도 모른다고 생각했으나 열차 안에는 아줌마들과 아이들만 가득 앉아 있다. 아줌마와 아이들의 떠드는 실력은 막상막하인데, 아줌마 쪽이 약간 우세하다. 열차를 타면 해설사의 안내 방송이 시작된다. 해설사분이 어찌나 구수하게 전라도 사투리를 구사하시는지, 경상도에서 놀러 온 아주머니들이 흉내를 내며 깔깔깔 웃는다. 비웃거나 흉을 잡는 게 아니라 순수하게 즐거워하는 것이다. "긍게 짱뚱어가 겨울에 잠을 잔다고 잠둥어라 불리다 짱뚱어가 됐는디요이~, 아따, 스태미나와 미용에 그렇게 좋다고 해요이~." 왁자하게 웃음소리가 터졌다. 나도 어쩐지 배시시, 웃음이 새어나온다. 차창 밖에 수선스럽게 햇살이 부서지고, 새 떼가 하얗게 날아오른다.

낙안읍성 민속마을

"낙안읍성 한 번 가볼 만해."
아빠가 순천을 지나며 일러주었다.
그렇다면 초가 위에 감이 발갛게 익을 때라고 마음먹었다.
드디어 가을이 왔다. 낙안읍성에 갈 때다.

세상에는 여행할 장소도 많지만 그보다 더 많은 여행의 스타일이 존재
한다. 여행의 스타일이란 개개인마다 미묘하거나 광활한 차이가 있게 마
련이기 때문이다.

우리 집은 엄마만 빼놓고 다들 아침잠이 많다. 느긋한 편이다, 라는 건
미화된 표현이고 보다 정확하게 표현하자면 게을러터졌다. 여행을 간다
고 해도 어느 누구 하나 서두르지 않는다. 딸들은 느지막이 일어나 밥을
느긋이 먹고, 화장실을 순서대로 다녀오고, 겨우 문을 나서다가 참, 떡도
챙겨 가자, 난 사과 먹고 싶은데, 그래? 그럼 감도 좀 깎아와, 이러며 토순
이, 곰돌이, 뒷동산 너구리도 챙겨서 출발하면 이미 훌쩍 점심 무렵. 그래
도 태평이다. 적어도 오늘 출발은 했지 않은가? 성격 급한(우리의 관점으
로 본다면) 제부들만 속이 탄다.

낙안읍성에 도착하자마자 나는 대뜸 성곽 위로 오른다. 반면 착실한 제부는 안내소에서 관광안내서와 지도를 받아 꼼꼼하게 살펴본 후, 지도가 가리키는 방향으로 성실하게 걸음을 옮긴다. 동생은 정자나무 아래 앉아 아무려무나, 하고 있다. 함께 갔지만 다시 모이는 데 한참이 걸린다. 누구 하나 불평하거나 타박하지 않는다. 서로 보고 온 것들을 이야기하다 다시 보러 가기도 한다. 같은 장소에 갔지만 다른 것을 보고 온다. 그래도 적어도 함께 돌아오기는 하지 않는가?

여행은 그런 것 아닐까.
같은 곳에 갔지만 다른 것을 보고 느끼고 오는 것.
각자의 스타일대로.
아, 좋구나. 그런대로 재밌었어.
그렇게 느낀다면 그것으로 오케이!

342

343

낙안읍성 민속마을은 시간을 거스른 마을이다.

다른 민속마을들이 관광이나 전시를 위해 그 명맥이 유지되고 있다면 낙안읍성은 사람들이 옛 모습을 고스란히 간직한 곳에서 현재의 삶을 이어나가고 있다. 초가집 민속마을이라는 점도 독특하다. 초가지붕 위에는 박이 열리고 물레방아가 돌아가고 연못에서 잉어가 한가롭게 헤엄치며 어느 집 담장 너머로는 판소리 가락이 흘러나오기도 한다. 사극에라도 나올 풍경이다. 하지만 이곳은 텃밭을 일구고, 짚을 엮어 지붕을 얹고, 고추를 내어 말리며 사는 사람들이 있어 온기 넘치는 곳이다.

성은 원래 조선 태조 때 왜구토벌의 목적으로 토성土城으로 축조되었다가 인조 때 낙안군수로 부임한 임경업이 석성石城으로 개축을 했다고 전해져 내려온다. 마을은 높은 성벽에 둘러싸여 있어서 밖에서는 보이지 않는다. 마을을 폭 감싸 안은 성벽 위에 오르면 몽글몽글한 초가가 모여 있는 마을이 한눈에 내려다보인다. 마을을 돌아보는 데는 한 시간 정도 걸리지만 여유 있게 돌아보자면 족히 반나절은 걸린다. 골목골목을 누비는 재미가 쏠쏠하다.

'초가 작은 도서관'이라는 팻말이 붙은 집 사립문을 열고 들어가니 마당에서 야구를 하는 아이들이 보인다. 포수와 투수, 타자 달랑 세 명이지만 사력을 다해 던지고, 치고, 달린다. 제법 긴장감이 넘친다. 야구하던 아이들이 먼저 "안녕하세요?" 하고 인사한다.

여기 살아요?
네.
학교는?

순천 낙안읍성

학교는 ○○초등학교, 성 밖에 있어요. 네, 걸어서 다녀요.

　예의 바르고 운동도 잘해서 예쁜 아이들. 아이들이 부러워진다. 초가로 된 도서관을 가진 이가 어디 또 있을까? 툇마루에 앉아서 읽은 책은 얼마나 꿀맛일까? 하지만 아이들은 아직은 야구가 더 재미있을 때다.
　집집마다 담장 안으로 빨갛게 익은 감나무가 있고, 볕 좋은 장독대 위에는 호박고지가 기분 좋게 말라가고 있다. 사립문 안의 강아지는 짖지도 않고 꼬랑지를 살살 흔든다. 마을 가운데, 오래된 은행나무는 노랗게 익어 이따금 바람에 나부낀다. 어쩐지 마음이 가라앉고, 넉넉해지는 기분이다. 초가지붕 위로 밥 짓는 김이 솟아오른다. 곧 "밥 먹으러 들어오라"는 소리가 집집마다 날 것이다. 메주 뜬 냄새가 밴 작은 방에 가족들이 상에 둘러앉아 따뜻한 밥을 먹는 풍경을 그려본다. 그들의 둥근 밥상에 끼어 앉아보고 싶다.

여행 노트

가을이면 순천만은 눈부신 갈대꽃으로 뒤덮인다. 순천만은 드넓은 갯벌과 갈대밭, 염습지, 섬으로 이루어진 연안습지다. 총면적이 약 30만 평으로, 국내 최대 규모 갈대 군락지이자, 세계 5대 연안습지 중 한 곳이다. 지난 2006년 연안습지 최초로 국제습지조약인 람사르 협약에 등록됐다. 순천만에 갈대가 뿌리를 내리기 시작한 것은 30여 년 전이다. 1960년대 순천 등 전남 지역에 큰 홍수가 난 후 더 이상의 피해를 막고자 댐을 건설한 후 순천만으로 흘러드는 강물의 속도가 느려졌다. 순천만에 퇴적물이 쌓이고 떠내려오는 유기물 때문에 광활한 갈대밭이 생성되었다.

순천만 갈대의 절정은 11월이다. 일교차가 큰 가을 아침과 저녁, 대대포구로 안개가 밀려든다. 김승옥의 소설 『무진기행』에 나오는 "사람들로 하여금 해를, 바람을 간절히 부르게 하는 무진의 안개"다. 출사자들은 용산 전망대에서 막 해가 떨어지기 직전, 황금빛으로 물드는 노을 아래 빛나는 갈대밭을 찍기 위해 숨죽이며 기다린다. S라인 물길 위로 미스터리 서클처럼 점점이 뜬 갈대군락 위에 오후의 마지막 햇살이 비칠 때, 장관을 드러낸다. 꼭 가을이 아니라도 푸릇한 갈대와 칠면초가 수를 놓는 풍광도 아름답다. 칠면초는 1년에 색깔이 일곱 번 바뀐다는 염생 식물이다. 순천만은 철새 도래지로도 유명하다. 흑두루미를 비롯해 검은머리갈매기, 청둥오리, 흑부리오리, 도요, 저어새 등 200여 종 5만여 마리의 철새가 순천만에 날아든다. 무료였던 순천만생태공원은 2011년부터 입장료를 받는다.

낙안읍성 민속마을은 넓은 평야지대에 축조된 성곽 안에 관아와 100여 채의 초가가 돌담과 사립문에 둘러싸인 소담스런 옛 모습을 그대로 보존하고 있다. 안동의 하회마을이 양반마을이라면 낙안읍성 민속마을은 서민들이 모여 살던 곳으로 거의 초가집이고, 동헌과 내아, 객사, 옥사 등의 관청들만 기와지붕을 얹었다. 성은 원래 조선 태조 때에는 왜구 토벌의 목적으로 토성土城으로 축조되었으나 인조 때 낙안군수로 부임한 임경업이 석성石城으로 개축을 했다고 전해져 내려온다. 한국전쟁 이후 마을이 많이 훼손이 되었는데 1983년 국가사적지로 지정된 이후 보수, 복원하여 현재의 모습을 갖추게 되었다. 마을 골목골목을 둘러보는 재미도 쏠쏠하지만 성곽을 거닐며 마을 전체를 조망해보는 것도 흥미롭다.

입장료

순천만생태공원 어른 2천 원, 청소년 1천5백 원, 어린이 1천 원
순천만자연생태관 어른 2천 원, 청소년 1천 원, 어린이 5백 원

개장시간

순천만생태공원 9:00~22:00(매주 월요일, 국경일일 경우 그 다음 날 휴관)

찾아가는 길

자가용 호남고속도로 타고 서순천 IC에서 전라선 22번 국도 타고 남교 오거리 지나 순천만 이정표
대중교통 서울~순천 간 고속버스 타고 순천터미널 앞에서 67번 버스(20분 간격) 타고 순천만에서 하차, 순천만에서 낙안읍성 바로 가는 버스는 없고, 순천만에서 67번 버스 타고 청암대학, 도사동 주민 센터에서 내려서 건너편 정류소에서 63번으로 갈아타고 낙안읍성에서 하차

문의

순천만자연생태공원 061-749-4007, www.suncheonbay.go.kr
낙안읍성 민속마을 061-749-3347, www.nagan.or.kr
순천시청 관광진흥과 061-749-3328

음식

옛날부터 '동 순천, 서 강진'이라고 말할 정도로 순천은 맛의 고장이다. 빼놓지 말고 맛보아야 할 것이 짱뚱어탕이다. 짱뚱어를 삶은 국물에 된장을 풀고, 우거지 등을 넣어 추어탕처럼 걸쭉하게 끓여낸다. 유명한 집은 대대포구에 있다가 대대마을로 옮긴 **강변장어구이**(061-742-4233)다. 얼큰한 짱뚱어탕 맛도 그만이지만 남도 식당답게 상 가득 쫙 깔

제석원

리는 20여 가지 밑반찬이 감칠맛 난다. 순천은 한정식의 고장으로도 유명하다. 특히 **대원식당**(061-744-3582)은 식객 사이에 유명하다. 간과 양념이 세지만 입에 착착 감기는, 서민적인 손맛이 넘치는 한정식이다. 말린 짱뚱어조림 같은 독특한 밑반찬부터 주꾸미 볶음, 양태구이, 홍어무침과 어리굴젓을 비롯한 각종 젓갈들이 가득한 상은 남도 음식의 진수를 보여준다.

현지인들이 꼽는 진짜 숨은 맛집은 기사식당들이다. 순천만에 간다니까 제부는 평소 '맛의 달인'이라고 불리는 친구를 통해 맛집을 수소문하여 **제석원**(061-858-7090)이란 기사식당을 추천해주었다. 기사식당이라면 웬만한 맛은 내겠다 싶었지만 도무지 기사로 보이지 않는 사람들이 식당 안에 그득한 걸 보고는 깜짝 놀라버렸다. 메뉴는 딱 하나, 백반뿐이다. 묻지도 않고 금세 상 가득 반찬을 차려내는데, 꼬막무침, 홍어찜, 조기찜, 불고기, 홍어삼합 등 7천 원짜리 백반이라고 믿을 수 없을 정도로 푸짐하고 그 맛도 기막히다. 순천 승주읍에서 낙안읍성 넘어가는 길목에 있는 **진일기사식당**(061-754-5320)은 그 명성이 전국적으로 자자하다. 메뉴는 김치찌개 백반 단 한 가지. 딱 봐도 강력한 포스를 품어내는 오래된 프라이팬에 가득 담겨 나오는 김치찌개는 고기양이 많아 고기두루치기라고 해도 될 정도, 과연 내공 있는 맛이다. 김치찌개도 맛있지만 열무김치와 갓김치가 밥도둑이다.

순천만에서 차로 20여 분 달리면 벌교 꼬막정식을 맛볼 수도 있다. 벌교 꼬막을 제일로

원조꼬막회관

350

치는 것은 고흥반도와 여수반도가 감싸는 벌교 앞바다 여자만의 기름진 갯벌 때문이다. 벌교읍내 소화다리 근처는 꼬막정식식당이 즐비한데, 보통 1인 1만 3천 원 선. 통꼬막찜, 꼬막무침, 꼬막전, 꼬막양념찜, 꼬막된장찌개 등을 두루 맛볼 수 있다. 큰 대접을 하나 주는데 꼬막무침을 덜어 넣고 김가루와 참기름 살짝 떨어뜨려 쓱쓱 밥 비벼 먹으면 맛이 끝내준다. 차림새가 깔끔하고 친절한 **원조꼬막회관**(061-857-9919)을 추천한다.

숙소

선암사 아래에 위치한 **순천 전통 야생차 체험관**(061-749-4202, www.scwtea.com) 한옥 숙소는 예약하기가 참 어려웠다. 늘 예약이 꽉 찼다며 미안해하는 주인의 목소리만 듣다가 용케 예약 하나가 취소됐다는 연락을 받았다. 순천은 예로부터 차로 유명했다. 허균은 "작설차는 순천이 제일이고, 다음이 변산"이라 했다. 한옥은 참 반듯하게 잘 지어 놓았다. 가족실이라고 했지만 방은 두 사람이 누우면 넉넉하고 세 사람은 아주 친밀한 관계가 될 만한 크기다. 창호지 곱게 바른 벽에 난 작은 창을 열었더니 초록이 왈칵 밀려든다. 작은 문갑과 잘 개킨 이불이 전부다. 문갑 위에는 티 포트와 다기 세트가 얌전히 올려 있다. 숙소 안으로는 음식물을 가져와서도 안 되고 취사할 수 있는 공간도 없다. 대신 선암사에 가서 공양하거나 사하촌 식당을 이용해야 한다는 소리에 흥분해버렸다. 아침으로 절 공양 밥을 먹다니! 하지만 해가 궁둥이를 찌른 후에야 일어난 내게 공양이란 당치도 않은 일이었다. 도시의 익숙한 것들이 없는 곳이지만, 그래서 참 좋은 곳이다. 대신 고요와 향기로운 차가 있지 않은가.

진정한 민박을 경험하고 싶다면 낙안읍성 민속마을을 추천한다. 낙안읍성 안에는 민박이 여러 곳 있다. 제일 인기 있는 곳은 **은행나무집**(061-754-3032). 혼자 사시는 주인 할머니는 "이 집이 대장금 찍은 집"이라며 은근히 자랑도 하시고 "지진희가 참 잘생겼다"고도 하시는데 어찌나 귀여우신지. 부러 꾸민 방이 아니라, 메주 띄운 냄새까지 밴 소박하기 그지없는 방이다. 하지만 그 맛에 묵는 것이다. 어찌나 군불을 넉넉히 때주셨는지 밤새 잘잘 끓는 방에서 자고 나니 개운하기 그지없었다. "다음에는 결혼해서 꼭 신랑이랑 같이 오라"고 하셨는데, 하하하. 낙안읍성 민박은 홈페이지(www.nagan.or.kr)를 참조한 뒤 전화로 예약하면 된다.

여행은 그리움이다

꽃이 얼마나 예쁘던지 엄마는
"우리 아인이도 왔으면 좋았을걸."
몇 번이나 아쉬워했다.
돌아보면 모든 여행은 그리움이다.

혼자 하는 여행이 많았다.

　부러 작정한 것은 아니었고, 다른 사람들과 일정 맞추는 일이 더 번거로웠기 때문이다. 그리고 여행의 백미 '훌쩍'을 맛보자면, 곰돌이, 토순이, 뒷동산 너구리까지 챙길 겨를이 없었다. 혼자 여행을 하자면 제일 고역인 것은 역시 밥 먹을 때다. 제법 이름난 관광지의 음식점이라면 말할 나위도 없고, 허름한 식당이라도 여자 혼자 들어가기가 녹록지 않았다.

354

정읍 구절초 공원

꼭 다른 사람의 눈 때문이 아니라도 아무리 맛난 것이라도 혼자 먹으면 괜시리 싱거워지기 마련이다. 손님 없는 호젓한 시간을 노리거나 그도 아니면 간단한 음식을 사서 호텔 방에 앉아 먹기도 하였다. 그럴 때면 누군가 같이 왔으면 좋았을걸, 하는 생각이 들었다. 창 밖 풍광이 아름다울수록 그런 생각은 더 간절해졌다. 침대 옆에 놓인 전화를 바라본다. 문득 사람들이 그리워진다. 여행은 좋은 사람들을 떠올리게 한다.

집에 가면 해가 궁둥이를 아무리 찔러도 일어나지 않는 나지만 나들이 계획이 있다면 안간힘을 내본다. 나만 일어나면 여행 준비는 끝. 가족들은 이미 채비를 갖췄다. 옥정호 구절초가 한창이라 꽃구경을 나선다. 집에서 차로 삼십여 분 거리니 가뿐하다. 엄마, 아빠, 동생뿐으로 여행은 단

출하다. 여행이라기보다는 소풍이란 말이 더 어울린다.

옥정호는 사진작가들이 좋아하는 명소 중 하나다. 옥정호 주변이 단풍으로 물드는 가을 새벽이면 전국에서 모여든 사진가들로 인산인해를 이룬다. 그 유명한 옥정호 운무를 찍기 위해서다. 또 하나 유명한 것은 옥정호 주변, 산내면 매죽리 '구절초 테마공원' 이다. 구절초가 만개하는 것은 10월 초, 첫서리가 내릴 때까지 꽃을 볼 수 있다. '노루목' 이라는 여울을 지나면 구절초 꽃동산이 시작된다. 동산 하나가 온통 하얀색으로 뒤덮인 황홀한 정원이 펼쳐지는 것이다. 10만여 평을 가득 메운 구절초는 솔숲 사이로 비쳐드는 햇살에 하얀 가루를 날리며 웃는다.

떠들썩한 소리가 들려오더니 노란 원복을 입은 유치원생 무리가 나타난다. 손잡고 선생님 뒤를 따라 타박타박 걷는 아이들도 있지만 저희들끼리 까부느라 횡하니 뛰어가는 장난꾸러기들도 있다. 노련한 선생님은 당황한 기색도 없다. 앞에 가는 녀석, 꽃 속으로 들어간 녀석, 뒤처진 녀석들을 한데 모으더니 단체 사진 찍고 "참새 짹짹, 돼지 꿀꿀" 하며 꽃 속을 누빈다. 꽃같이 예쁜 아이들이다. 조카들도 함께 왔으면 싶었다. 한 녀석은 학교에, 한 녀석은 유치원에, 또 한 녀석은 엄마 품에 있을 것이다. 다음에는 모두 함께 오자!

옥정호 주변은 이름난 매운탕집이 많다.

"이 집이 제일 낫다"는 아빠가 가리키는 곳으로 간다. 예전부터 즐겨 다니던 곳이라고 한다. 관광객들은 전혀 모르고 동네 사람들만 알음알음으로 다니는 이른바 숨은 맛집이다. 일하는 사람 두지 않고 주인 내외가 꾸린다는 식당은 끼니때를 넘겨서인지 한적하다. 휑뎅그렁할 정도로 넓은 방 안에는 손님이 막 물러난 상 하나만 어지럽게 남겨져 있을 뿐이다. 주인아저씨가 들어오더니 손님이 떠난 상을 치우기 시작한다. 느리디 느리다. 반찬 그릇 하나, 하나를 비우는 것도 느리고, 그릇을 쟁반에 쌓는 것도 느리고, 그릇 치우고 난 상을 닦는 손길도 속이 탈 지경이다. "손맛이 좋긴 한데, 느려." 아빠가 일침 한다.

아저씨가 나간 뒤로는 또 감감무소식이다. 설마 우리가 주문한 걸 잊은 건 아니겠지, 설마. "슬로 푸드가 딴 게 아니야." 깔깔거려봐도 소용없다.

이렇게 기다렸는데 맛만 없어봐라, 슬슬 약이 오른다. 불퉁해져서 벌렁 드러눕는다. 커튼 사이로 들어온 햇살이 따스하게 얼굴에 닿는다. 우리 가족은 누구 하나 "빨리 달라"고 성화를 내는 사람도 없다. 흐흐흐, 웃음이 나온다. 그런 가족이 마음에 든다. 꾸벅 졸았나 보다. "밥 먹고 자야지", 언뜻 그런 소리가 들린다. 드디어 주인아주머니가 쟁반을 들고 들어온다. 엄마가 매운탕 덜어주길 기다리는데 애가 탄다. 뚝배기에 숟가락을 푹 쑤셔 넣어 국물을 맛본다. 아, 이런 맛을 내려고 그리 시간이 걸렸구나. 얼마든지 기다릴 수 있다. 가족과 함께라면. 느긋하게.

좋은 음식은 좋은 사람과 먹고 싶다.
아니, 좋은 사람과 먹으니 좋은 건지도 모르겠다.

여행 노트

전북 정읍시 산내면 매죽리, 속칭 노루목. 섬진강이 굽이돌며 옥정호로 흘러드는 마을은 가을이면 하얀 구절초로 뒤덮인다. 솔숲에 난 산책길은 1킬로미터 남짓. 사진전, 행사장 등 공원을 둘러싼 코스까지 합치면 3킬로미터 남짓 된다. 쉬엄쉬엄 걸으며, 사진도 찍다 보면 둘러보는 데 두 시간 남짓 걸린다. 군데군데 아기자기한 포토존도 있어 아이들과 찾기 좋다. 전망대도 빼놓지 말고 올라봐야 하는데, 이색적인 광경이 펼쳐진다. 산 아래 유색벼를 이용해 황금 들판에 거대한 구절초와 글씨를 그려놓았다. 구절초가 만개하는 10월 초면 '옥정호 구절초 축제'가 개최된다.

입장료

무료

가는 길

자가용 호남고속도로 타고 태인 IC 통과해 30번 국도 타고 산내면 사거리에서 55번 지방도로 타고 쌍치 방면

대중교통 서울~정읍 간 고속버스 하루 10회 운행, 정읍시내버스터미널에서 산내면행 151-3, 156번 버스(하루 일곱 차례 운행) 타고 구절초 테마공원 하차

주소 전북 정읍시 산내면 매죽리 617번지 일원

문의

정읍시 농업정책과 063-539-6171~3
구절초 테마공원 063-539-6171~3, www.gujulcho.co.kr

음식

구절초 공원 근처 능교 2리는 매운탕으로 유명한 마을이다. 옥정호에서 잡은 물고기로 만드는 붕어찜이나 민물매운탕이 주메뉴다. 생각해보니 어렸을 때 우리 가족이 갔던 매운탕 집은 거의 작고 허름한 식당이었고, 반드시 맘씨 좋은 할머니 혼자 고군분투하는 집이었다. 매운탕이 나오는 데까지는 한참 시간이 걸려서그 사이에 냇가에서 놀기도 하고, 그러다 식당 안으로 돌아오면

능교매운탕

아직도 감감무소식이고, 땀 흘리던 할머니는 기다리는 동안 먹으라며 김 폴폴 나는 옥수수나 고구마 같은 걸 내놓았다. 그러니까 매운탕은 기다림의 음식이라고 각인되어 있는데, 오랜만에 그 기억을 떠올려준 집이 바로 **능교매운탕**(063-538-4008)집이다. 현지인들만 알음알음 찾는 곳이지만 정말 맛이 끝내준다. 뚝배기 가득 실하게 끓여내는 매운탕 맛도 좋지만, 장아찌와 나물 등 얌전하게 차려내는 열댓 가지 반찬이 다 맛깔스럽다.

근처 정읍 산외리 **한우마을**(1566-0542, www.산외자연한우마을.kr)은 정육식당에서 고기를 사서 음식점에서 상 차림비를 주고 구워먹는 한우마을의 원조격으로 꼽히는 곳. 정육점과 식당이 수십여 곳 영업 중이다. 산외마을은 박리다매의 원칙을 따르는 곳으로, 거세 수소 또는 암소보다 가격이 낮은 비거세 수소를 주로 판매한다.

한우마을

숙소

정읍에는 특별한 숙소가 있다. 이평면 청량리에 있는 송참봉 **조선동네**(063-532-5004. www.folkvillage.co.kr)는 초가집으로만 조성된 전통 테마마을. 산골 오지에서나 봄직한 나지막한 초가집이 27채나 된다. 송참봉 송기준 씨가 국가 지원 한 푼 받지 않고 개인 사재를 털어 꾸민 마을이다. 전통방식 그대로 아궁이에 불을 때 밥을 짓고 구들을 덥힌다. 전기가 들어온 것도 얼마 되지 않은 일이다.

누군가 "저 분이 송참봉 아니야?" 하는 소리를 듣고보니 과연 한복에 갓 쓴 어린이가 지나가신다. 나도 모르게 꾸벅 인사를 하니 "오셨소? 고생 많았소" 하고 마치 아는 사람 만난 양 허물없이 인사하신다. 초가집에서 하루 묵는 비용은 무려 어른 1만 원, 초등학생 5천 원. 나무와 흙으로만 지어진 집, 장작으로 군불 지피는 온돌방에서 하룻밤 묵는 비용으로는 황송할 정도다. 이곳 들깨 주막에서 파는 음식 맛도 강추!

상념이 많아질 땐 눈길을 돌려보라

| 지리산 둘레길 - 전북 운봉

언젠가부터 '걷기 열풍' 이 불기 시작했다.

걷기 즉, 산책이란 목적도 없이 다만 걷는 행위에 집중하는 할랑하기 그지없는 일이다. 바퀴 달린 것이 생기면서 걷기는 불편하고 비효율적인 것의 위치로 하락했으며, 도시와 시골을 나누는 기준도 차가 얼마나 많이 있는가, 혹은 대중교통 수단이 얼마나 발달했는지의 여부로 나누며, 개인의 빈부차도 몇 cc의 차량을 몇 대나 소유하고 있느냐로 판단하는 이때, 이것은 시대를 거스르는 발상 아니던가. 노인들이나 동네 개들의 전유물, 즉 시간 때우기로 하던 '그냥 걷지요' 가 범국민적인 고급 취미 생활로 떠오르다니. 이건 범국민적 정서 "빨리, 빨리"에 반칙인데 말이다. 어, 이제 배부르고 등 따순 건가? 그런데 말이다. 걷는 행위 자체는 배부르고 등 따순 일만은 아니다. 오히려 사서 고생하는 일이지 않은가.

'지리산 둘레길'에 관해 듣고는 "지리산도 아니고 지리산 둘레길이라니, 어느 천재의 꼼수냐?"라고 무릎을 탁 쳤다. 지리산 있는 전라도에 살아도 내게 남아 있는 기억이라고는 산기슭 비스름한 곳에 오르는 시늉만 하다 그 산자락 계곡에서 발 담그던 일 뿐. 아니, 하나 더 있다. 볕 좋은 날도, 눈 오고 비 오는 날도 마다치 않고 사진 장비 챙겨 완전무장 등반 차림으로 훌쩍 지리산에 올라 몇 날 며칠이고 집에 돌아오지 않던 아빠에 대한 기억이다. 전화 한 통 없는 아빠를 걱정하는 엄마 옆에서 소싯적 반공교육 좀 받았던 나는 아빠가 혹 남아 있는 빨치산의 후예거나 혹 딴살림이라도 차리지 않았나 의혹을 제기하던 순진무구한 어린이였을 뿐이었다. 유행에 한 발이라도 담그고 있어야 안심되는 트렌드세터는 절대 아니지만 그래도 그렇게 다들 간다니까, 나도 한 번 가보고 싶었다, 지리산 둘레길.

우선 대표적인 다섯 개 둘레길 코스를 두고 고심하기 시작했다(둘레길 코스는 계속 개발되고 있으며 둘레길이라는 이름답게 최종 코스는 지리산을 빙 둘러 제1코스와 만나게 될 것이다). 며칠 전 상황마을의 다랭이 논을 포함한, 가장 인기 코스인 '금계~인월' 간 제3코스를 다녀온 아빠는 "넌 못 가. 나도 땀깨나 흘렸다"라고 훈수하신다. "아, 정말?" 주저 없이 제3코스 포기. 제2코스는 최단 코스긴 하나 마을과 마을 사이를 걷는 것뿐이라 좀 심심할 것 같고, 제4·5코스는 경상도까지 이어지니 어쩐지 너무 먼 것 같은 느낌이다. 그리하여 남는 것은 주천~운봉 간 제1코스. 사족을 달자면 제1코스부터 시작해 두고두고 남은 코스를 걸어보자는 의의를 억지로 갖다 붙인다.

주천~운봉을 잇는 제1코스는 운봉현과 남원부를 잇던 옛길이 지금도 잘 남아 있는 구간이다. 산과 들판, 마을을 두루 맛볼 수 있는 종합선물세트 같은 코스. 총 거리는 13킬로미터이고, 예상시간은 5~6시간으로 알려져 있다. 코스 초반의 구룡치 코스는 꽤 경사가 가파른 산행 구간이다. 이곳만 지나면 내내 들판과 마을을 지나는 수월한 길이 계속된다. 나는 여기서 꾀를 하나 냈다. 코스를 반대로 걸어 구룡치를 제일 마지막으로 남겨두기로. 힘이 있을 때 여유롭게 걷다 마지막에 힘을 쓰겠다는 계획이자, 여차하면 마지막은 생략해버릴 속셈이었음을 고백한다.

전주 시외버스터미널에서 운봉행 버스를 타고 한 시간여 만에 내린다. 추수가 끝난 빈 들녘이 눈에 들어온다. 제1코스의 마지막이자, 제2코스의 시작점인 운봉읍의 서림공원이 나타난다. 빨간 화살표와 검은 화살표가 간간이 눈에 띄기 시작한다. 나는 코스를 거스르고 있으니 검은 화살표가 가리키는 곳을 따라가면 된다. 자, 드디어 시작이다. 코스모스가 하늘거리는 흙길을 따라 걷는다. 보드라운 흙과 작은 돌들이 발아래 닿는 느낌이 좋다. 아, 시작은 가뿐하다.

아름드리나무가 먼저 맞아주는 행정마을.

마을 어귀에서 만난 동네 어르신께 고개 숙여 인사하니

"욕 보슈"라고 맞아주신다.

예쁜 그림이 그려진 담을 따라 마을 안으로 들어서니 툭, 툭

어디선가 들리는 소리.

밤송이가 떨어지는 길을 따라 걸으니

앞에 가시던 어르신이 뒤돌아보며 미소 지으신다.

아, 어쩐지 한 번 살아봤던 것 같은

포근한 마을.

슬며시 웃음이 배어 나온다.

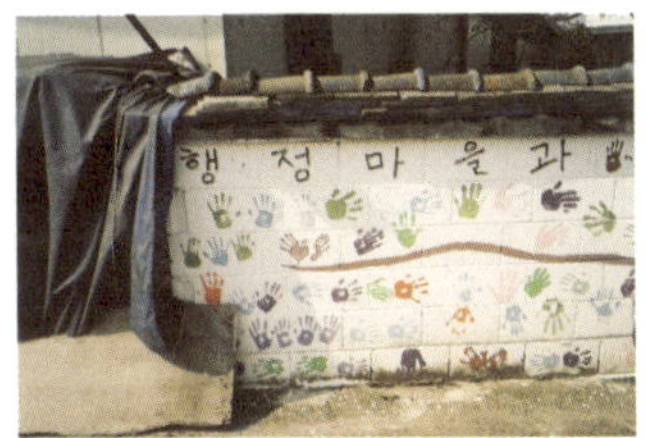

운봉 지리산 둘레길

가장마을

일찍 단풍 든 아름드리나무 아래
자그맣게 모여 있는 가장마을.
강아지 한 마리가 뒤를 졸졸 쫓아온다.
뒤돌아보면 모르는 척, 어느 틈에 또 뒤따라온다.
시험 삼아 엄마가 싸준 떡 한 조각을 내밀어 봤더니
입도 대지 않고 달아나버린다.
편식이 심한 개로군.

나이 들면 작은 마을이 내려다보이는 산자락에
작은 집을 짓고 마당에 꽃 심고 텃밭 일구며 살고 싶다.
찾아오기 힘들어 방문객 드문 곳에서
조용하고 고독하게 살다가 혹 누가 찾아오면 기뻐서
하루 이틀 밤새워 이야기 나누고 싶다.
돈은 소박한 밥 한 그릇 먹고 내가 계산할 때
아무도 말리지 않고, 잘 먹었다는 인사나 들을 정도로
벌었으면 딱 좋겠다.
그러면 더 바랄 게 없겠다.

운봉 지리산 둘레길

369

마주 오던 보행자 몇이 지나치며 "안녕하세요?"라고 인사한다. 산에서 만나면 누구나 누가 먼저랄 것도 없이 인사를 건넨다. 둘레길을 걷는 여행자들도 그렇게 인사를 나눈다. 나도 서둘러 "안녕하세요?"라고 작게 대답하지만 여행자들은 이미 지나쳤다. 어쩐지 힘이 된다. 다른 건 묻지도, 말하지도 않지만 이해할 수 있을 것 같다. 지금쯤 종아리가 뻐근해지고, 발바닥이 화끈거리고 있겠죠. 오느라 수고했어요. 이 길을 지나면 더 아름다운 풍광이 기다리고 있어요……, 그런 이야기들이 짧은 인사말에 담겨 있다. 다음에 만나는 이에게는 내가 먼저 인사를 건네야겠다고 다짐하지만 늘 한발 늦는다. 길은 사람을 다습게 만든다.

손쉬운 여행법이라는 점 때문에 마음만 먹으면 걷기는 어디서나 할 수 있는 여행이 된다. 걷기 시작하면 그것이 여행이 되는 것이다. 걷기를 산책이라는 이름으로 대신하자면 좀 더 친숙해질지도 모른다. 나 또한 꽤 산책을 즐기는 편이다. 산책을 해보자 마음먹었을 때, 우리 집 근처 중랑천 주변은 꽤 걷기 좋은 곳이라는 걸 알게 됐다. 그즈음 살도 쪄 있었고, 아니 살은 항상 쪄 있었지만 여름이 다가온다는 것이 산책을 도모하는 촉발제가 되었다. 몇 년 전에 비해 중랑천 부근을 산책하는 사람들은 확실히 늘어났다. 간혹 무시무시한 속력으로 달리는 자전거만이 위협적인 존재일 뿐, 산책로는 평화롭기 그지없다. 걸으면서 위협적이기는 조금 힘들다.

그렇다면 어느 곳이라도 걷기만 하면 여행이 되는 걸까, 진정?

여기에서 '걷기의 달인', 다비드 르 브로통의 이야기를 인용하지 않을 수 없다.

걷는 것은 자신을 세계로 열어놓는 것이다. 발로, 다리로, 몸으로 걸으면서 인간은 자신의 실존에 대한 행복한 감정을 되찾는다. 발로 걸어가는 인간은 모든 감각기관의 모공을 활짝 열어주는 능동적 형식의 명상으로 빠져든다. 그 명상에서 돌아올 때면 가끔 사람이 달라져서 당장의 삶을 지배하는 다급한 일에 매달리기보다는 시간을 그윽하게 즐기는 경향을 보인다. 걷는다는 것은 대개 자신을 한곳에 집중하기 위하여 에돌아가는 것을 뜻한다.

—다비드 르 브르통 『걷기예찬』

걷는 동안 여행자에게는 많은 상념이 떠오른다. 전셋값은 어떻게 마련할까, 이자는 어떻게 치르나, 결재서류는 어떻게 완성해야 하나, 눈에 가시 같은 상관은 어떻게 복수하나……, 길 위에서 떠오르는 상념들은 이런 구체적인 것들이 아니다. 여행자는 현실에서 한발 물러나 자신이 자신에

대하여, 자신과 타인과의 관계에 대하여, 혹은 자신과 자연과의 관계에 대하여 질문하게 되고 뜻하지 않은 수많은 질문들에 대하여 깊이 생각해 보게 된다. 바쁜 사람들이 지배하는 세상에서 한가로이 걷는 것은 분명 시대착오적이라고 여겨질지도 모른다. 하지만 이런 에두름이 분명 필요한 때가 오는 법이다.

상념이 떠오르는 순간 고개를 돌려보라. 거기에는 길이 오롯이 펼쳐져 있다. 그 위를 묵묵히 걸어가는 동안, 생각은 잦아들고 간간이 풍광에 감탄하다 어느새 상념은 사라진다. 그것이야말로 걷기가 주는 가장 큰 즐거움인 것이다. 도심의 소음이 사라지고 탁 트인 들과 숲은 사유를 자연스럽게 이끈다는 점에서, 걷기를 위한 완벽한 장소가 된다. 그래서 우리는 굳이 자연을 찾아 걷는 것이다.

노치마을

　사람은 안 보이는데 집집마다 콩 터는 소리, 깨 터는 소리가 담장 너머 들려온다. 참 예뻐서 자꾸만 기웃거리고 싶은 작은 동네, 노치마을. 마을 사람들은 '갈재'라는 이름으로 부른단다. 마을에서 이어지는 산줄기가 가을이면 갈대로 덮여서 그리 붙인 이름이라고 한다. 백두대간이 관통하는 길에 위치한 탓으로 비가 내려 빗물이 왼쪽으로 흐르면 섬진강이 되고, 오른쪽으로 흐르면 낙동강이 된다. 마을 중간에 있는 약수로 목을 축이고 나무 그늘 아래서 잠시 쉬어간다.

　고개를 드니 구름이 느릿하게 흘러간다.

나비도 날개를 잠시 쉬어가는 구룡치. 구룡치 오르는 길가에 돌탑의 이름은 '사무락다무락'이다. 길을 지나는 사람들의 무사함을 빌고 액운을 막아 화를 없애고자 지날 때마다 돌을 쌓아 올렸다고 한다. 남은 여행이 잘 끝나길, 나도 돌멩이 하나를 주워 올려본다. 나무가 빽빽하게 들어선 숲은 어둑하다. 숨이 턱에 차오르고 다리가 후들거리기 시작한다. 갑자기 늦은 오후의 햇살이 비쳐들더니 숲은 황금색으로 물들기 시작한다.

좀 더 힘을 내야 한다. 영차.

내송마을

　기다시피 해서 구룡치를 내려오니 들녘은 어스름이 희미하게 기어들고 있었다. 차를 태워주겠다는 친절도, 마치 기다리고 있었던 듯이 줄지은 택시의 유혹도 뿌리치고 마지막 1.6킬로미터를 걷는다. 다리가 후들거린다. 저 앞에 주천 읍내가 나타난다. 월계관도, 환호성도 없지만 나는 어쩐지 뿌듯해진다. 차로 고작 삼십 분 걸리는 길을 장장 다섯 시간 만에 마쳤다. "뭐 하러 사서 고생을?"이라고 한다면 그건 말이지, "걷지 않으면 절대 알 수 없는 일"이라고 대답하겠다.

　지리산은 '이치를 깨닫는 산智異山'이다.

　나는 조금 현명해졌는가?

　기다리는 버스는 좀처럼 오지 않는다.

　조용히 스며드는 어둠을 나는 조금 더 즐겨볼 생각이다.

여행 노트

백두대간을 걷는 '대간꾼', 제주 올레길을 걷는 '올레꾼'에 이어 지리산 길을 걷는 '둘레꾼'이라는 말이 생겼다. 걷기 여행이 트렌디한 여행법으로 부상했다.

지리산 둘레길은 지리산 둘레 3개 도(전북, 전남, 경남)와 5개 시·군(남원, 구례, 하동, 산청, 함양), 16개 읍면, 80여 개 마을을 잇는 300여 킬로미터의 장거리 도보길이다. 숲길, 농로, 고샅길, 임도, 논둑길, 밭둑길, 고갯길, 강변길 등을 걸어서 한 바퀴 도는 데 약 170시간(시속 2킬로미터) 걸린다. 하루 16킬로미터씩 걸으면 약 20여 일이 걸리는 셈이다. 때론 낮은 곳을 걷기도 하고, 때론 산꼭대기도 올라야 한다. 아직 둘레길이 모두 이어진 것은 아니다. 2008년 5월 전북 남원 산내면 매동마을~경남 함양 휴천면 세동마을 길이 첫선을 보인 이래, 지리산 길은 2011년쯤 돼야 둘레 잇기가 모두 마무리 될 예정이다. 지리산 둘레길의 재미는 지리산 곳곳에 걸쳐 있는 모든 길이 환형으로 연결되어 있다는 것이다. 자연 풍경만 보고 걷다 보면 지치기 마련인데, 지리산 둘레길은 몸이 지칠 즈음에 마을이 나타나 몸과 마음을 추스를 수 있는 것이 매력이다. 그래서인지 둘레길을 걷는 여행자들의 층은 다양하다. 어린 자녀의 손을 잡고 둘레길을 걷는 가족들도 쉽게 볼 수 있다.

제1코스인 주천~운봉 구간(14.3킬로미터, 5시간 예상)은 전북 남원시 주천면 장안리 외평마을과 남원시 운봉읍 서천리를 잇는 길. 지리산 서북능선을 조망하며, 해발 500미터의 운봉고원의 너른 들과 6개의 마을을 지나는 길로 구성된다.

주천 – 내송마을 – 구룡치 – 회덕마을 – 노치마을 – 가장마을 – 행정마을(서어나무숲) – 운봉

제2코스인 운봉~인월 구간(9.4킬로미터, 3시간 예상)은 전북 남원시 운봉읍 동천리와 남원시 인월면 인월리를 잇는 10킬로미터의 길. 오른쪽으로 바래봉, 고리봉을 잇는 지

리산 서북능선을 조망하고 왼쪽으로는 고남산, 수정봉으로 이어지는 백두대간을 바라보며 운봉고원을 걷는 길이다. 가장 짧은 코스며, 줄곧 마을과 들길을 걷는 비교적 수월한 코스다.

운봉 – 신기마을 – 비전마을 – 흥부골 휴양림 – 인월

제3코스인 인월~금계 구간(19.3킬로미터, 6시간 30분 예상)은 전북 남원시 인월면 인월리와 경남 함양군 마천면 의탄리를 잇는 19킬로미터의 길. 옛 고갯길 등구재를 중심으로 지리산 주능선을 조망하고, 넓게 펼쳐진 다랑논과 6개의 산촌 마을을 지나 엄천강으로 이어지는 길로 가장 인기가 높은 코스다.

인월 – 중군마을 – 항매암 – 수성대 – 장항교 – 삼신암 삼거리 – 등구재 – 창원마을 – 금계마을

제4코스인 금계~동강 구간(15.2킬로미터, 5시간 예상)은 경남 함양군 마천면 의탄리와 함양군 휴천면 동강리를 잇는 11킬로미터를 잇는 길. 이 구간은 지리산 자락 깊숙이 들어온 6개의 산중마을과 사찰을 지나 엄천강을 만나는 길이다.

금계 – 의중마을 – 서암정사 – 벽송사 – 소나무 쉼터 – 송전마을 – 송문교 – 운서마을 – 동강마을

제5코스인 동강~산청 구간(11.9킬로미터, 4시간 예상)은 경남 함양군 휴천면 동강리와 산청군 금서면 수철리를 잇는 12킬로미터의 길. 아름다운 계곡을 따라 걸으며 산행하는 즐거움을 누리며 걷는 산길로, 4개의 마을을 지나 산청에 이르게 된다.

동강마을 – 방곡마을 – 상사폭포 – 쌍재 – 산불 감시 초소 – 고동재 – 수철마을

모든 코스가 다 나름대로 매력을 지니고 있지만 가장 많은 인파가 모이는 곳은 제3코스 금계~인월 구간이다. 제2코스의 끝이자 제3코스의 시작점인 인월면에는 '지리산길 안내 센터'가 있다. 둘레꾼들은 지리산길 안내 센터에 들러 시원한 물로 목을 축이기도 하고 둘레길 지도를 얻으며 서로 정보를 나누기도 한다.

내가 걸었던 제1코스 주천~운봉 구간은 자연과 인간이 공유하고 소통하는 길이다. 인간의 삶과 생활이 가장 잘 묻어나는 마을과 길, 숲이 두루 펼쳐져 있다. 그래서인지 제3코스 다음으로 가장 인기 있는 코스다. 운봉현과 남원부를 잇던 옛길이 지금도 잘 남아 있는 구간이며, 특히 10킬로미터 옛길 중 구룡치와 솔정지를 잇는 회덕~내송까지의 옛길(4.2킬로미터)은 길 폭도 넉넉하고 노면이 잘 정비되어 있으며 경사도가 완만하여 아이를 동반한 가족들이 솔숲을 즐기기에 더할 나위 없이 좋다.

찾아가는 길

대중교통 제2코스 시작 주천 가는 방법은 서울~남원 간 직행 고속버스 이용, 남원시외 버스 터미널 건너편 한일파크 앞에 있는 시내버스 정류장에서 육모정(주천)행 330번 버스 타고 주천에서 하차. 운봉에서 시작해도 마찬가지 방법으로 간다.

남원~주천(첫차 7:00, 막차 20:15) 약 1시간 간격 운행, 15분 소요

주천~남원(첫차 7:30, 막차 20:45) 약 1시간 간격 운행, 15분 소요

남원~운봉(첫차 5:47, 막차 19:52) 약 20~30분 간격 운행, 30분 소요

운봉~남원(첫차 6:40, 막차 20:35) 약 20~30분 간격 운행, 30분 소요

문의

지리산 길 063-635-0850, www.trail.or.kr

음식

둘레길이 시작되는 마을에 식당이 있으며 길 중간 중간에 휴게소가 있어 간단한 요기를 할 수 있다. 대부분의 민박집이 식당을 겸하고 있어 정성껏 차려낸 소박한 한 끼를 맛볼 수 있다. 주천면사무소 건너편에 있는 **예원식당**(063-635-5507)은 동네 허름한 식당이지 만 끼니때가 아닌데도 식당 안은 거의 빈자리가 없을 정도. 이 식당의 메뉴는 청국장 백 반 딱 한 가지다. 뚝배기에 인심 좋게 담겨 나오는 청국장은 고춧가루를 살짝 풀어 칼칼 한 맛이다. 6천 원짜리 백반이지만 잘 구운 고등어 한 토막도 나오고 밑반찬 가짓수가 열댓 가지가 넘는다. 가짓수만 많은 게 아니라 손맛이 좋다. 이 집이 마음에 드는 건 밥 인심이 좋다는 것. 미리 밥을 퍼 담은 그릇이 아이스박스에 가득 담겨 있어 더 먹고 싶으 면 양껏 가져다 먹을 수 있다. 아침 6시부터 시작하니 든든히 먹고 둘레길 떠나기 좋다.

숙소

지리산 둘레길의 숙소는 대부분 민박 형태다. 둘레길이 시작되는 마을에 모텔이 있기도 하지만 푸근한 인심을 느껴보자면 민박에서 묵는 것이 좋다. 제1코스의 끝이자, 제2코 스 시작점인 운봉에는 소문난 민박집들이 모여 있다. 제일 인기 있는 집은 **공원솔밭민박** (010-502-1087)집, 주인아저씨가 목공예공방을 하시기에 '목공예공방 민박' 으로도 통

한다. 둘레길 민박의 요금은 거의 비슷하다. 1인당 3만 원에 식대는 5천 원. 그런데 혼자라고 이야기하니 대번에 2만 원으로 깎아주신다. 평소 '인기 폭발'인 식당이나 숙소는 피하는 습성이 있지만 맛있다고 소문이 자자한 이 민박집 식사의 유혹을 뿌리칠 수가 없었다. 과연 소문날 만하다. 목기에 정성스럽게 담아낸 저녁상이 감동 그 자체. 3대째 이어 내려오는 유명한 운봉목기 상차림이라니 황송하다. 삼겹살 굽고, 텃밭의 채소를 넉넉히 올리고, 조물조물 무친 나물에 막걸리까지 한 잔 주신다. 어느 것이나 착착 입에 붙어 '어쩜 전라도 시골 아주머니들은 이리 솜씨가 좋을까'라고 생각하는데 주인아주머니는 의외로 경상도가 고향이시란다. 저녁상은 다른 여행객들과 함께 먹는다. 모르는 사람이라도 밥 한 끼 같이 먹으니 금방 친해지고 만다. 목기에 대한 이야기로 시작된 아저씨의 이야기는 마치 옛날이야기처럼 구수하다. 다음 날 나물과 조기구이에 된장국으로 차려낸 아침까지 잘 먹고 나니 떠나기가 아쉽다. 절로 "또 오겠습니다"라는 소리가 나온다. 이웃 파란 대문 집 **인동 할머니 민박**(011-9131-1071)집에서 나오던 사람들 표정도 나랑 비슷하다. 딱 시골 할머니 집에서 묵은 것 같은 느낌이라며, 역시 '할머니 손맛이 최고'라며 마치 자기 할머니 자랑하듯 연신 침을 튀겼다.

엄마, 단풍 구경 가자

"딸 덕분에 올가을에는 단풍 구경을 하네."

차창을 내다보던 엄마가 보온병에서 차를 따라주며 말한다. 따뜻한 차가 목 언저리에 맴돈다. 딸들 뒤치다꺼리하느라 단풍 구경 한 번 제대로 못한 엄마다.

오랜만에 서울에 올라온 엄마는 고작 내 집에서 이틀 머무르는 동안, 쥐며느리처럼 일만 한다. '긴급출동 SOS' 같은 프로그램에 '쓰레기더미에서 사는 여자'로 신고할까, 아니면 그대로 두고 이사할까 고민이었던 베란다의 재활용 쓰레기들과 잡동사니들이 거짓말처럼 사라졌다. "냉동실에만 넣어두면 백만 년 문제없어!"라는 신조로 백만 년 묵은 음식으로 꽉꽉 찼던 냉장고는 말끔히 비워지고 대신 엄마가 새로 한 반찬으로 채워졌다. 낡은 냄비와 주전자까지 새로 바꾸어 놓고 쌀까지 사다 놓았다. 집 안이 반짝반짝 광택이 난다. 나는 한껏 바쁜 척하느라 엄마와 마주 앉아 밥 먹을 기회도 변변히 없었다. "나도 바쁜 사람이야"라며 엄마는 휑하니 집으로 돌아갔다. 밤중에 배가 고파 엄마가 끓여놓고 간 국을 데운다. 엄마는 어쩌자고 이렇게 따뜻하기만 할까.

엄마가 연방 입 안에 넣어주는 감과 떡, 과자를 받아먹으며 내장사에 도착한다.

11월 초, 단풍은 절정에 달해 있다. 어릴 때 몇 번 와본 곳이지만 새삼 감동하고 만다. 올해도 단풍은 좋다. 매표소부터 내장사 경내까지 2.5킬로미터 길이 장관이다. 단풍의 터널을 지나면 너른 잔디밭이 펼쳐진다. 초록빛이 가시고 노랗게 말라가는 잔디가 단풍 색과 그럴듯하게 색 맞춤을 한다. 단풍 명소니 어디나 사람들이 들끓는다. 화려한 등산복 입은 아주머니, 아저씨들이 한바탕 웃으며 단풍나무 아래서 기념 촬영을 한다. 엄마도 사진 찍자 하니 자꾸만 "싫다" 한다. 엄마와 함께 사진 찍어본 것도 오래전이다.

오래된 흑백 사진 한 장을 기억한다.

단발머리를 깔끔하게 귀 뒤로 빗어넘기고 약간 긴장한 듯, 카메라를 응시하고 있는 여자는 빼어난 미인은 아니지만 단정하고 수수하니 아름답다. 내 눈을 끄는 것은 여자의 원피스다. 심플한 디자인의 짧은 길이의 원피스는 요란하지도, 섹시하지도 않지만 맵시가 있다. 여자에게 딱 어울리는 디자인이다. 흑백사진이라 알 수 없지만 나는 원피스가 보라색이나 연한 비취색이 아닐까 짐작해본다. 엄마가 좋아하는 색깔이다.

젊은 시절 엄마는 취향이 고상한 멋쟁이였다. 백화점에 가서 옷 사준다 하면 엄마는 "이것도 마음에 안 든다, 저것도 마음에 안 든다"며 까다롭게 굴다가 혼자 슬쩍 시장가서 5천 원짜리 셔츠를 사서 "예쁜 옷을 싸게 잘 샀다"고 몇 번이나 감탄한다. 대신 다섯 딸들은 어릴 때부터 온 동네 소문 자자한 멋쟁이들로 키웠다.

단풍은 나무가 휘어질 정도로 흐드러지게 넘쳐난다.

지상의 공기와 시간들을 모두 오색찬란한 빛깔로 바꾸어놓은 단풍 속으로 천천히 걸어본다. 가을에는 유난히 시간의 흐름이 빠르게 느껴진다. 황금 햇살과 푸른 하늘, 오색 단풍은 찬란한 순간을 잠시 보여주고 이내 빠른 속도로 사라지고 만다. 마지막 남은 영양분을 빨아올려 영롱하게 빛난 후 나무는 쇠락해간다. 나뭇잎이 더는 물을 빨아들이지 않게 된 순간에도 뿌리는 땅속 깊은 곳에서 고요히 다음 세상 살 준비를 한다. 이듬해 봄, 다시 나무는 푸르게 되살아난다. 우리는 엄마라는 든든한 뿌리가 받쳐둔 덕에 겨우 살아가는 존재가 아닌가 싶다.

내장사 경내 안에 들어선다.

내장사는 그 명성과는 달리 수수한 절이다. 절 담장 안에도 가을은 흐드러지게 물들었다. 엄마는 대웅전을 찾아 절을 올린다. 엄마가 무엇을 소원하고 있는지 묻지 않아도 알 것 같다. 엄마의 등을 가만히 쓸어주고 싶다. 살가운 말 한마디 하는 법 없는 무뚝뚝한 딸이라 내 손은 멋쩍게 절집 기둥만 훑고 만다. 대신 객쩍은 소리를 하고 만다. "엄마, 밥 먹으러 가자." 엄마가 뒤돌아보며 웃는다. 어쩌자고 그리 따스한지 모르겠다.

여행 노트

단풍은 설악산에서 시작해 내장산에서 절정을 맞는다. 내장사 단풍터널은 눈이 멀 정도로 화려하다. 다른 계절에도 아름답지 않은 것은 아니지만 역시 내장산은 그 단풍으로 이름 높다. 내장산은 원래 '영은산'이라 불리던 산이었다. 이름이 내장산으로 바뀐 것은 구불구불 넘어가는 산길 때문. 구절양장으로 이어지는 길처럼 산 안에 담긴 것이 무궁무진하다 하여 내장산이라 부르게 되었다고 한다. 단풍나무 숲길은 백여 년 전에 내장사 스님들이 108그루를 심은 것인데 지금은 아름드리 숲을 이루었다. 국내 제일의 단풍 명산이기에 가을이면 나들이객들로 장사진을 이룬다. 매표소에서 내장사까지의 단풍 길이 특히 아름답다. 단풍열차를 운행하기도 하는데 단풍철에는 한참을 기다려야 하므로 천천히 걸으며 단풍을 감상하는 것이 좋다. 힘들이지 않고 내장산 전체를 조망하고 싶다면 케이블카를 이용해도 좋다. 하지만 이 역시 단풍철에는 한두 시간 기다리는 것은 각오해야 한다.

입장료

어른 2천5백 원, 청소년 8백 원, 어린이 4백 원

찾아가는 길

자가용 호남고속도로 정읍 IC 지나 29번 국도를 타고 내장사 방면
대중교통 서울~정읍 간 직행 고속버스가 6:30~23시까지 1시간 간격 운행, 서울 용산역에서 정읍행 열차가 오전 5시 20분부터 수시로 다닌다. 정읍버스터미널에서 내장산행 시내버스 171번 탑승, 내장터미널 종점에서 하차
주소 전북 정읍시 내장동 590

내장사 063-538-8741, www.naejangsa.org

국립공원내장산 관리사무소 063-538-7875, http://naejang.knps.or.kr

음식

내장산 입구에 식당이 즐비한데 주로 산채정식, 산채비빔밥과 된장찌개 등을 판다.
그중 **한일관**(063-538-8981)은 관광지 식당이라고 무시했다가는 큰코다칠 내공 있는 집
이다. 30년 가까이 장사해온 이 집 산채한정식은 참 깔끔하다. 더덕구이, 버섯불고기,
홍어찜, 새송이구이, 표고버섯탕 등 5가지 메인 요리를 푸짐하게 내고 게장, 굴비구이
등 서른 가지 반찬이 맛깔스럽게 나온다. 혼자라면 산채비빔밥과 더덕구이정식 1인분
을 시켜도 손맛을 느낄 수 있을 것이다. 시간의 여유가 있다면 정읍 시내에 있는 **정촌**
(063-537-7900)을 추천한다. 늘 현지인들이 줄 서서 먹고 가는 집이다. 이 집은 한정식
과 백반 두 종류가 있는데, 한정식에는 좀 더 남도스러운 반찬을 다양하게 맛볼 수 있지
만 백반으로도 충분히 만족할 만하다. 6천 원 백반 한 상에는 찌개 두 가지에 굴비구이,
게장 등 이십여 가지 반찬이 나온다.

숙소

교암동 교동마을에는 운치 있는 한옥 숙소가 있는데, **교동 안진사 고택**(063-535-9461)
이다. 돌담과 솟을대문 너머로 아름드리 소나무 사이 정갈한 한옥이 자리 잡은 이 집은
아직 알려지지 않아서 호젓하게 묵기 딱이다. 이렇게 좋은 곳이라면 나도 꼭꼭 감춰두
고 싶지만 자랑하고 싶은 욕구 때문에 슬슬 풀어놓는 것이다. 1800년대에 지은 이 집은
아직도 종부가 살고 계시다. 종부님은 아흔 넘은 연세에도 불구, 참 곱고 목소리도 힘이
넘치신다. 두 사람이 묵을 수 있는 문간채와 가족이 묵을 수 있는 사랑채와 별채로 구성
되어 있는데, '산정' 이란 이름의 별채에는 꼭, 꼭 묵어보라 권하고 싶다. 본채 뒤로 솔숲
이 이어지며 작은 호수가 있는데 바로 이 호수를 굽어보는 곳에 그림같이 별채가 자리
잡고 있다. 특히 마음에 쏙 든 것은 욕실이다. 현대적인 시설에 전통미를 더한 욕실은
너무 예뻐서 감탄하고 말았다. 따로 식사를 내지 않으나 주방이 있어서 요깃거리는 준
비해야 한다. 종부와 가족들이 사는 집이라 사람 냄새나는 한옥이 참 좋다. 나는 언젠가
는 꼭 한 번 한옥에 살아보고 싶다.

가을을 달려 겨울을 보고 오다

맑은 날의 단풍이 일상이라면 비 오는 날의 단풍은 우연이다.

날씨가 좋아서 떠났다가 여행 도중에 비를 만났다.

절집 지붕 아래서 비긋기를 기다리며 나는

우연이라고 할 수밖에 없는 풍광을 만나 황홀해졌다.

우연히, 행복해졌다.

예상치 못한 변수에 익숙해지는 것이 여행이라면, 사람은 평생 여행하는 셈이다.

서울의 나무들은 이미 앙상해져 있는데 나는 전라도로 단풍 구경을 떠난다. 고작 세 시간여 거리인데 계절은 완연하게 달랐다. 겨울에서 가을

장
성
백
양
사

로, 나는 시간을 거슬러 여행하는 셈이다. 울긋불긋한 색이 무수히 눈에 들어오자 목적지에 가까워짐을 안다.

백양사에 도착했다.

백양사 단풍이 유명한 건 말할 나위도 없다. 전라도에 단풍으로 유명한 곳이 많지만 첫손 꼽히는 곳은 역시 내장사와 백양사 단풍이다. 내장사 단풍이 고목이 많아 운치가 있고 화려하다면 백양사 애기단풍은 선명하면서도 아기자기하다. 단풍은 그해 날씨의 영향을 받는다. 너무 가물면 물들기 전에 까맣게 타버리고, 비가 많이 오면 색이 곱지 않다. 올가을 단풍이 시원찮다고 해서 좀 걱정했으나 기우였다. 찬란한 단풍 터널이 펼쳐져 있다. 그 속으로 달리다 보면 참말 가을 속으로 쑥 들어가버릴 것 같다.

집에서 나올 때는 맑은 날씨였는데 백양사 초입에 들어서자 날씨가 험악해지고 있었다. 기어이 빗방울이 떨어지기 시작한다. 우산을 찾아들고 단풍의 터널 속으로 걸어가 본다. 오토바이 하나가 지나며 일으킨 물보라에 빨간 단풍잎이 우르르 뒹군다. "저기, 좋다." 아빠가 연못을 가리킨다.

백암사 쌍계루가 있는 연못은 사진가들이 좋아하는 장소 중 하나다. 사찰 뒤쪽에 병풍처럼 놓여 있는 백암산 학바위와 쌍계루가 잔잔한 연못에 비친 데칼코마니에 눈이 홀린다. 빗방울이 파문을 만들어내는 연못에는 붉고, 노란 빛이 수채 물감처럼 뒤섞여 흐르고 있다. "여기 찍어라. 너 이런 것 좋아하잖냐." 아빠가 빨간 감만 남은 잎 떨군 나무를 가리킨다. 아빠는 어느 틈에 내 취향을 완전히 파악하고 있다. 감나무 뒤로 멀리 백암산 머리가 하얗다. 산 위의 비는 눈으로 바뀌어 내리고 있는 것이다.

일본의 여행 작가 후지와라 신야는 너무 아름다운 광경 앞에서 "너무 많이 찍는다는 건 전부 찍어서는 안 된다는 것이다"라고 했다. '무엇을 찍지 않을 것인가' 하는 마이너스 작업에 의해서만 그 사람의 시점이 드

러난다는 얘기다. 압도적일 만큼 화려한 풍광을 나는 마음에 담아두자고 작정한다. 다시는 잊어버리지 않을 기억으로 남기고 싶다. 하지만 찰칵, 찰칵, 카메라 셔터 누르는 소리는 점점 더 분주해지기만 한다. 비워야 채울 수 있다는 말은, 너무 어렵다!

나는 젖은 바닥에 달라붙어 있는 단풍잎 몇 개를 주워든다. 물에 젖어 단풍색은 더 곱기만 하다. 백양사에는 당단풍, 좁은단풍, 털참단풍 등 전국에서 가장 단풍나무 종류가 많은 곳이라고 한다. 백양사 절집 안에 드니 비는 더 거세진다. 대웅전 뒤편에서 비를 피한다. 가을비는 스산하다. 그 끝에 겨울을 달고 오기 때문인가 보다. 내 눈에 온통 붉게 물든 단풍나

장성 백양사

무 하나가 들어온다. 잎에 닿은 빗방울은 잠시 머물다 견디지 못하고 후드득후드득 붉은 물방울을 떨어뜨린다. 빗속에 가을은 황홀한 빛으로 사무친다. 멀리 백암산은 온통 하얗게 물들었다. 가을을 만나러 갔다 겨울을 보았다.

모든 소리는 빗소리에 감춰져 버리고
모든 빛깔은 물속에 잠겼다.
우리 세계와 완전히 단절된 아득히 먼 다른 세계의 풍광 같기도 했다.

장
성
백
양
사

여행 노트

노령산맥 끝자락에서 오색창연한 단풍을 뽐내는 곳, 백암산 백양사다. 세 살배기 손바닥처럼 아기자기하고 고운 애기 단풍이 유명하다. '한국의 아름다운 길 100선', '가장 걷고 싶은 길'로 선정된 백양사 진입로의 단풍 터널은 백양사 쌍계루에서 절정을 이룬다. 병풍처럼 서 있는 백암산과 쌍계루가 거울처럼 비치는 연못은 관광엽서의 단골 모델이다. 백양사는 632년(백제 무왕 33년) 여환선사가 세운 백암사에서 유래됐다. 조선 선조 때 환양선사의 꿈에 흰 양이 나타나 "나는 천상에서 죄를 짓고 양으로 변했는데 스님의 설법을 듣고 다시 환생하여 천국으로 가게 되었다"고 해서 '백양사'라 불리게 됐다 한다. 백양사 단풍은 10월 말부터 11월 초에 절정을 이룬다.

입장료

어른 2천5백 원, 청소년 1천 원, 어린이 7백 원

찾아가는 길

자가용 경부선을 타고 가다 천안~논산 간 고속도로를 이용해 호남고속도로 갈아타 백양사 IC로 진입한다. 1번 국도를 이용해 곰재를 넘어 장성호를 지나 백양사 이정표 방향
대중교통 서울~광주 간 고속버스 이용, 광주 시내에서 백양사 직행버스 탑승, 또는 서울~정읍 간 고속버스 이용, 사거리터미널에서 백양사 직행버스 탑승.
주소 전남 장성군 북하면 약수리 26

문의

백양사 061-392-7502, www.baekyangsa.org　**장성군청** 061-390-7224

음식

백양사 입구에 식당들이 즐비한데, 그중 **백양전통식당**(061-392-7406)이 관광지답지 않게 정갈한 음식을 낸다. 산채비빔밥을 시키니 작은 뚝배기에 된장찌개와 함께 열 가지 반찬이 나온다. "비빔밥에 웬 반찬이 이리 많아?" 그런 소리가 옆자리에서 들려온다. 구색만 맞춘 반찬이 아니다. 도토리묵과 도라지, 고사리, 취나물, 버섯 등의 나물이 정말 맛깔스럽다. 여럿이 갔다면 산채정식 메뉴도 맛볼 만하다. 더덕구이, 제육볶음, 굴비구이, 홍어회 등 서른 가지 반찬을 정갈하게 낸다. 특히 홍어는 이름 모를 국적 출신이 아니라 토굴에서 숙성시키는 것으로 유명한 정읍의 '홍어 명인'에게서 들여오는 것이라고. 그래서인지 톡 쏘는 맛이 남다르다.

장성역 앞에 있는 **해운대식당**(061-395-1233)이라는 도무지 정체성 모호한 이름의 이 식당은 여행객들 사이에 유명한 식당이다. 기차로 여행하는 여행자들 사이에 입소문이 나 식사 때면 줄 서 있는 곳이다. 가볍게 먹자고 5천 원짜리 백반을 시키면 홍어삼합을 비롯해 제육볶음, 굴비구이까지 20여 가지 반찬이 나오니 포식하게 되고 만다. 백반도 좋지만 이 집의 별미는 호박찌개. 주인아주머니가 집에서 먹던 반찬을 메뉴로 내놓았는데 그게 그렇게 인기란다.

숙소

언젠가 웹 서핑을 하다 우연히 울창한 숲 속에 편백나무와 황토로 손수 집 짓고, 장작으로 군불 지피며, 철 따라 창호지 문 다시 바르고, 들에서 나는 나물로 밥상을 차리며 산다는 블로거의 글을 읽게 되었다. 아, 뭐 그리 야단스럽게 사나, 하면서 조용조용한 글과 그 글만큼 다감한 산골 생활 이야기를 한참이나 들여다보았다. 아무래도 나는 좀 부러웠던 것 같다. 남편은 농사와 목공예를 하고, 아내는 바느질과 민박으로 두 아들을 키우며 산중의 삶을 꾸려간다는 **산이네 민박**(061-393-4290, www.cypressscent.com)은 금곡 영화마을에 있다. 영화마을은 〈웰컴 투 동막골〉 같은 분위기의 산골 마을. 아니나 다를까 임권택 감독의 〈태백산맥〉을 비롯해 〈내 마음의 풍금〉, 〈만남의 광장〉 등을 이곳에서 촬영했단다. 마을 뒤로는 삼나무와 편백나무가 울창한 휴양림이 있어 조용한 숲 속을 거닐기도 좋다. 민박집에는 텔레비전이 없는 대신 오디오와 책이 놓여 있다. 밖에서 들려오는 자연의 소리에 귀 기울이고, 편백나무 향 맡으며 보내는 하룻밤은 참 달고도 맛있다. 그리고 산과 들에서 푸성귀 뜯어다 차려내는 밥상도 아, 참 좋다.

겨울바람을 안고 바다로 달린다

바다와 하얀 숲 - 전북 부안

채석강

고속도로를 달리는 차창으로

팝콘 같기도 하고, 꽃송이 같은

하얀 눈이 달려든다.

눈 오는 날은 집에서 뜨뜻한 아랫목에 뒹굴 거리며

따뜻한 차 한 잔 마시는 게 최고라고 생각한다.

가끔 군고구마나 귤을 까먹으면 금상첨화다.

그런데 한겨울 눈 오는 날, 바다로의 여행이라니.

자동차 뒷좌석에 앉은 동생 세 마리와 조카 한 마리가

차창을 열고 소리친다.

와, 눈 온다!

슬그머니 즐거운 기분이 든다.

겨울이라도, 눈이 와도 여행은 설렌다.

어쩌면 겨울이라 더 즐거운지도 모른다.

실내 수영장에서 한참 놀고 나온 조카가

손가락이 쪼글쪼글해졌다며 "하하" 웃으며 보여준다.

모두들 "아, 배고파!" 입 모아 외친다.

부안 채석강

405

밤바람을 맞으며 고양이가 가르쳐준 길을 따라
바닷가 식당을 찾아 정신없이 먹고 나니 졸음이 몰려온다.
파도 소리가 들리는 꿈을 꾸었다고 생각했는데
다음 날 일어나보니 정말 파도 소리가 들려오고 있었다.
눈앞에 겨울 바다가 출렁인다.
푸른 바다 위로 눈송이가 떨어져 하얗게 넘실거렸다.

406

부안 채석강

내소사

겨울 여행에 대한 막연한 동경이 있다.

하얗게 눈 덮인 전나무 숲을 걷는, 북유럽 어딘가를 여행하고 있는 나를 떠올려본다. 하지만 추위를 지독히 싫어하는지라 번번이 꿈으로 그치고 만다. 내소사로 향하는 차창을 향해 하얀 눈송이가 달려든다. 내소사 진입로 표지판을 보고 차창을 조금 내린다. 눈은 멈췄다. 드디어 도착했군. 생각할 겨를도 없이 신선한 공기가 훅, 밀려든다.

내소사는 능가산 기슭에 고즈넉하게 자리 잡은 절이다.

연꽃무늬 문살이 아름답기로 소문나 있지만 내소사를 유명하게 만든 것은 내소사 입구까지 이어진 600미터 전나무 숲길이다. 어느 계절에도 다 아름답지만 가장 아름다운 것은 겨울이다. 눈 덮인 겨울 전나무 향기를 품은 길은 어디서도 맛보지 못할 신선한 공기로 가득 찬다. 사실 내소사에 올 계획을 일주일 늦춰 찾아온 길이었다. 폭설이 올 거라는 일기예보 때문이었다. 올해의 겨울은 유독 춥고 눈이 많다. 이상한 기후군, 하다가 예전의 겨울은 확실히 겨울다웠다는 생각이 든다. 내복은 필수였고, 학교 교실에는 석탄을 때는 난로가 있었다. 처마에는 고드름이 매달려 있었고, 쌓인 눈으로 눈싸움을 신나게 했었다. 빵빵하게 히터를 틀고, 자동

부
안
내
소
사

차가 거리에 가득 차기 전의 일이다. 아니, 도시로 떠난 동안 조용한 산속, 어린이에게만 겨울은 찾아왔는지도 모른다.

사람 드문 숲길을 걷는다. 내린 눈을 부지런히 치운 탓에 전나무 아래로 난 길은 눈과 흙이 섞여 얼룩덜룩하다. 일주일 전 눈을 뚫고라도 찾아와볼걸, 후회해본다. 거대한 나무와 그것을 푹 뒤집어씌울 정도로 많은 눈으로 덮인 전나무 숲길은 북유럽 동화의 한 장면처럼 아름다웠을 것이다. 하얀 숨을 내쉬자마자 찬 공기 속으로 빨려 들어가버린다. 추운 아침, 모닥불 냄새가 섞여 있는 듯한 공기다. 고개를 드니 하얀 눈 쌓인 전나무와 그 사이로 아리도록 푸른 하늘이 비쳐든다. 햇살이 전나무 사이로 빗금처럼 스며든다. 공기는 차갑고 햇살은 따스하다. 전나무는 추울수록 더욱 싱싱해보인다. 투득. 바람도 없는데 전나무 가지가 하얀 눈을 떨어뜨린다. 햇살이 닿은 눈이 은빛 가루처럼 흩날린다. 동화 속으로 들어가는 건, 이런 느낌일까.

곰소염전

솜사탕과 비슷한 맛을 기대하고 혀를 내밀었지만

아무 맛도 나지 않는 눈송이는 스르륵,

감촉을 느낄 사이도 없이 사라져버렸다.

아마도 그것은 처음으로 느낀 허무의 맛이었을 것이다.

금세 깨질 것 같은 섬세한 거울에 담긴

아리도록 푸른 하늘에 하얀 눈송이가 내려앉아

이내 물속에서 말간 얼음 꽃으로 피어났다.

내 방 구석에는 늘 큼직한 여행 가방이 놓여 있다.

속옷 몇 개만 챙겨 넣으면 짐 싸기는 완성된다. 내 여행 가방은 '늘 언제라도 떠날 수 있음'의 상태다. 다비드 르 브르통은 '짐은 인간을 말해준다'고 말했다. 나는 다른 사람의 가방에는 무엇이 들어 있는지 가끔은 궁금해진다.

자, 고백해보자. 속옷을 가방에 쑤셔 넣는 것은 집 떠나기 전, 말 그대로 후다닥, 짐 싸기의 마지막 과정이다. '후다닥'은 가끔 밤마다 숙소 욕실에서 속옷을 빨아 드라이로 말리는 결과를 낳기도 한다. 여행에 앞서 가방을 채울 목록으로 내가 심혈을 기울이는 것은 몇 권의 책과 음악이다.

414

낯선 잠자리 때문에 뒤척이는 밤, 책 읽기와 음악 듣기란 익숙한 습관은 내게 안도감을 줄 것이며 여행지를 오가는 동안 훌륭한 동행이 되어줄 것이다. 대중교통을 이용할 때라면 책 목록에, 내가 운전해서 가는 여행이라면 음악 리스트에 보다 집중한다.

차 속은 뉴 트롤즈New Trolls의 알레그로에 이어 아다지오가 흐른다. 내게 여행의 시작을 알리는 음악이다. 희끗희끗 눈 쌓인 들판과 산이 들어오자 음악을 바꾼다. 클럽 에잇club 8, 데미안 라이스Damien Rice, 시규어 로스Sigur Ros 같은 북유럽과 아일랜드의 가수의 몽환적인 노래가 겨울 여행에 잘 어울린다는 생각이 든다. 하얀 눈으로 덮여 어딘지 모르게 낯설게 보이는 세상. 추위를 피해 모두 집안으로 꼭꼭 숨어들었기에 세상은 더 생경하게 느껴질 때 이국의 노래는 왠지 모를 안도감을 준다. 맞는 길로 가고 있는 것인가, 슬며시 걱정이 될 즈음 눈 아래로 하늘을 비추고 있는 차가운 거울이 수도 없이 나타난다. 염전에 도착했다.

한여름 뜨거운 태양 아래 소금이 영그는 염전은 긴 동면에 들어 있다.

출사 나온 사람 몇이 언 손을 비비며 떠나고, 가족 하나가 기념사진을 찍기가 무섭게 "추위"를 외치며 사라지자 다시 염전은 적요에 싸인다. 발밑의 푸른 하늘에 내 모습이 어룽어룽 비친다. 수면 아래 얼음 꽃이 고요히 잠들어 있다. 이럴 때 필요한 음악은 침묵의 노래다. 그 어느 것보다 은밀하고 아름다운 노래는 바로 침묵이다.

<u>격포항</u>

격포항을 찾은 것은 추석 즈음이었다.

귀향 행렬에 동참한 내게 "어디까지 왔냐?"고 수시로 전화하던 엄마는 내가 집에 도착하자마자 상을 차린다. 오다가 요기를 했다는 데도 엄마는 식탁 가득 음식을 채우느라 여념이 없다. 냉장고 깊숙이 넣어두었던 간장 게장도 꺼내고, 젓갈도 꺼내고, 김치 종류만도 서너 가지다. 밥 먹고 나면 과일을 깎고, 떡을 쪄내 오고, 식혜를 낸다. 그런 식이다. 연휴 동안 엄마 는 아침 먹고 나면 점심 차리고, 점심 먹으면서 저녁 반찬 걱정이다. "엄 마, 떡 먹고 싶어. 고기 없어?" 간간이 음식 주문하는 데만 쓰는 것 외에 내 입은 먹을 걸 씹고, 삼키는 용도로만 이용하는, 이것이 추석날 내가 하 는 일의 전부다.

"이번에는 사진 찍으러 안 가?"

연휴가 끝날 즈음, 엄마가 물었다. 나는 오랜만에 만난 갓난 애기 조카 놀려 먹기도 꼬숩고, 두 조카와 화투 쳐서 용돈 버는 것도 재미나서 엄마 나 부리며 추석 연휴를 푹 쉴 생각이었다. 크면 파워레인저 만나러 일본 에 가겠다는 글로벌한 소망을 품고 있는 아홉 살 조카(참고로 다섯 살 때 조카의 소원은 푸른 초원을 달리는 퓨마)와 그 동생인 여섯 살배기 조카 는 아빠는 회사 가면 프린트하고 술 좀 먹는다는 사회생활의 비밀을 이미 알아버린 영특한 소녀로, 데리고 노는 맛이 쏠쏠했다. 일어나 또 밥 차리러 가는 엄마의 등 뒤로 들릴 듯 말 듯한 목소리가 남았다. "바다 보고 싶네." 내 귀가 쫑긋해졌다. "엄마, 격포 가서 전어 사줘" 하며 나는 벌떡 일어섰다.

"넌 며느리도 아니잖아." 전어 먹는 자격에 미달된다는 동생의 말에도 불구, 엄마는 딸에게 전어를 사주겠다고 한다. 제부들이 운전하는 차 두 대에 나눠 타고 조카도 하나씩 사이좋게 나눠서 길을 떠났다.

격포에 도착했다. 생각보다 꽤 먼 곳이었다. 생각해보니 격포를 찾은 건 너무 오랜만이다. 초등학교 때 변산 아니면 격포로 피서를 오곤 했는데, 그때 이후로 처음인 것 같았다. 자연 시간에 퇴적 작용, 침식 작용, 리아스식 해안, 뭐 그런 게 너무 어려워서 눈물 흘리다 채석강과 격포해수

욕장에 가보고 "아, 이것이 바로 리아스식!"했다. 어마어마하게 큰 해안 절벽과 자갈이 깔린 해변은 너무나 황량해서, 내셔널 지오그래픽 풍의 원시를 느꼈던 기억이 어슴푸레 났다. 그런데 오랜 세월이 흐른 후 그곳은 의외로 작고, 주위에는 대규모 회센터와 횟집들이 즐비해져 깜짝 놀라고 말았다. 기억 속의 장소는 전혀 다른 곳으로 변해 있었다.

조카들이 해를 향해 방파제를 저만치 달려갔다. 그 뒤를 엄마와 아빠, 동생들과 함께 따라 걷는다. 조카들은 방파제 위로 올라오는 벌레들을 구경하느라 정신이 팔려 있다. 가을 해는 이내 바닷속으로 지고 붉은 석양이 펼쳐졌다. "이제 회 먹으러 가자!" 엄마가 조카들을 불렀다. 조카들만 한 나이였던 우리 자매들이 해가 지도록 물에서 나오지 않으려 할 때 엄마가 우리들을 부르곤 했다. "이제 집에 가자!"

격포항 회센터에서 광어회를 먹고, 제일 인심 좋게 생긴 아저씨네 가게에서 산 전어를 다음날 엄마가 구워 줬다. 과연 집 떠난 딸도 돌아가고 싶은 맛이었다.

여행 노트

서해가 아름다운 이유는 "변산이 있기 때문"이란 말이 있을 정도로 변산반도의 풍광은 유명하다. 부안은 변산, 고사포, 격포 등 아름다운 해수욕장과 기기묘묘한 해안 절벽 채석강, 곰소만 등 풍요로운 갯벌, 그리고 천년고찰 내소사 등 보석 같은 풍경을 품고 있는 곳이다.

채석강은 부안의 간판스타다. 약 7천만 년 전인 중생대 백악기에 형성된 퇴적층이 파도에 깎이면서 이루어진 해안절벽이 장관이다. 격포항과 그 오른쪽 닭이봉을 잇는 1.5킬로미터 구간에 책을 층층이 쌓아 놓은 듯, 가로줄 무늬 선명한 층암절벽이 펼쳐진다. 물때를 잘 맞추면 바다가 뚫어놓은 해식동굴까지 구경할 수 있다. 가까이로는 격포해수욕장, 그 너머로 적벽강, 반대편은 격포항이다. 격포항은 작은 항구지만 활기가 넘치는 곳이다. 갓 잡아 올린 싱싱한 수산물을 저렴하게 맛볼 수 있는데, 가을 전어가 특히 유명하다.

사람들이 부안을 찾는 이유 중 하나는 내소사 때문이다. 어느 계절에도 아름답지만 눈 내린 내소사의 풍경은 그중에서도 으뜸이다. 사찰 진입로인 전나무숲길은 오롯한 여유를 느끼게 한다. 내소사 일주문에서 천왕문까지 500여 그루의 전나무가 600미터의 숲길을 이룬다. 내소사 절집에서 특히 눈여겨봐야 할 것은 문살에 새겨진 꽃문양이다. 연꽃과 국화, 모란꽃이 소담스럽게 피어난 꽃문살은 원래는 화려하게 채색됐으나 비바람과 세월에 씻겨 지금은 나뭇결이 그대로 드러나 있다. 색이 사라지고 나무의 본바탕이 드러나 오히려 깊은 맛을 낸다.

내소사에서 줄포로 가는 길에는 곰소염전이 있다. 곰소염전의 천일염은 깨끗한 해수와 지리조건이 좋아 순도가 높기로 유명한데, 부안의 특산물인 곰소젓갈을 만드는 주재료다. 곰소젓갈은 곰소 항 젓갈단지에서 구매할 수 있다. 염전 옆으로 10여 개의 소금창고들은 그 쇠락한 맛이 좋아 사철 사진가들이 몰려든다.

부안은 유명한 관광지이고 그런 만큼 진부한 곳이라고 생각되어 왔다. 하지만 최근 부안을 여행하는 법이 달라지고 있다. 지난 2009년에 변산 해변을 한 바퀴 돌아 걷는 '마실길'이 생기고부터 걷기 위해 찾는 사람들이 늘고 있다. 마실길은 새만금전시관에서 격포항까지 총 18킬로미터의 해안 길을 세 개의 코스로 나누고 있다. 전체 코스를 모두 걷는데 걸리는 시간은 약 6~7시간. 특히 하섬 전망대가 있는 성천에서 격포항까지 이어지는 제3코스는 마실길의 하이라이트다. 적벽강, 수성당, 채석강 등 이름난 명소는 물론 크고 작은 해수욕장들을 다 관통한다. 제3코스는 걷는데 약 2시간 30분 정도 걸린다.

입장료
내소사 어른 2천 원, 청소년 8백 원, 어린이 5백 원

찾아가는 길
채석강

자가용 서해안고속도로 타고 부안 IC 진입, 30번 국도 타고 부안 읍내로 들어가 채석강 이정표 방향

대중교통 서울~부안 간 고속버스 이용, 부안 시외버스정류장에서 채석강행 직행버스를 타거나 시내버스 정류장에서 변산 경유 격포행 시내버스 타고 채석강 하차, 호남선 기차 이용해 신태인이나 김제역에 내려 부안행 시내버스 타고 채석강 하차

내소사

자가용 서해안고속도로 줄포 IC 빠져나와 변산 방면으로 좌회전하면 이정표가 보인다. 호남고속도로를 이용할 경우 정읍 IC에서 빠져나와 29번 국도와 710번 지방도로를 타면 된다.

대중교통 서울~부안 간 고속버스 이용, 부안버스터미널에서 내소사행 버스(30분 간격 운행)

주소 내소사 전북 부안군 진서면 석포리 268

문의
변산반도국립공원 063-582-7808
부안군청 문화관광과 063-580-4224
내소사 063-583-7281, www.naesosa.org

음식

부안은 먹을거리가 가득해 입이 즐거워지는 곳이다. 부안에서 꼭 먹어야 할 별미는 백합죽과 바지락죽. **계화회관**(063-584-3075)은 백합요리만 파는데, 부안에 온 사람이 여기 다 왔구나 싶을 정도. 백합죽은 김가루와 깨소금을 살짝 올려 나오는데, 고소하고 담백하다. 밑반찬 중에 갓김치와 벤댕이젓갈은 죽과 정말 잘 어울린다. 백합탕과 전, 회무침을 골고루 맛볼 수 있는 정식 메뉴가 있는데 네 사람이 간다면 두 명은 정식을, 두 명은 죽을 시키면 완벽한 메뉴 구성이다. 바지락죽은 비싸고 귀한 백합죽을 대신해 변산 음식점들이 개발한 메뉴이지만 이제 백합죽 못지않은 명물이 됐다. 그래서 서로 원조를 내세우는데 **변산명인바지락죽**(063-584-7171)집도 원조라고 하긴 하지만, 나는 그래서 가는 건 아니고 이 집 음식이 깔끔하고 화학조미료를 안 쓴다고 해서 간다. 바지락죽은 전체적으로 노르스름한 빛을 띤다. 녹두를 넣고 인삼과 버섯, 채소 등을 잘게 썰어 넣어 감칠맛이 난다. 바지락이 실하게 들어 씹히는 맛이 좋다.

청도횟집

격포항에는 횟집들이 즐비하다. 격포항 회센터에서는 활어를 구입해서 상 차림비를 내면 저렴하고 푸짐하게 먹을 수 있다. 같이 온 조카가 피곤해해서 소란한 회센터보다 횟집으로 가자고 해서 우연히 발견한 곳이 궁항에 있는 궁항 **청도횟집**(063-582-8910)이다. 바다를 바로 향하고 있는 가정집 분위기의 횟집인데, 이 집의 매력은 방에서 그 유명한 서해 낙조를 감상할 수 있다는 것. 물론 싱싱한 회와 다양한 곁들이 음식 맛도 좋다. 새우 귀신 조카 먹으라고 새우와 백합구이를 서비스로 더 준 친절함도 별점 한 개 추가다.

부안에 왔으니 곰소항 젓갈을 안 먹어볼 수 없다. **칠산꽃게장**(063-581-3470)을 추천한다. 아니, 젓갈 먹으라더니 웬 꽃게장? 하고 따진다면 이 집도 젓갈정식이 있긴 있다. 하지만 이 집 꽃게장을 안 먹어보면 진짜 후회막심. 꽃게장정식에 몇 종류 젓갈이 반찬으로 나오니 서운해하지 말 것.

자, 이렇게 부안에는 별미가 넘쳐난다. 하루는 짧고 먹을 건 많다고 발 동동 구르는 사람을 위해 격포항 **군산식당**(063-583-3234)을 추천한다. 매운탕, 백합죽, 갑오징어요리 등 다양한 요리를 파는데 손맛이 좋다. 혼자 가면 좀 억울한 집이고 여럿이 가서 '충무공정식'을 시켜 보도록. 꽃게탕, 갑오징어회무침, 백합죽이 메인 요리로 나오고 게장, 조기구이, 제육볶음, 어리굴젓 등 스무 가지 반찬을 푸짐하게 낸다.

군산식당

숙소

부안의 쾌적한 숙소는 단연 격포해수욕장에 있는 **대명리조트 변산**(063-580-8800)이다. 실은 우리 여행의 목적지는 부안이 아니라 대명리조트였는데, 이는 조카를 아쿠아 월드에서 놀게 해주겠다는 이모들의 오지랖 때문이었다. 가족과 떨어져 이모들만 따라온 조카는 하루 종일 물속에서 원 없이 놀다 곯아떨어졌는데, 겨울철 어린이 투어 코스로는 최고인 듯하다. 물론 어른들은 문 열면 바로 펼쳐지는 바다와 해송 숲에 잠시 감동하기는 했다. 객실도 깔끔하고 주방시설도 잘 갖춰져 있어 가족이 묵기 좋다. 곰소와 모항 사이 바닷가에 있는 **변산바람꽃펜션**(063-584-2885, www.bswindflower.co.kr)은 떠들썩한 관광지에서 살짝 벗어난 한적한 곳이다. 캐나다에서 수입한 목재로 지은 통나무집은 이국적이면서도 편안한 느낌을 준다. 펜션에서는 고기도 좀 구워 먹고 밤새 떠들썩하게 놀아야 한다고 생각하는 사람에게 이 펜션은 아주 불편한 곳이다. 취사 시설이 없어 근처 식당에서 해결하거나 조리된 음식을 사서 객실에서 먹거나 또는 재료를 사서 펜션 내 식당에 조리를 부탁해서 먹어야 한다(조리비는 따로 지불해야 한다). 이런 단점이 오히려 장점이 되기도 한다. 주부는 하루쯤은 가사에서 완전히 해방되는 기회가 된다. 펜션에는 텔레비전도 없다. 일상에서 벗어나 자연을 즐기라는 의미다. 대신 객실 어디서나 바다가 내다보이고 복층 구조의 이 층 침실에서는 누우면 바로 천장으로 별이 내다보인다. 한 번쯤은 꿈꾸었던 빨강머리 앤의 다락방, 딱 그 느낌이다. 다행히 아침식사는 제공된다. 주인이 직접 내려주는 커피를 빵과 샐러드와 함께 내는 아침을 먹으며 바다를 내다보는 것은 여행지에서 우리가 꿈꾸는 바로 그 장면이다.

모든 여행은 기억 속으로의 여행이다

이대 앞에 '파리 북역'이라는 작은 카페가 있었다.

파리 여행을 잊지 못하고 드나들던 나 같은 손님처럼 주인 내외 역시 오랫동안 머물다 떠나온 파리의 추억을 간직한 사람들이었다. 파리 북역의 사진이 커다랗게 붙어 있는 카페에 앉아 꿀을 곁들인 귀리빵이라든가, 베이컨과 버터를 올려 구운 감자를 "이게 파리 음식 맞아?"라고 소곤거리며 에스프레소와 함께 먹곤 했다. 어느 날 가보니 카페는 사라지고 없었다. 파리에서 기차 여행을 하긴 했으나 파리 북역에는 가본 적이 없다. 파리에서 프로방스로 가기 위해 내가 기차를 타야 할 곳은 레옹 역이었다. 하지만 기차가 역과 역을 지나듯, 레옹 역도 파리 북역에 닿아 있을 거라 생각했다. 아님 말고.

비틀스의 〈데이트리퍼〉, 그 곡을 듣고 있으면, 열차의 시트에 걸터앉아 있는 것 같은 기분이 든다.

—무라카미 하루키 〈서른두 살의 데이트리퍼〉

많은 기차 여행을 했지만 가장 기억나는 것은 인도의 기차다. 그 광활한 나라를 움직이기 위해서는 기차 여행은 필수였다. 한나절 가야 하는 기차표를 끊기 위해 ‘롱 트립’이라 써진 창구에 섰다가 쫓겨나기 일쑤였다. 한나절 정도는 인도에서는 ‘쇼트 트립’이었다. 하루 하고도 또 하루의 반을 기차 안에서 보내고 역에 내린 것은 아직 어둠이 걷히지 않은 새벽이었다. 덜컹거리는 소리와 흔들림과 사람들과 부대끼느라 몸은 만신창이었다. 입안은 깔깔했지만 허기가 몰려왔다. 그 순간 고소한 기름 냄새가 났다. 선로 앞에 샌드위치를 만들어 팔고 있는 남자가 눈에 띄었다. 남자는 넓은 팬에 버터를 두르고 식빵과 달걀을 구워 샌드위치를 뚝딱 만들었다. 보기만 해도 침이 넘어갔다. 자, 그다음이 문제였다. 남자가 샌드위치를 둘둘 말아준 것은 신문지 조각이었다. 잉크의 번짐이 상당히 심하고 전체적으로 거무튀튀하고 노르스름하다. 샌드위치에서 1970년대 뉴스를 읽게 될지도 모른다는 생각이 들었다. 남자는 샌드위치를 내밀며 싱긋 웃었다. 이미 내 손가락에 잉크와 기름이 묻든 샌드위치를 들고 한참을 망설였다. 남자는 또 싱긋 웃었다.

기억이란 어느 기차역 카페에서 풍겨오는 샌드위치 냄새를 맡고 비슷한 냄새를 맡았던 오래전으로 돌아가는 우연한 조우 같은 것이다.

—알랭 드 보통

곡성역은 기차가 다니지 않는 역이다. 아니, 정확히 말하면 '옛 곡성' 역은 열차 중단이 된 곳이다. 대신 세 량짜리 증기기관차가 있다. 2003년 이곳에서 영화 〈태극기 휘날리며〉를 촬영한 당시, 1960년대 운행했던 증기기관차를 재현한 것을 계기로 곡성역과 인근의 가정역 사이 철길에 관광용 증기기관차가 달리기 시작했다. 섬진강변을 달려보는 레일바이크도 있고, 1950년대 거리를 재현한 영화 촬영 세트장도 있고, 여름과 가을이면 풍차 모형 주변으로 장미와 국화가 흐드러지게 피어난다. 요컨대 가족과 함께, 혹은 연인과 찾기 좋은 곳이다. 나는 곡성 여행을 겨울로 미뤄두고 있었다. 어쩐지 호젓한 겨울의 곡성역을 찾고 싶었다.

증기기관차 외에도 운행이 중지된 낡은 기차도 몇 대 선로 위에 서 있다. 아마도 영화 촬영에 이용된 듯, 지금의 기차와 비슷한 내부지만 다른 점이라면 예전 광고 포스터들과 쇠락의 기색을 떨칠 수 없는 먼지 쌓인 의자들이다. 움직이지 않는 기차 차창 너머로 오래전 마을이 보인다. 상일상회, 서독 명과, 에디슨전파사, 수 양장점, 남도 미싱이란 간판 사이에 반공방첩이란 문구가 보인다. 시간이 정지한 마을은 영화 세트장이다. 예전에 어느 동네나 하나쯤은 있었던 가게들이 소리 죽인 채 늘어서 있다.

나는 가게 하나 앞에 멈춰 흐린 창문 안을 들여다본다. 세트장이니 내부에는 아무것도 없으리라는 걸 알고도 확인해보고 싱겁게 돌아선다. 세트장 아닌, 이런 모습이 남아 있는 마을도 어딘가에는 있으리라 생각한다. 그런 마을의 사람들은 모두 도시로 떠났을까.

결국 모든 여행의 출발은 과거로의 여행이다.

— 프루스트

　정지해 있는 증기기관차에 올라본다. 의자는 서로를 마주 볼 수 있게 길게 이어져 있다. 모르는 사람의 시선을 피해 눈은 그 너머 차창 밖으로 향해야 할 것이다. 차창으로 스며든 햇살이 그린 스펙트럼 사이로 먼지가 나른하게 부유한다. 동행하는 이와 어깨를 나란히 하고, 같은 풍경을 보며 어디론가 기차는 향하고 있다. 내가 지나왔던 모든 길들과 앞으로 갈 길 사이에 지금, 나는 잠시 기차역에서 쉬고 있다. 내 여행은 아직도 진행 중이다.

승강장
谷城
곡 성
求禮口 南原

곡성 곡성
곡성 역

여행 노트

'섬진강 기차마을'로 잘 알려진 옛 곡성역은 1933년부터 1999년까지 익산과 여수를 잇는 전라선 열차가 지나가는 곳이었다. 철거 위기에 놓인 옛 곡성역을 곡성군이 매입해 관광지로 꾸며 오늘날의 모습으로 탈바꿈했다. 곡성역의 명물은 증기기관차다. 1960년대 운행됐던 증기기관 모습 그대로이며, 실제로 '칙칙폭폭' 소리를 내며 곡성역에서 가정역까지 약 10킬로미터 구간을 달린다. 운행시간은 대략 1시간. 곡성역에서 출발해 가정역에 닿으면 20~30분간 정차한다. 잠시 머물며 가정역 인근의 섬진강 맑은 풍경을 감상한 후 다시 곡성역으로 돌아오는 코스다. 증기기관차와 함께 기차마을 내 1.6킬로미터의 선로 위에서 즐기는 철로자전거(레일바이크)도 빼놓을 수 없다. 섬진강에서 불어오는 바람 맞으며 선로를 달리는 기분은 상쾌하다.

입장료

증기기관차 어른 6천 원, 청소년과 어린이 5천5백 원(왕복)
레일바이크 4인승 기준 1대당 7천 원

개장시간

증기기관차 9:00~17:30(두 시간 간격, 하루 5회 운행)
레일바이크 9:30~17:30

찾아가는 길

자가용 경부고속도로에서 천안~논산 간 고속도로 진입해 전주 IC를 나와 17번 국도, 곡성 방향
대중교통 서울센트럴시티 터미널에서 곡성 직행 고속버스는 15:00, 하루 1회뿐이다. 용

산역에서 곡성역까지 기차 편이 더 자주 운행되므로 기차를 이용하는 게 낫다. 곡성역
에서는 기차마을까지는 걸어서 약 10분 거리다.

주소 전남 곡성군 오곡면 오지리 기차마을로 232-1

문의

섬진강 기차마을 061-363-6174 www.gstrain.co.kr

곡성 관광안내소 061-363-8379

음식

곡성의 별미는 은어구이와 참게매운탕, 다슬기국, 그리고 한우다. 곡성역 주변에는 의
외로 그렇다 할 식당이 없다. 곡성에서 압록으로 가는 방향, 섬진강변에 있는 **하생촌**
(061-363-6993)은 참게매운탕과 다슬기탕을 잘한다. 맑고 담백한 다슬기탕은 아침으
로, 얼큰한 참게탕은 점심으로 먹으면 딱이다. 다슬기탕을 시키니 몇 가지 반찬과 함께
삶은 다슬기를 한 접시 준다. 탕이 나오기를 기다리는 동안 이쑤시개로 쏙쏙 빼먹는 맛
이 별미다. 한우를 맛보자면 곡성읍내 **우리회관**(061-363-8321)으로 가면 된다. 한우를
냉장 상태에서 그대로 썬 다음, 생고기에 최소한의 양념만 해서 내오는 박진감 넘치는
육회는 신선하고 차지다. 하지만 꼭 먹어봐야 할 것은 따로 있다. 석곡리에 있는 **석곡식
당**(061-362-3133)은 3대가 이어 장사하는, '돼지석쇠구이' 전문집. 줄 서서 기다리거나
예약을 해야 먹을 수 있다. 빨갛게 양념한 돼지고기를 불맛 나게 석쇠에 구워, 잡냄새 하
나 없이 야들야들하다. 자꾸 생각나는 중독성 있는 맛이다.

숙소

가정역 근처에 있는 **심청 이야기 마을**(061-363-9910, www.gstrain.co.kr)은 주민은 거
주하지 않고 한옥 숙소로만 이루어진 마을이다. 18채의 한옥과 초가집이 있는데 숙박 인
원수에 다양한 방을 고를 수 있다. 아침 일찍 일어나 대숲으로 둘러싸인 아늑한 마을을 걷
는 기분은 정말 상쾌하다. 가정역에 있는 **섬진강 기차마을 펜션**(061-362-5600, www.gs
pension.co.kr)은 통일호 기차를 개조해 객실로 꾸몄다. 내부는 의외로 널찍해 4인 가
족이 묵기에 충분하고 주방과 샤워시설까지 갖추고 있다. 어느 곳이나 창문 너머 바로
펼쳐지는 섬진강변 풍광은 참, 아름답다.

Letter from home

여행을 하다 보면 살아보고 싶은 곳이 있다. 푸른 하늘 아래 원색의 태피스트리가 펼쳐져 있는 자이살메르의 성 위에서, 오랜 골목 사이 노천카페에 앉아 애플 티 한 잔 마시며 이방의 노래에 귀를 기울일 때, 하얀 아오자이를 날리며 달려간 소녀의 자전거 뒷자리에 올라앉은 한 다발의 꽃향기에 마음 설레며 '이런 곳이라면 한 번쯤 살아보고 싶다'고 마음먹는 이곳 아닌 저곳에서의 삶은 누구나 한 번쯤은 품어보는 꿈인 듯하다. 하지만 곰곰이 생각해보면 이국에서의 삶은 짧거나, 길거나, 그런 것이다.

피곤해.

집을 떠나 타지를 떠도는 삶이 고향에서 산만큼이나 되었다. 1년에 두어 번 명절에나 겨우 찾을 뿐, 고향은 내 삶에서 이미 멀어져버렸다는 생각이 들었다. 하지만 어느 순간부터 집에 머무는 것이 편안해지고, 자꾸만 들여다보고 싶어졌다. 아마도 타지의 삶은 녹록지 않고, 조금은 지쳤기 때문인 것 같다. 그때부터다. 나는 내 집을, 내 고향 전라도를 다시 찾기 시작했다. 그것은 아기가 엄마 젖을 찾듯, 본연적인 그리움일지도 모른다. 문득 나는 오랜 기억 속의 동화를 떠올린다. 그것은 실은 그토록 찾

436

아 헤매던 파랑새가 우리 집 뜰 안에 있었다는 동화였다. 우리는 누구나 고향을 떠나온 사람이다. 고향을 따로 두었든, 따로 두지 않았든. 누구나 마음 한 구석에는 그리운 곳을 품고 있기에, 우리는 이방인이다. 마음이 헛헛해질 때면 찾아들 수 있는 다락방처럼 만만한 구석, 그곳이 내게는 집이고, 가족이며 고향이다.

한 소설가는 어떤 사람의 하루를 들여다보는 것으로 그 사람을 잘 알 수 있다고 하였고, 혹자는 한 사람이 읽은 책의 목록이 그 사람을 설명해 준다고도 했다. 나는 여행의 스타일도 한 사람을 알 수 있는 방법이 되지 않을까 생각한다. 나는 서툴고 게으른 여행자다. 여행서 몇 장 읽어볼 새도 없이 낯선 장소에 뚝 떨어져, 지도 같은 건 봐도 잘 모르고, 목적지도 없는, 혹 있다 하더라도 어느새 한눈팔기가 일쑤. 그렇기에 휘황하고 의욕 충만한 여행서는 내게는 애초에 무리다. 대신 내 여행은 사부작 사부작 내 나름의 즐거움을 찾는 것으로 시작된다. 이름 모를 골목과 시장 어귀를 기웃거리고, 여염집 안마당에 널어 말린 빨래에 닿는 햇살에 눈을 두고 담벼락의 낙서나 들에 핀 작은 꽃을 들여다보는, 도무지 여행자라고는 볼 수 없는 행위들이 내 여행을 촘촘히 메운다. 그런 의미에서 전라도 여행은 내 스타일에 가장 가까운 것이었다. 거창한 계획이나 준비 없이,

내키면 훌쩍 떠나, 거창한 욕심 따위 부릴 것 없이 일상처럼 즐기는 동안 나는 가장 순수한 형태의 즐거움을 느낄 수 있었다.

물론 그렇게 떠난 여행이 삐걱거리지 않고 잘 굴러간 것은 전라도에 대해서는 누구보다 잘 아는 내 가족들과 함께 떠났기 때문이다. 어느 시기에 가면 가장 아름다운지, 관광객들은 모르지만 제일 맛난 음식점이 어딘지, 어느 길이 가장 편하고 또 좋은지, 가족이라는 가장 든든한 여행서를 앞세우고 나는 곶감 빼먹듯 달디 단 여행을 하였다. 콧바람 쐬기를 즐겨하는 부모님 손잡고 마냥 들떠서 떠났던 어린 시절처럼, 부모님과 자매들, 때로는 조카들과 함께 신나게 신나게 여행했다. 결국, 이 이야기는 우리 가족과 내 고향에 관한 이야기다. 미안하다. 이 책이 여행서인줄 알고 구입한 사람에게는. 대신 정보 페이지가 있으니 노여움을 푸시길. 서툴고 게으른 여행자들의 마음, 십분 이해하고 있는 나는 손잡고 안내하는 마음으로 느긋하지만, 친절하게 여행 정보를 담고자 노력했다.

3년여에 걸친 전라도 여행을 여행서로 담기 위해 사진을 정리하고 글을 쓰는 동안 나는 못내 아쉬워졌다. 지난 사진에는 지금보다 훨씬 어린 조카들과 조금은 젊은 부모님들의 모습과 우리의 추억들이 고스란히 담겨져 있었다. 이 여행이 이렇게 끝나는 것이 안타까워 눈물이 찔끔 날 정

도다. 하지만 나는 알고 있다. 내 여행은 지속중이고, 앞으로도 계속될 것
이다. 그리운 것을 품고 사는 사람은 모두 여행자이므로. 우리는 모두 여
행하고 있다.

그럼, 부디 즐겨 주시길. 내 입으로 말하긴 그렇지만 내 고향 전라도는
참, 아름다운 곳이다.

바람에서 가을 냄새가 나요.

최상희

사계절,
전라도

초판 1쇄 인쇄 2011년 09월 20일
초판 1쇄 발행 2011년 09월 27일

지은이 최상희

펴낸이 강병선
편집인 윤동희

편집 박은희
디자인 한혜진
마케팅 방미연 우영희 정유선 나해진
온라인 마케팅 이상혁 한민아 장선아
제 작 안정숙 서동관 김애진
제작처 영신사

펴낸곳 (주)문학동네
출판등록 1993년 10월 22일 제406-2003-00045호
임프린트 북노마드

주소 413-756 경기도 파주시 문발동 파주출판도시 513-8
문의 031.955.2660(마케팅) 031.955.2646(편집) 031.955.8855(팩스)
전자우편 booknomad@naver.com
트위터 @booknomadbooks
페이스북 www.facebook.com/booknomad

ISBN 978-89-546-1620-1 03810

www.munhak.com